Ronny Smith, Reise in die verbotene Stadt

AF139663

Peter K. J. Birlmeier, 1965 in München geboren, ist als Diplomingenieur im Projektmanagement und als Produzent und Regisseur im Showbereich tätig.
1988 gründete er südlich der bayerischen Landeshauptstadt das „Münchner Sporttheater-Ensemble". In diesem Rahmen hat er als Autor 14 Bühnenstücke geschrieben und diese als Regisseur inszeniert. Seit über 30 Jahren kreiert er mit seinen Theaterproduktionen fantastische Welten. Nach einer Zeit des intensiven Reisens und der Veröffentlichung einiger Bücher aus dem Bereich des Theaters liegt nun sein Debütroman „Ronny Smith" vor.

Herzlichen Dank an Margret, Manuela, Heidi und Peter, die als erste LeserInnen in das Abenteuer von Ronny Smith eintauchten und an Marlene, die die gelesenen Worte in ein Titelbild verwandelte.

Peter K. J. Birlmeier

Ronny Smith

Reise in die verbotene Stadt

Herstellung und Verlag:
BoD – Books on Demand, Norderstedt

Einbandgestaltung: Marlene Gambietz

ISBN: 9783732294794

Inhalt

Die Schlacht bei Hattin, 4. Juli 1187

Die flirrende Hitze war unerträglich. Der Sturm blies die heiße Wüstenluft in die Gesichter der Männer und trieb unaufhörlich Schweißperlen auf deren Gesichter.

Seine Kehle war schon völlig ausgetrocknet und so hatte König Guido von Lusignan sichtlich Mühe den Angriffsbefehl zu erteilen. Die Fanfaren donnerten los. Der heulende Lärm des Wüstensturms bewirkte, dass nur langsam das Kommando alle Soldaten erreichte. 18.000 Kreuzritter setzten sich nun in Bewegung, um das „Heilige Land" mit der Stadt Jerusalem vor dem Heer der Araber zu schützen. Der aufgewirbelte Sand peitschte den Männern ins Gesicht und blieb an den schweißgetränkten Kettenhemden kleben. Pferd und Mensch waren beinahe blind, doch für Kreuz und Krone waren die Männer entschlossen, alles in der entscheidenden Schlacht bei Hattin zu geben.

Auf der Gegenseite hatte sich das moslemische Heer unter dem Oberbefehl von Saladin, Sultan von Ägypten und Syrien, zum Gegenangriff gewappnet. Seine Armee war zahlenmäßig dem der Kreuzritter unterlegen. Doch wollten sie um keinen Preis den Ungläubigen das Land überlassen.

18.000 Kreuzritter stürmten mit erhobenen Schwertern in vollem Galopp auf ihre Feinde zu. Wie ein gewaltiger Donner erschütterten tausende von Hufen den Boden. Pferd an Pferd waren sie wie eine unüberwindbare Welle, die in wenigen Augenblicken den Gegner zermalmen würde. Ihre zahlenmäßige Übermacht tauchte die Männer in ein Gefühl der Überlegenheit und Unverwundbarkeit ein. Der Sieg gegen diesen schwachen Gegner lag klar vor ihren Augen.

Nun neigten die Männer ihre Schwerter oder die tödlichen Lanzen nach vorne, um den Feind aufzuspießen. Doch plötzlich machte das Heer der Araber kehrt und galoppierte davon.

Arthur Mc Bride, Lord von Southend war ein großgewachsener Mann, der es verstand, sein Schwert todbringend gegen seine Feinde zu führen. Er hatte das Kommando über die berittene Vorhut der Kreuzritter inne und war nur dem König selbst unterstellt. Bei vielen Schlachten war er dabei und hatte sich den Respekt der Truppe erkämpft. Er war es gewohnt, dass der Feind beim Anblick seiner Größe und Demonstration seiner gewaltigen Schlagkraft floh.

So jagte er den davonreitenden Arabern nach und mit ihm das ganze Heer.

Die Jagd nach einem sich immer weiter entfernenden Feind führte die Ritter an die Grenzen ihrer Leistungsfähigkeit. Erschöpft zügelte Mc Bride sein Pferd und fand sich mit seinen Mannen inmitten einer Steinwüste wieder. Vom Gegner fehlte jede Spur. Der starke Wind wirbelte den Staub in die Gesichter der Soldaten und nahm ihnen jegliche Sicht. Am Horizont war ein Gebirge zu erkennen. Doch weit und breit konnten die Angreifer keine Araber erblicken. Reiter und Tier waren von dem schnellen Galopp gegen einen nicht greifbaren Feind ausgezehrt. Der König ließ absitzen und die Soldaten kauerten sich so eng wie möglich aneinander, um sich vor dem Unwetter zu schützen. Die Wasserreserven gingen zur Neige und nach weiteren Stunden wurde der Durst der Reiter unerträglich. Plötzlich wurde scheinbar das Heulen des Windes lauter und verwandelte sich zu einem tosenden Brausen. Aus dem Wüstensturm tauchte eine schwarze Front auf, die unaufhörlich auf Guidos Heer zukam. Völlig vom Angriff überrascht dauerte es einen ganzen Augenblick, bis die Kreuzritter die schwarze Sandsturmwand als Pferd und Krieger identifizieren konnten. Bevor die ersten wieder auf ihren Pferden saßen, begann schon das Klirren der Schwerter und der steinige Boden tränkte sich in Rot. Das riesige Heer der Kreuzritter begann sich nun zu formieren. Doch bevor die Ritter in der Lage waren ihre Schlagkraft wiedereinzusetzen, war der Gegner im Sandsturm verschwunden.

Die Verluste von Guidos Heer waren verschmerzbar. Der Blitzangriff hatte vielleicht 200 Mann das Leben gekostet. Doch die Männer waren geschwächt. Der Partisanenkrieg zermürbte die Ritter und die Hitze wurde immer unerträglicher. Die Sonne stand nun im Zenit, die Temperaturen bewegten sich um 40 °C. Für die Soldaten und deren Tiere war kein Wasservorrat mehr vorhanden. Es blieb nur noch der Rückzug, zurück zu ihrem Lager, wo Wasser auf sie wartete. Doch der Weg dorthin war beschwerlich und würde vermutlich sechs Stunden dauern. Der heiße Wüstensturm legte sich und als die Sicht wieder klar wurde, hatten die Ritter aus dem Abendland wieder Hoffnung, ihr Lager unbeschadet zu erreichen. Die Sonne stach unerbärmlich auf die Krieger nieder. Bei vielen Männern versagte der Kreislauf. Reiter stürzten von ihren Pferden. Schon nach weiteren zwei Stunden war aus der einst ruhmreichen Armee ein kläglicher Haufen von halb verdurstenden Menschen geworden. Der Rückzug der einstmalig kompakten Angriffsformation zog sich nun über tausende von Metern in die Länge. Der Abstand zwischen den vorderen Reihen und den langsameren, erschöpfteren Menschen und Tieren nahm stetig zu. Schweres Kriegsgerät wurde zurückgelassen. Tausende von Menschen hatten nur noch ein Ziel vor Augen: Wasser.

Mc Bride ritt zurück, um die hinteren Reihen anzutreiben. Er riss sich den Brustpanzer vom Leib, um besser Luft zu bekommen. Er fühlte eine leichte Entlastung und nahm alle Kraft zusammen, um seinen Leuten ein gutes Vorbild zu sein: „Männer nur noch eine Stunde, dann habt ihr es geschafft! Vorwärts, ihr dürft nicht langsamer werden!"

Die Gelegenheit war günstig, Saladins wüstenerprobte Soldaten trieben ihre frisch getränkten Pferde an. Der Kampf um Leben und Tod war nun nicht mehr zu stoppen.

Zahlenmäßig standen zwar drei Kreuzritter gegen einen Moslem im Feld, doch die schnellen Araber hatten gegen die geschwächten Ausländer leichtes Spiel.

Mc Bride kämpfte wie ein Tier. Er versuchte, seine geschwächte Abteilung zu formieren und brüllte Befehle. Der Überlebenswille mobilisierte in den kampferprobten

Rittern eine verzweifelte Schlagkraft, die nun wiederum den Angreifern hohe Verluste zuführte. Bevor jedoch die Ritter zum Gegenangriff ausholten, waren die Feinde auf ihren schnellen Pferden verschwunden.

Mc Bride atmete schwer, Blut lief ihm über das schweißgetränkte Gesicht: Der Angriff war abgewehrt: "Gott sei Dank, und zum Lager kann es ja nicht mehr weit sein!"

Plötzlich surrten Pfeile durch die Luft. Saladin hatte 2.000 Bogenschützen mit Brandpfeilen auf einer Anhöhe in Stellung bringen lassen, die direkt vor dem Rückweg der Kreuzritter lag.

Mc Bride fühlte einen stechenden Schmerz. Er griff an den Pfeilschaft, der tief in seiner Brust steckte und versuchte ihn herauszuziehen.

Er ging auf einem ausgetretenen Weg, links und rechts war hohes Gras. In der Weite sah er im hellen Sonnenschein sein kleines Haus, das er vor Jahren verlassen hatte. Da war der alte Apfelbaum. Er pflückte eine reife Frucht und biss hinein. Der Geschmack war unbeschreiblich, so paradiesisch süß, so intensiv, wie er ihn noch nie zuvor wahrgenommen hatte. Seine beiden Söhne liefen ihm entgegen. Sie waren groß geworden. Er hob die Jungs in die Höhe auf seine kräftigen Arme. Vier große Augen aus zwei mit Sommersprossen übersäten Gesichtern strahlten ihn an. Nun fing er selbst zu laufen an. Sie stand im Türrahmen und streckte ihre Arme weit aus.

Nach zwei Stunden Kampf lagen 18.000 Kreuzritter und 5.000 Moslems regungslos im Sand. Der zweite Kreuzzug der Franken war fehlgeschlagen. Die über 80-jährige Vorherrschaft der abendländlichen Ritter war gebrochen und Jerusalem konnte von den Christen befreit werden.

Saladin hatte gegen die Übermacht der Aggressoren gesiegt und wurde vom ganzen Land als Held und Befreier gefeiert.

Der Lohn für diesen militärischen Erfolg, so wurde es im Volksmund erzählt, war ein Schatz, der Saladin uneingeschränkte Macht und Unverwundbarkeit verleihen sollte.

London, April 2002

Prof. Dr. Ernest Stone saß noch zu später Stunde mit seiner Geschäftspartnerin Dr. Saori Yamada in ihrem Laboratorium bei London. Er mietete weit draußen im Osten, in einem Vorort der Stadt direkt am Meer eine alte Fabrikhalle, die sie für ihre Arbeiten nutzten.

Stone war als einer der jüngsten Professoren in England schon mit 30 Jahren an den Lehrstuhl für Astrophysik in Cambridge berufen worden und dort für zehn Jahre in Lehre und Forschung tätig gewesen. Vor gut drei Jahren hatte er mehrere private Aufträge der Industrie angenommen, sich von der Uni verabschiedet, selbstständig gemacht und dabei ein kleines Vermögen verdient.

Er war ein großer, schlaksig wirkender Mann mit heller Haut und Nickelbrille. Die hellblonden Haare kämmte er mit etwas Gel zurück, so dass nur wenige Strähnen in die Stirn fielen. Seine blauen Augen hatten etwas Durchdringendes, dem nur wenige standhalten konnten. Stone pflegte sich zwar etwas altmodisch zu kleiden, machte aber einen durchaus sportlichen Eindruck.

Dr. Saori Yamada hatte bei Prof. Stone promoviert und die Gelegenheit ergriffen, mit ihrem Doktorvater den Sprung in die Selbstständigkeit zu wagen. Saori stammte aus einer vermögenden, japanischen Familie und hatte sich mit ihrem Erbe bei der neu gegründeten Firma als Partnerin eingekauft. Sie war mit ihren 28 Jahren das vielversprechendste Talent, das Stone während seiner Unizeit je gehabt hatte. Ganz anders als die anderen „grauen Mäuse" der Fakultät war die schlanke, etwa 1,68 Meter große, bildhübsche Frau immer topmodisch gekleidet und auffallend geschminkt. Ihre rot gefärbten Haare erregten schon von weitem die Aufmerksamkeit der Männerwelt. Ihre pechschwarzen Augen, der große, rote Mund und nicht zuletzt ihre beachtliche Oberweite, die sie gekonnt in Szene zu setzen wusste, machten ihr beinahe jeden Verhandlungspartner gefällig. Stone war immer wieder überrascht, wie sie ihre Reize einsetzen konnte, um lukrative Aufträge an Land zu ziehen. Ihm sollte es Recht sein! Die kleine, eingeschossige Fabrikhalle verfügte über ein Laternengeschoß mit Glasdach. Dies war ein rundherum verglaster, kleiner, vielleicht dreimal vier Meter großer Raum, der über dem Hallendach thronte. Der Rundumblick, wie bei einem Leuchtturm und die freie Sicht nach oben holte Licht in das fast fensterlose Gebäude. In der Mitte des Raumes befanden sich ein Computerarbeitsplatz und ein großes Teleskop, das über Klappöffnungen im Dach ins Freie geschoben werden konnte. Der Zugang zur „Laterne", die bei Nacht schon von weitem leuchtete, erfolgte mittels einer Wendeltreppe aus Stahl. Nach Feierabend, sobald das Licht in der Fabrikhalle gelöscht wurde, verbrachte der Professor bei sternenklaren Nächten viele Stunden hier oben, um in die Welt der Galaxien einzutauchen. Im Erdgeschoß verfügte die alte Halle über eine Bibliothek mit großem Besprechungstisch, einen Serverraum, zwei mit Computern vollgepackte Büros, eine große Werkstatt, eine Küche mit Sitzecke und zwei Sanitärräume. Bis auf die Toilettenanlage waren alle Räume mit Glaswänden voneinander getrennt.

Für die NASA hatte der Professor Berechnungen für optimale Flugbahnen zum Mond und Mars vorgenommen, um den Energieverbrauch für Raummissionen zu minimieren. Die Erforschung alternativer Energiequellen, speziell für die Raumfahrt, war zu seinem Spezialgebiet geworden. Die Europäische Raumfahrtbehörde bediente sich ebenfalls seiner kreativen Ansätze und Berechnungen, um die Ariane-Rakete gegenüber den Amerikanischen Spaceshuttles wirtschaftlicher zu machen. Er war somit ein wichtiger, international tätiger Berater und konnte gemeinsam mit Dr. Yamada immer wieder neue Aufträge an Land ziehen.

Heute Nacht galt die Aufmerksamkeit der beiden jedoch nicht dem Auftrag einer Weltraumorganisation, sondern einem Gesteinsbrocken, der unaufhaltsam auf die Erde zuraste. Schon in der Vergangenheit hatte Stone Meteoriten, die auf die Mondoberfläche einschlugen, mit einer

hochauflösenden Highspeed-Kamera aufgezeichnet. Sie-
benmal langsamer ließ er dann den Film abspielen, um
die Explosion für das menschliche Auge sichtbar zu machen, denn der Feuerball des Einschlages war nur 4/10
einer Sekunde zu sehen. Die daraus resultierenden Berechnungen über Größe und Geschwindigkeit des Meteoriten waren wichtig, um ein Gefühl für die Bedrohung
von Gesteinsbrocken und Weltraumschrott für Satelliten
und Raumfahrtmissionen zu erlangen. Aus seiner letzten
Beobachtung, die er mit seinem zehn Zoll Teleskop aufgezeichnet hatte, konnte er aufgrund der Dauer und Hel-
ligkeit des Blitzes berechnen, dass ein Felsbrocken mit 25
cm Durchmesser und einer Geschwindigkeit von
38 km/Sek. den Mond traf und dabei 17 Milliarden Joule
freigesetzt wurden. Dies entspricht einer Explosion von
vier Tonnen TNT. Prof. Stone und Dr. Yamada simulier-
ten in dieser Nacht am Computer die Flugbahn des Meteoriten, der bald die Erde erreichen sollte. „In 22 km
Höhe wird der Brocken zerplatzen", unterbrach
Dr. Yamada aufgeregt die Stille und ließ mit einem Klick
das Explosions-Szenario am Bildschirm anzeigen. Professor Stone sah vom Teleskop auf und betrachtete den Monitor. „Zwei größere Steine werden wohl die Erde erreichen, der Rest wird nur Staub sein. Berechnen wir nun
die möglichen Einschlagsorte", sagte der Professor und
nahm am zweiten Bildschirm Platz. Er begann, eine Vielzahl von Befehlen in die Tastatur zu tippen. „Deutschland! Es ist Deutschland, in den bayerischen Alpen",
freute sich Stone. „Am 6. April 2002 um 21:30 Uhr werden die Brocken die Erdoberfläche erreichen und nicht
wie beim letzten Mal im Meer versinken", ergänzte
Dr. Yamada. „Gute Arbeit, Saori, ich hoffe du bist gut zu
Fuß unterwegs", witzelte Stone, „Packe dir warme Sachen ein, in den Bergen kann es bitter kalt werden. Die
Bergausrüstung kaufen wir unterwegs. Wir müssen die
Ersten vor Ort sein!" „Nur noch 32 Stunden bis zum Ein-
schlag", stellte Yamada fest, „ich buche gleich die nächste
verfügbare Maschine nach München."

Das Waisenhaus in München, Mai 2009

Ronny schreckte hoch, plötzlich war er hellwach, der Blick auf die Uhr: „Scheiße wir haben verschlafen, warum geht der blöde Wecker nicht? Aufstehen, es ist zehn vor acht Uhr!" Im Stockbett über ihm gähnte Chris: „Wie schon gleich acht? Ich hab in der ersten Mathe!" Das Stockbett neben ihnen gab ächzende Geräusche von sich, als sich Fred und Frank aus den Betten wälzten. „Das gibt wieder höllisch Ärger mit der Alten, wenn wir zu spät in den Unterricht kommen" erwiderte Frank. „Egal Jungs gebt Gas, wir können es noch schaffen, Frühstück fällt aus!"

„So ein Stress und das in der letzten Woche vor den Pfingstferien."

Ronny, Chris, Fred und Frank teilten sich ein Vierbettzimmer im Münchner Waisenhaus. Frank und Fred waren schon in der Abschlussklasse und auf dem Sprung das Leben im Waisenhaus zu verlassen: In jedem Zimmer waren Schüler unterschiedlicher Jahrgangsstufen untergebracht.

Der jeweils Älteste war der Zimmersprecher und für seine Zimmergenossen verantwortlich. Alle Zimmersprecher bildeten ein Gremium, das den Haussprecher wählte.

Verlässt der älteste Zimmerbewohner das Waisenhaus so wird der nächst älteste zum Zimmersprecher und das leere Bett wird durch einen neuen Youngster aufgefüllt.

Ronny war schon seit der zweiten Klasse im Waisenhaus untergebracht.

Er war sieben Jahre alt, als ihn eine Dame mit Pferdeschwanz, eckiger Brille und grünem Kostüm Zuhause aufsuchte. Sandra Bergmann, die junge Sozialarbeiterin des Sozialreferates der Stadt, hatte die unangenehme Aufgabe, Ronny abzuholen. Sie musste ihm beibringen, dass seine Eltern, Peter und Julia Smith, von ihrer USA-Reise nicht mehr heimkehren würden und sein neues Zuhause zukünftig das Münchner Waisenhaus sein würde.

Die Familie Smith lebte im Stadtteil Solln in einer großen alten Villa. Wenn Ronny sich an die damalige Zeit zurückzuerinnern versuchte, hatte er das Bild der „Villa Kunterbunt" in Erinnerung, denn seine Mutter pflegte immer zu sagen: „Wir leben wie Pippi Langstrumpf, nur ohne Äffchen." Da war ein schöner Garten mit riesigen alten Bäumen. Auf der überdachten Veranda stand eine Hollywoodschaukel und Mami hatte dort Ronny oft stundenlang vorgelesen. Alles war aus Holz und jeder Schritt in den Zimmern oder auf der Treppe machte ein Geräusch wie das Ächzen eines alten Baumes. Für Ronny war das Haus lebendig. Es war ein überdimensionales, uraltes Lebewesen. Im Wohnzimmer hingen immer viele bunte Bilder. Ronny erinnerte sich an ein Bild das bestimmt über zwei Meter hoch war und ein blaues Pferd zeigte. Für Ronny war es der „Kleine Onkel" das Pferd von Pippi Langstrumpf. Die Smith waren internationale Kunsthändler und das war dem Haus auch anzusehen, denn jeder Raum war irgendwo auch Ausstellungsraum. Im Obergeschoß des Hauses war eine kleine Einliegerwohnung untergebracht, in der Anna Berger wohnte. Anna war eine liebenswürdige, 21-jährige junge Frau, die an der Uni in München Kunstgeschichte studierte. Die Eltern hatten diese Wohnung immer Kunststudentinnen zur Verfügung gestellt, die im Gegenzug gerne als Babysitter für Ronny einspringen wollten.

Die Eltern von Ronny Smith mussten am 8. September 2001 für drei Tage eine Reise in die USA unternehmen, um eine wichtige Ausstellung im Museum of Modern Art in New York vorzubereiten. Die Koffer waren bereits gepackt. "Ronny, mein Schatz wir sind in drei Tagen wieder da, stell nichts an und sei brav zu Anna." Die Mutter schloss Ronny fest in ihre Arme und küsste ihren Sohn. „Wenn wir aus New York zurückkommen", sagte Ronnys Vater, „dann werden wir das Modellflugzeug fertig bauen." Er hob Ronny hoch, küsste ihn und murmelte: „Jetzt bist du der Herr im Haus."

„Das Taxi ist da!", verkündete Anna.

Ronny und Anna standen am Gartentor und winkten den beiden nach, Ronny hatte Tränen in den Augen.

Peter Smith war ein hoch gewachsener sportlicher Mann von Anfang vierzig. Vor acht Jahren hatte er Ronnys Mutter, Julia Müller in New York während der Besichtigung des World Trade Centers kennen gelernt. Die sympathische Münchnerin war Peter Smith sofort aufgefallen. Im Restaurant, hoch droben über den Dächern von Manhattan, sprach er sie an. Beide hatten das Gefühl als würden sich zwei alte Bekannte treffen und da war dieses gewisse Britzeln zwischen den beiden. Peter, der aus Chicago stammte, war selbst als Tourist unterwegs und dabei, mit seinem Chevrolet die Ostküste bis runter nach Florida zu erkunden. Julia wollte eigentlich mit ihrer ehemaligen Schulkameradin, Sabine die USA-Reise antreten. Die Reiseroute war festgelegt, die Flüge gebucht. Kurz vor Abflug riss sich Sabine beim Volleyball spielen alle Bänder im Sprunggelenk und konnte sich die Tour durch die Staaten abschminken. Für Julia stürzte eine kleine Welt zusammen, denn auf diese Reise hatte sie sich gefreut, wie noch auf keine andere. Ein Ersatz für Sabine war nicht zu finden, so entschied sich Julia, gegen alle Befürchtungen ihrer Eltern, allein die Reise anzutreten.

Peter und Julia verbrachten zwei wunderschöne Tage in New York, sie besichtigten alles was die Stadt zu bieten hatte. Im Museum of Modern Art entdeckte Julia das Original eines Kunstwerkes, das sie in ihrer Abiturprüfung im Kunst Leistungskurs bearbeiten musste. Es war „das Fahrrad-Rad" des Dadaisten Marcel Duchamp.

Am Abend ging es auf den Broadway. Dort reihte sich ein Musicaltheater an das andere. Sie entschieden sich an einem Abend für „Peter Pan" und tags darauf für „Die Schöne und das Biest".

Zwei Menschen hatten sich gefunden. Peter und Julia waren wie der Milchschaum auf dem Cappuccino, wie der Fisch im türkisblauen Wasser. Sie waren wie zwei Dinge, die erst zusammen zu einem perfekten Ganzen wurden. Ohne Frage, dass sie die wundervolle Reise entlang der Ostküste der USA zusammen unternehmen würden.

Es war ein romantischer, ja fast schon kitschiger Sonnenuntergang in Key West. Die beiden liebten sich bis in die Morgenstunden und beiden war klar geworden, ein Leben lang zusammen bleiben zu wollen.

Neun Monate später war es dann soweit, Ronny wurde am 11. Juni 1994 geboren.

In den Zeitungen wurde in diesen Tagen nur von dem Terroranschlag am 11. September 2001 auf das World Trade Center in New York geschrieben. Von dem tödlichen Autounfall der Kunsthändler Peter und Julia Smith, der augenscheinlich vorsätzlich von einem flüchtigen Unfallgegner provoziert wurde, war nichts zu lesen. Die Staatsanwaltschaft konnte zwar zweifelsfrei Fremdverschulden nachweisen, war jedoch nicht in der Lage, den Fall aufzuklären.

Ronny war nach dem Tod seiner Eltern wie ausgewechselt. Seine Bewegungsfreude schien in Trauer zu verebben. Er kapselte sich förmlich von seiner Umgebung ab. Sandra Bergmann brachte Ronny in seine neue Heimat, das Waisenhaus, in dem er ein Zimmer mit drei weiteren Jungs teilte. Sandra besuchte Ronny jeden Tag und dennoch kam kein Wort über seine Lippen. Sie nahm ihn mit ins Kino, ging mit ihm einkaufen, unternahm mit der Zimmergemeinschaft Ausflüge zum Starnberger See, doch egal was sie tat, Ronny war wie in einer anderen, einsamen Welt. Die Menschen standen außen vor einer dicken Glaskugel, in die ihre Stimmen nur gedämpft eindringen konnten. In der Kugel saß Ronny. Er sah die Menschen zwar an, aber das Glas war getrübt und er realisierte nur unscharfe Konturen.

Drei Monate waren vergangen, es war ein Sonntag gegen zehn Uhr. Sandra war auf dem Weg zu dem kleinen Jungen, den sie in ihr Herz geschlossen hatte. In der Hand hielt sie einen geflochtenen Korb. Ronny war allein im Zimmer. Die drei anderen Jungs nutzten das schöne Wetter und waren im Hof Basketballspielen. Sandra stellte den Korb vor Ronny auf den Boden, begrüßte ihn herzlich und setzte sich dann etwas abseits auf das Sofa. Ronny stand da, wie angewurzelt, doch plötzlich bewegte sich das Tuch, das über den Korb gelegt war.

Er wurde neugierig und zog mit der Hand am Tuchzipfel. Etwas felliges hob seinen Kopf und eine rote Zunge fing eifrig an, Ronnys Hand zu lecken. „Das ist nun dein Hund", sagte Sandra, „ein Cocker Spaniel Baby. Er heißt Rian!"

Ronny wird diesen Tag wohl nie vergessen. Der Spaniel wurde zu seinem besten Freund. Immer mehr war er mit Rian zuerst im Hof, dann im Schlosspark und bald im gesamten Stadtteil unterwegs. Er begann wieder zusammen mit Sandra, seinen Zimmerkameraden und den ganzen anderen Menschen auf der gleichen Welt zu leben.

In Rekordzeit hatten die Vier ihre Klamotten übergezogen und waren in den Hof geeilt. Mit den Rädern rasten Ronny, Chris, Fred und Frank über Bordsteine, rote Ampeln, nahmen eine Abkürzung und erreichten schließlich die Schule. Der Pausenhof war bereits gähnend leer, als sie die Räder am überfüllten Fahrradständer abstellten. Ronny stürmte die Treppen hoch. „Erste Stunde Englisch bei Herrn Bauer. Zimmer 116, glaub ich. Verdammt, ich hab keine Vokabeln mehr gelernt!" Mit schlechtem Gewissen öffnete er die Klassentür. Alle Mitschüler saßen auf Ihren Plätzen und schauten nun Ronny direkt ins Gesicht. Sie hatten ihre Füller in der Hand und ein Blatt Papier auf ihrem Tisch. „Scheiße wir schreiben eine Ex!"

Endlich Ferien, Juni 2009

Es war 7:30 Uhr als der doppelstöckige Bus im Innenhof des Waisenhauses ankam und 50 müde Gesichter die Reise zum internationalen Ferienlager in Dießen am Ammersee antraten.
Vier Sportlehrer der Schule waren als Betreuer mit dabei. Als sie frische Croissants und heiße Schokolade im Bus verteilten, war die Müdigkeit wie weggeblasen und der Lärmpegel im Bus nahm deutlich zu.
Mittlerweile hatte der Reisebus die Stadtgrenze verlassen und glitt wie auf Schienen über die Autobahn Richtung Lindau.
45 Minuten später erreichten die Schüler ihren Ferienort. Eine Vielzahl von Bussen parkten bereits vor einem großen Landhaus direkt am Ammersee. Bepackt mit schweren Rucksäcken und Taschen trabten die Jungen hinauf zum Haus. Ein Knäuel aus Menschen und Gepäck blockierte den Eingangsbereich zu einem riesigen Gemeinschaftsraum. Herr Wolle, der Heimleiter, hieß alle willkommen und verteilte an die Betreuer eine Zimmerliste und die dazugehörigen Schlüssel. Ronny belegte mit seinen alten Zimmerkollegen ein Vierbettzimmer. Schnell war das Gepäck verstaut und die Gäste trafen sich zum ersten gemeinsamen Frühstück. Im Haus waren die Schüler des Münchner Waisenhauses, eine Ferienfreizeitgruppe aus Berlin, die französischen Pfadfinder der Stadt Bordeaux und die britischen Gewinner des „Jugend-Forscht-Wettbewerbes".
„Bon Jour Bordeaux!", begrüßte Herr Wolle die französischen Jugendlichen, was mit tosendem Applaus beantwortet wurde. „Good Morning Great Britain!" Ein etwas zögerliches, verhaltenes Klatschen war von den blassen, zehn Engländern zu hören. „Einen guten Morgen an unsere Gäste aus Berlin und München!" und wieder wurde die Begrüßung des Heimleiters mit Getrampel, Besteckklappern und kräftigem Gejohle erwidert. „Die Stimmung scheint ja schon ganz gut zu sein. Eine Woche neue Freunde kennen lernen, fremde Sprachen sprechen und

jede Menge Spaß stehen auf dem Programm. Morgen beginnt unser Segelkurs. In jedes Boot passen drei bis vier Personen und wie bei allen unseren Aktivitäten werden wir die jeweiligen Crews am Abend auslosen. Heute werden wir den Hochseilgarten in Utting besuchen. Treffpunkt zur Abfahrt ist elf Uhr vor dem Haus."

Bergung der Meteoriten, April 2002

Bei strömendem Regen landete die Maschine am 6. April 2002 um 9:30 Uhr auf dem Franz-Josef-Strauß-Flughafen in München-Erding. Geschlagene 90 Minuten dauerte die Fahrt mit dem Mietwagen in die Münchner Innenstadt. Die Scheibenwischer liefen auf höchster Stufe, doch die dicken Regentropfen, die schon bald mehr Schnee als Wasser waren, trübten die Sicht enorm.

„Peter, unser ehemaliger Doktorand, hat mir die Adresse gegeben", antwortete Prof. Stone auf die Frage, wer ihm denn das Bergsportgeschäft empfohlen habe. „Das muss ein kleiner Laden ganz in der Nähe der Theresienwiese sein, mit dem Navi sollten wir dort hinfinden!" „Theresienwiese, ist das nicht dort, wo auch das Oktoberfest immer stattfindet?", fragte Dr. Yamada. „Ja, das muss dort gleich um die Ecke sein, ich hoffe nur, dass das schlechte Wetter heute Nachmittag besser wird."

An der engen Straße war kein einziger Parkplatz zu finden. In gut 300 m Entfernung vom Sportgeschäft entdeckten die beiden ein Parkhaus, in dem sie den Wagen abstellten und mit Regenschirmen bewaffnet zum Laden zurückliefen. „So ein kleiner Laden und solch ein Durcheinander, bist du dir sicher, dass wir hier richtig sind", bemerkte Dr. Yamada. „Sorry, können sie uns helfen", fragte Stone und formulierte in einem Gemisch aus Deutsch und Englisch, was sie alles benötigen.

Ein älterer, kleiner Mann trat langsam hinter der Theke hervor, hörte sich geduldig die Wünsche der sonderbaren Engländer an, begann dann in unzähligen Schachteln zu wühlen und legte den beiden im Laufe der Zeit einen Stapel von alpinen Ausrüstungsgegenständen vor. Der ganze Laden schien aus den Fugen zu platzen. Aus einer Menge Schuhkartons quoll Verpackungspapier hervor. Bergstiefel in allen Variationen säumten den Boden. Jacken und Hosen, die entweder nicht Saoris Geschmack entsprachen oder die falsche Größe hatten, lagen kreuz und quer am Boden. Der Ladeninhaber nahm alles gelassen. Mit einer Seelenruhe brachte er neues Equipment

und versuchte sich mit schlechtem Englisch den beiden verständlich zu machen. Nach einem dreistündigen Geduldspiel waren sechs große Plastiktüten gepackt und ein kleines Vermögen wechselte den Besitzer. An das Aufspannen eines Regenschirmes war jedoch nicht mehr zu denken, da keine Hand mehr frei war. So erreichten die beiden tropfnass und außer Atem die rettende Tiefgarage. Erst gegen 16:00 Uhr war der Proviant eingekauft und der gemietete BMW rollte mit 150 km/h auf der nassen Autobahn A 95 in Richtung Garmisch-Partenkirchen. Als die zwei Wissenschaftler ihre Pension in Garmisch bezogen, die Rucksäcke gepackt und für den Abmarsch bereit waren, war es draußen beinahe schon dunkel. Die Wirtin sah die beiden Ausländer an, als wären sie zwei Schaufensterfiguren vom Sportladen gegenüber. An Prof. Stones Jacke und Hose hingen noch die Preisschilder. Alles, was die beiden trugen, war neu und unbenutzt. „Um diese Zeit können sie nicht mehr in die Berge gehen."
„Lassen sie es nur gut sein, liebe Frau, wir wissen was wir tun", entgegnete Stone mit englischem Akzent. Sie verabschiedeten sich höflich und zogen mit angeknipsten Stirnlampen in die Dunkelheit.
„Nach meiner Berechnung werden die Steine um 21:30 Uhr im Gipfelbereich des Wanks einschlagen. Wir haben also noch knapp drei Stunden Zeit. Ich habe die GPS-Daten der beiden Steine in die Navigationsgeräte eingegeben." „Gut gemacht, Saori", entgegnete Stone, „der Abstand der Meteoriten beträgt nur etwa 600 m. Sie werden fast nebeneinander liegen. Daher müssen wir uns erst im Zielgebiet trennen und jeder sucht dann für sich seinen jeweiligen Stein." Je weiter die beiden aufwärtsstiegen, desto mehr ging der Regen in Schnee über und die Sicht wurde immer schlechter. „Wenn nicht dieser Wind wäre. Gut, dass wir uns Skibrillen besorgt haben", seufzte Dr. Yamada. Mit den kleinen Lichtkegeln der Stirnlampen konnte man nur schlecht erkennen, wie die Serpentinen auf den Berg hinaufführten und jeder Schritt war ein Schritt ins Ungewisse.

Freundschaft, Juni 2009

Nachdem am Vorabend die Crewbesatzungen für die Segelschiffe ausgelost worden waren, wanderten am nächsten Morgen die Jugendlichen des internationalen Ferienlagers den kurzen Weg hinunter zur Segelschule Weidl, direkt am See. Der Tag war fast wolkenfrei, die Sonne strahlte vom blauen Himmel und kein Blatt regte sich. Ein alter Steg führte von der Uferböschung zu einem großen Bootshaus. Am Haus war der Steg mit einer Art Holztor überbaut, das weit offenstand. Oben auf dem Torbogen thronte ein lebender, schwarzer Rabe. Im Bootshaus saß der Senior-Inhaber der Schule, der schon weit über 80 Jahre alt sein musste, in einer Art Klappstuhl. Er sah aus wie ein greiser Marineoffizier mit Kapitänsmütze, weißem Bart und Nickelbrille. Die Lehrer hielten die Jugendlichen nun an, sich hintereinander vor dem alten Mann aufzustellen. Dieser streckte dem vordersten Segelschüler die Hand mit festem Händedruck entgegen und wechselte einige Worte mit leiser, heiser klingender Stimme. Dann schritt die begrüßte Person bei Seite und der Hintermann war an der Reihe. Die Prozedur dauerte gute 15 Minuten. Währenddessen war es mucks Mäuschen still.

Der alte Kapitän strahlte etwas Würdevolles aus. Es war zwar eine altmodisch anmutende Situation aber irgendwie auch feierlich. Der Juniorchef der Segelschule brach die Stille und ergriff mit kräftiger Stimme das Wort: „Nachdem ihr jetzt alle meinen Vater, den Gründer der Segelschule Weidl, kennen gelernt habt, möchte ich nun mit euch den Ablauf des Tages besprechen. Am Vormittag werden wir uns mit Theorie beschäftigen und ihr habt dabei Zeit euere Crewmitglieder kennen zu lernen. Am Nachmittag geht's dann hinaus auf den See. Jede Besatzung besteht aus 3-4 Personen, wobei der Bootsführer von unseren Stammgästen, die bereits einen A-Schein besitzen, gestellt wird. Eine Mitschülerin von euch hat schon den Segelschein. Sie darf dann selbst ein Boot führen." Nach 90 Minuten Theorie über den Unterschied zwischen Wende und Halse und den verschiedenen Kursen, die ein Segelboot fahren kann, war eine erste Pause angesetzt.

„Hallo ich bin Jenny!" Ein recht zierlich wirkendes Mädchen mit über schulterlangem, braunem Haar sah mit ihren türkis blauen, beinahe stechend wirkenden Augen zwei Jungs an, die schüchtern am Steg standen und noch kein Wort an diesem Vormittag gewechselt hatten. „Ihr seid doch die beiden in meinem Boot?" drängelte Jenny, die schon dachte die beiden wären taubstumm. „Ja, ich glaub schon." Der Junge war groß gewachsen, hager und schlaksig. Seine hellblonden Haare hingen ihm widerspenstig in sein Gesicht. Die dicke Brille, die er trug, war alles andere als cool. „Wo bin ich denn da nur hingekommen", dachte sich Ronny. „Er, der bleicher Engländer, ist der volle Luschi und dann noch ein Mädchen als Bootführerin. Die Ferien fangen ja gut an!"

„Und hast du auch einen Namen?" Der blasse Junge lief schamrot an, als Jenny ihm in die Augen sah. Er fingerte nervös an der Gürteltasche seines Leathermans und stammelte leise: „Nick, ich meine, ich heiße Nick Stone."

„Ja super und sonst noch was, irgendwelche Hobbys oder so was." Nick wusste nicht so recht was er sagen sollte und bis er sich auf Deutsch einen Satz zu Recht gelegt hatte, streckte Jenny schon Ronny ihre Hand entgegen. „Hallo ich bin Jenny Braun, ich habe schon einen Segelschein, darum haben wir auch sonst keinen mehr im Boot. Aber keine Angst, meine Eltern haben einen Korsar am Wannsee und ich segle schon so lange ich denken kann." „Was bitte ist ein Korsar?", fragte Ronny. "Ah, das ist eine Jolle, ich meine ein Segelboot, so ähnlich wie die hier, nur moderner, mit Kunststoffrumpf und nicht aus Holz." „Aha, ja ich heiße Ronny Smith und wollte das Segeln hier mal ausprobieren."

„Es geht weiter, jeder nimmt sich bitte ein Seil und zurück auf die Plätze, jetzt beginnt gleich Knotenkunde", hallte die Stimme von Weidl Junior.

„Kenn` ich schon alles, ist irgendwie langweilig", gähnte Jenny und setzte sich wieder auf ihren Platz.

„Mit Knoten kenne ich mich auch aus", dachte Ronny, musste allerdings bald feststellen, dass sich Seemannsknoten ganz deutlich von den Knoten, die er vom Klettern her kannte, unterschieden.

Endlich war Mittagszeit und die ganze Meute marschierte hungrig die zehn Minuten zurück zum Jugendgästehaus, wo schon eine riesige Portion Spaghetti auf die hungrigen Mäuler wartete.

„Dein Deutsch ist echt gut", Ronny klopfte in der Schlange der Essensausgabe auf Nicks Schulter, „Du bist doch Engländer?"

„Danke für das Kompliment, ich war beinahe drei Jahre in Bayern, im Kloster Schäftlarn auf der Schule, weil mein Vater hier geschäftlich zu tun hatte. Zuhause in London habe ich allerdings ebenfalls Deutsch gelernt."

„Die Kleine, wie heißt sie noch mal, geht mir jetzt schon auf die Nerven. Bin gespannt wie sie uns auf dem Schiff rumkommandiert?" lästerte Ronny. „Vorsicht sie kommt", flüsterte Nick „Ja die Berliner haben eben bekanntermaßen eine große Klappe", beendete Ronny seinen Satz. „Was hat eine große Klappe", fragte Jenny und drängelte sich zwischen den beiden Jungs in die Schlange. „He, hintenanstellen", fauchte jemand vom Ende der Schlange. „Entschuldige mal, wir sind eine Crew und essen auch zusammen, das verlangt der Teamgeist", entgegnete Jenny bissig.

Nach dem Essen setzte sich der gesamte Tross wieder zurück zur Segelschule in Bewegung.

„Ist ja nicht mal eine leichte Brise in der Luft, das wird eher ein langweiliges Stehsegeln", gähnte Jenny. "Für was brauchen wir da eine Schwimmweste?" „Schwimmwesten, junges Fräulein, sind Pflicht und mir geht niemand ohne angelegte Weste auf irgendein Boot", maßregelte Herr Weidl das vorlaute Mädchen.

Entlang eines langen Steges, der aus dem Bootshaus führte, waren ein dutzend liebevoll restaurierte Holzsegelboote aus längst vergangenen Zeiten festgemacht und Herr Weidl las aus einer Liste vor, welches Team nun welchem Boot zugeordnet wurde.

„Jenny Braun, Ron Smith und Nick Stone auf Boot 7 und Junge das Messer bleibt an Land", rief Herr Weidl den dreien zu.

"An Bord keine spitzen Gegenstände, keine Schuhe mit Profil, kein Glas. Die Bootsführer weisen ihre Crew ein. Danach erst Leinen los. Ihr bleibt alle in Sichtweite zum Bootshaus, wenn ich die rote Flagge setze, dann segelt ihr sofort zurück zum Steg, okay? Viel Spaß!" wünschte Herr Seidl seinen Schülern.

Jenny platzierte die beiden Jungs im Boot, gab einige kurze, jedoch klare Kommandos, die die Jungs prompt umsetzten und in Windeseile war die kleine Jolle von den Leinen befreit, das Hauptsegel gesetzt und nahm Fahrt auf. „Setzt das Vorsegel", war Jennis Kommando und die Jungs zogen an der Vorschot, die die Rollfock entfaltete. „Wau, das klappt ja wie am Schnürchen", dachte Nick und belegte das Seil in einer Seilklemme. „O.k. wir machen jetzt eine Wende. Ich rufe >klar zur Wende!< Ihr brüllt dann >ist klar!< Bei >Ree< reiße ich das Ruder herum und wende somit. Vorsicht, dann geht der Baum auf die andere Seite, also Kopf einziehen, sonst gibt's `ne hässliche Beule. Wenn ich dann rufe >Fock über<, zieht ihr das Vorsegel auf die andere Seite!"

Während auf den anderen Booten träge vor sich hin geschippert wurde, war auf Jennys Boot volle Aktion. „Klar zur Wende!" „Ist klar!" „Ree!" und schon wieder änderte die Jolle Nr. 7 ihren Kurs. Jenny trainierte mit ihrer Crew die Halse und auch das Mann-über-Bord-Manöver. „Hätte ich nicht gedacht, die Kleine hat echt was drauf!", dachte sich Ronny und war froh, nicht auf einem der anderen Boote zu sein.

Am blauen Himmel bildeten sich erste Wolken und der Wind nahm stetig zu. Jenny zeigte den beiden wie sie bei zunehmender Kränkung, also Schieflage, ausreiten konnten. „Was meinst du mit ausreiten, wir sind doch hier auf einem Boot und nicht auf dem Ponyhof", witzelte Ronny. „Wenn der Wind zunimmt bläst er das Boot in eine Schieflage wobei sich dadurch die Segelfläche verkleinert. Wollen wir jedoch richtig schnell werden, so müssen wir soviel Segelfläche wie möglich dem Wind entgegenhalten. Wir müssen also unser eigenes Körpergewicht nutzen, um das Boot möglichst aufrecht zu halten. Nick du stemmst dich mit den Füßen in diese Schlaufen und lehnst dann deinen Oberkörper über die Bordwand. Wenn du Lust hast Ronny, dann stell dich vorne bei den Wanten auf die Bordwand. Dort ist so eine Art Griff, an den man eigentlich das Trapez einhängt, da kannst du dich festhalten und mit dem ganzen Körper nach außen lehnen." Das musste Jenny Ronny nicht zweimal sagen und schon stand er auf der Bordwand und half das Schiff möglichst aufrecht im Wind zu halten. Der Lohn dafür war, dass Jolle 7 an allen anderen Booten vorbeizog und nun ein regelrechter Wettkampf um das schnellste Schiff am See ausgelöst wurde.

Der alte Weidl saß mit seinem Fernglas auf dem Balkon des Bootshauses. Er betrachtete zum einen mit Genugtuung das Treiben auf dem See aber zum anderen mit Sorge die Wolken am Horizont, die immer dunkler wurden.

„Endlich mal `ne Truppe, die segelt und nicht faulenzt", freute sich der alte Mann, gab dann aber schweren Herzens den Befehl, die Schiffe reinzuholen.

Weidl Junior setzte die rote Flagge, die den Booten anzeigte, zum Steg zurückzukehren.

„Jetzt wo es richtig Spaß macht sollen wir zurück", dachte sich Jenny, als sie die Flagge entdeckte, „wir müssen ja nicht die Ersten sein!"

Dann ging alles ganz schnell. Überall um den See herum, fingen rote Lampen zu blinken an. „Mist, wir haben Sturmvorwarnung", rief Jenny den Jungs zu, „die ersten Boote sind schon zurückgefahren. Wir müssen auch zurück!"

Dunkle Gewitterwolken waren wie aus dem Nichts aufgetaucht, die Lampen blinkten nun mit schneller Geschwindigkeit. „Wir können das Segel nicht reffen, viel mehr Wind verträgt die alte Schale nicht." Plötzlich waren überall Schaumkronen auf dem Wasser und starke Böen bliesen die Wassergischt über die Wellen hinweg.

Herr Seidl war bereits mit dem Motorboot auf dem See und konnte die meisten Segelboote in den sicheren Hafen geleiten. Nur noch die drei Schiffe, die mit den Segellehrern und Jennys Boot waren auf dem Wasser.

Jenny steuerte die Jolle durch Auffieren des Großsegels geschickt an einer heftigen Windböe vorbei. Nun musste sie jedoch sofort wenden, um einem an einer Boje festgemachten Segler ausweichen zu können. „Klar zur Wende!" „Re!" Sie riss die Pinne herum. Der Bug glitt durch den Wind. Die Segel flatterten kurz. Jenny versuchte das Großsegel dichter zu holen. Doch dann erfasste der tosende Wind das Tuch von der anderen Seite. Sie zog mit voller Kraft aber das Seil glitt durch ihre Finger und verbrannte ihre Handinnenfläche. Die Gewalt des Sturmes schlug den Baum mit voller Wucht herum. Die Großschot war nicht mehr fixiert und der Baum donnerte ungebremst in die Wanten des Schiffes. Ron und Nick duckten gerade noch die Köpfe weg. Der heftige Schlag gegen die Mastverspannung erzeugte solch einen starken Ruck, so dass die beiden Jungs im hohen Bogen aus dem Boot geschleudert wurden.

Die Jolle kenterte.

Als Jenny beim Wenden von der Backbordseite auf die Steuerbordseite wechselte verhängte sich die Schnalle ihrer Schwimmweste in einem Spalt an der Sitzfläche. Das Boot neigte sich ins Wasser, sie war jedoch wie festgebunden. Der Sturm drückte auf das Segel und immer mehr Wasser sammelte sich darüber bis schließlich das Schiff durchkenterte und der Rumpf mit Schwert nach oben auf dem tosenden Wasser trieb.

Nick tauchte auf und sah das Boot verkehrt herum liegen. Er hielt sich am Ruder fest und schaute um sich herum. Er entdeckte Ronny, der von der Schwimmweste gebremst, heran kraulte und rief ihm zu: „Wo ist Jenny!" Ron kletterte auf den gekenterten Rumpf, hielt sich am Schwert fest und blickte 360 Grad um das Schiff herum. „Ich kann sie nirgendswo sehen. Sie hat eine Schwimmweste an, müsste also automatisch an der Wasseroberfläche schwimmen." Beide riefen ihren Namen, der von dem tosenden Wasser und dem heulenden Wind verschluckt wurde. Plötzlich löste Ron alle Schnallen und riss sich die Schwimmweste vom Leib. „Was machst du?" „Ich muss tauchen!" Ron holte tief Luft und glitt ins Wasser. Da war etwas Rotes unter dem Boot, er tauchte näher und sah Jenny verschwommen, wie sie wie wild versuchte sich von der tödlichen Rettungsweste zu befreien. Ronny riss geistesgegenwärtig an der Heckabdeckung, die sich zur Einbringung eines Schwimmkörpers lösen ließ, packte Jennys Kopf und schob diesen in die Luftblase unter dem Boot.

Jenny japste nach Luft konnte jedoch wieder atmen. Mit Mühe konnte sie Mund und Nase in die Luftblase halten. Das Boot schaukelte jedoch gewaltig und mit jedem Kippen des Rumpfes wurde die Luftblase ein bisschen kleiner.

Ronny war derweilen wiederaufgetaucht: „Sie liegt unter dem Boot, hat sich mit der Schwimmweste verhakt und kommt nicht mehr heraus. Zu dumm, dass du dein Messer abgeben musstest, sonst könnten wir sie herausschneiden.

Jenny hatte Todesangst. Sie konnte weder schreien noch weinen. Sie war wie gelähmt und betete, dass es bald vorüber sei. Die Blase schrumpfte mit jeder Sekunde. Ein letztes tiefes Einatmen, dann war sie wieder gänzlich unter Wasser. Ihre Augen waren weit aufgerissen. Sie war unfähig, noch irgendetwas zu unternehmen.

Plötzlich spürte sie, wie etwas an ihr zog. Eine Hand hielt die Weste, eine andere hielt das Messer und trennte die Kordel durch, die sie zum Ertrinken zwang. Zwei Wesen bugsierten sie unter dem Boot heraus, dann verlor sie die Besinnung.

Als Ronny, Nick und Jenny auftauchten lag ein großes Motorboot der Wasserschutzpolizei neben der Jolle 7. Zwei Taucher waren bereits im Wasser, die nun halfen, die drei Schiffsbrüchigen an Bord zu hieven.

Ein Sanitäter kümmerte sich um Jenny und als sie die Augen öffnete, sah sie über sich die beiden Gesichter von Ronny und Nick, ihren Lebensrettern.

Als die drei von der Wasserwacht nach Hause zum Jugendhaus gebracht wurden, war die Geschichte bereits in aller Munde. Die Schiffsbrüchigen wurden von den anderen Jugendlichen herzlich empfangen. Alle hingen an deren Lippen, als die drei unzähligen Male über die Rettungsaktion berichten mussten.

„Aber eine Frage hab´ ich noch", fragte Ronnys Sportlehrer, "woher kam das Messer? Das durftet ihr doch gar nicht mit aufs Boot nehmen?" „Stimmt, ich habe den Gürtel mit der Messertasche an Land gelassen. Meinen Leatherman hab´ ich mir allerdings wieder in die Hosentasche gesteckt", grinste Nick.

Das Erlebte saß bei den dreien so tief, dass es sie wie Blutsbrüder zusammenschweißte. Es war so, als würden sie sich schon immer kennen und als könnten sie sich hundert Prozent aufeinander verlassen.

Der Tag war zu kurz, um sich gegenseitig von ihrem Leben zu erzählen, so saßen sie oft bis spät in der Nacht zusammen und erzählten und erzählten.

„Nick, erzähl doch mal über deine Eltern", wollte Jenny wissen.

„Dad ist Professor der Physik und arbeitet nun schon seit Jahren an seinen privaten Forschungsprojekten. Früher als er noch in Oxford den Lehrstuhl für theoretische Physik hatte, waren meine Eltern ein Herz und eine Seele. Mum ist ausgebildete Tänzerin. Damals als Dad der Doktortitel verliehen wurde, hatte die Universität einen Galaabend für alle Absolventen organisiert. Sie war mit noch drei Tänzerinnen als Showeinlage des Abends gebucht. Und da hat es dann wohl zwischen den beiden gefunkt. Als ich noch ganz klein war haben mir meine Eltern zu Weihnachten einen Technik- und Physikbaukasten geschenkt. Selbst Mum hat mit uns Stunden lang Experimente aufgebaut und wochenlang damit das ganze Wohnzimmer belagert. Eines Tages kam Dad ganz aufgeregt nach Hause. Er hätte von der NASA einen privaten Auftrag für ein Raumfahrt-Forschungsprogramm bekommen. Endlich könne er in der privaten Wirtschaft als Selbstständiger seine Visionen verwirklichen. Für Dad war es die Erfüllung seiner Träume, für Mum war es der Anfang vom Ende. Mum ist jemand, die eingeht wie ein Mauerblümchen, wenn sie allein ist. Dad war unter der Woche ständig unterwegs. Er war viel in den Staaten und selbst am Wochenende kaum daheim. Wenn er dann mal da war, war wenig mit ihm anzufangen. Entweder klingelte ständig das Telefon oder er war zu müde, um irgendetwas zu unternehmen.

Mum hatte wieder angefangen Tanzunterricht zu geben und tauchte immer stärker in die Welt der Shows ein.

Eines Tages hatte sie ihn mit nach Hause gebracht. Rolf, er war der Produzent von irgend so einem Musical und Mum war die Choreografin und Lehrerin der Tänzer. Rolf ist so ein Typ, der immer ganz schwarz gekleidet war, schwarzer Rolli, schwarze Lederjacke und für's Theater lebte. Ich fand ihn eigentlich ganz nett. Allerdings hat er geraucht und das hat die Beziehung der beiden letztendlich verraten.

Wenn Daddy nachhause kam, hat er sofort den Rauch gerochen und entsprechend nachgefragt.

Eines Tages lag am Morgen nur ein Zettel auf dem Küchentisch „Tut mir leid, ich kann nicht anders! Du und dein Sohn seid euch so ähnlich. Ich passe nicht in diese technische Welt" Sie war mit Olf auf und davon.

„Wer ist denn jetzt Olf?", fragte Jenny. „Eigentlich heißt er Rolf, aber ich habe ihn wegen seines permanenten Tabakgeruchs Olf genannt.", entgegnete Nick. „Was hat Olf mit Zigarettengestank zu tun?" „Also, Olf war einmal die Maßeinheit für Geruch. Wenn ein Mensch, Nichtraucher, frisch gewaschen in einem Raum sitzt und nichts tut, so erzeugt er an Geruch ein Olf. Ein Raucher, der nicht raucht und in einem Zimmer tatenlos herumsitzt, erzeugt fünf Olf." „Wie, der hat eine fünfmal stärkere Ausdünstung als ein Nichtraucher?" „Genau und wenn der dann auch noch das Rauchen anfängt, entstehen 25 Olf. Wir sagen dazu, hier stinkt es. Ja, und deswegen heißt bei mir Rolf eben Olf."

„Oh, das mit deiner Mutter tut mir echt leid. Habt ihr noch Kontakt?", fragte Jenny mit einfühlsamer Stimme.

„Lass uns über etwas anderes reden", entgegnete Nick, „was machen denn deine Eltern?"

„Meine haben ein privates Institut für archäologische Grabungen. Ganz Deutschland wurde vom Amt für Denkmalpflege beflogen und aufgrund von Luftbildaufnahmen die Positionen von antiken oder auch vorchristlichen Siedlungen aufgespürt. Jetzt muss jeder Bauherr, der an einem Ort bauen will, an dem man solche Funde vermutet, erst mal von Archäologen seinen Baugrund untersuchen lassen und dann kommen z.B. meine Eltern und machen das."

„Wie soll man denn heute anhand eines Luftbildes noch antike Dörfer aufspüren können?" fragte Ronny.

„Meist wurden Bereiche, in denen große Bauquartiere von den Gemeinden ausgewiesen wurden, landwirtschaftlich genutzt. Befliegt man ein Getreidefeld zur richtigen Zeit, so lassen sich aus der Luft unterschiedliche Reifegrade feststellen. Dort wo das Getreide schon reif ist, ist mehr Wasser im Boden. Dort reicht der Humus tiefer in den Boden. Da in der Antike die Häuser meist mittels Holzpfahlgründung gebaut wurden, können aus diesen tieferen Humuslöchern ganze Siedlungsstrukturen nachgebildet werden", erklärte Jenny, „naja das ist jetzt nicht so spannend, lasst uns lieber noch eine Runde Kicker spielen, bevor für heute wieder Zapfenstreich ist."

Die Ferienwoche verging wie im Flug und die drei, die zu echten Freunden wurden, mussten sich schließlich verabschieden. „Handynummer, Email, alles gespeichert. Wir bleiben in Kontakt, bis bald, ich schreib´ euch!", versprach Jenny und drückte Ron und Nick besonders fest. Sie packte ihre Tasche und ging auf den Reisebus der Berliner Gruppe zu, ohne sich umzusehen. Ronny und Nick konnten nicht sehen, wie ihr die Tränen über die Wangen liefen.

Staatsmittel, Berlin

Jenny steckte gerade den Haustürschlüssel in die Eingangstür, als das Telefon läutete. Es war 14.00 Uhr und sie war soeben von der Schule nach Hause gekommen. Ihre Mutter hielt schon den Hörer in der Hand. „Dr. Braun, ach du bist es Schatz, ...wirklich, die Staatsmittel sind genehmigt worden, das ist ja super! Gratuliere, wann geht denn die Reise los? Verstehe, erst werden die archäologischen Geräte verschickt und du fliegst dann nächste Woche nach Sansibar. Ja, ich würde am liebsten auch gleich mitfliegen. Wir kommen dann in Jennys Sommerferien nach. Ich freue mich, dass es nun endlich funktioniert hat. Bis später, zur Feier des Tages mach ich uns einen Apfelstrudel. Na klar, mit Vanillesoße. Ich dich auch, ciao!"

„Was meinst du mit >wir kommen in den Sommerferien nach< wohin denn nach?" fragte Jenny, die nun die Schultasche und ihre Jacke ablegte. „Komm hilf mir Äpfel schälen und ich erzähle dir alles."

Jenny rannte die Treppen in den Keller hinunter und füllte einen Obstkorb randvoll mit den letzten Äpfeln der Vorratskammer.

Voriges Jahr, in den Herbstferien, war sie mit ihren Eltern bei den Großeltern in Kufstein in Österreich gewesen. Diese wohnten auf einem riesigen Grundstück direkt am Inn. Im vorderen Teil stand das Haus im typisch alpenländischen Stil mit viel Holzschnitzerei. Sie hatte im Obergeschoß ihr eigenes Zimmer. Alles war aus Holz, die Wände, der Boden und die offene Holzbalkendecke. Der Raum war erfüllt vom Geruch nach Bienenwachs und unendlicher Geborgenheit. Das große, mit vielen verzierten Kissen ausgestattete Bett hatte einen Stoffhimmel aus rötlichem Tüll. Die aus Holz gedrechselten Säulen mit goldenen Kugeln an ihren Enden, die vielen liebevollen Details der Schnitzereien und die kerzenähnliche Beleuchtung erinnerten an ein Bettgemach wie damals zu Kaiserin Sissis Zeiten. Unten neben dem riesigen Wohnzimmer mit offenem Kamin befand sich Omas ganzer

Stolz. Nach ihrer Zeit als Krankenschwester in der Unfallklinik Innsbruck, hatte sie sich ihren Traum einer Küche verwirklicht. Die leidenschaftliche Köchin österrei-
chischer Spezialitäten stellte inmitten des Raumes einen
gewaltigen Ofen, der sowohl Gasflammen als auch elekt-
rische Ceranfelder aufwies. Über den Kochstellen war ein
großer kupferfarbener Dunstabzug angebracht. An diesem hingen eine Vielzahl von dekorativen Küchengegen-
ständen wie Schöpflöffel, Reiben oder Bräter. Ihr Mann
Josef deckte sie zu dieser Jahreszeit mit Mengen von verschiedenen Obstsorten ein, die dann in der Küche zu
Marmelade, Kompott und den verschiedensten Mehl-
speisen verarbeitet wurden. Hinter dem Haus war der
große Obst- und Gemüsegarten. Das Wäldchen an Apfel-
bäumen reichte fast bis an den Inn heran. Im Spätsommer
war Erntezeit und Jenny half ihrem Opa die letzten Bäu-
me von ihrer süßen Last zu befreien. Während Oma für
das leibliche Wohl sorgte, war Opa der Mann für die
Action.
Der pensionierte Skischulleiter der Skischule Elmau war
Skifahrer aus Leidenschaft. So ging es im Winter mit
Jenny hinauf auf die Berge der größten Skischaukel Ti-
rols. Josef kannte jeden Winkel der Berge, jede Hütte und
alle Menschen, die in den Bergen Rang und Namen hatten. Im Sommer waren Opa und Jenny meist auf dem
Wasser unterwegs, entweder mit dem Kanu auf Entde-
ckungstour oder mit dem Surfbrett auf einem aufgestau-
ten Teilabschnitt des Inns. Mit Opa auf Tour zu sein, war
immer ein Erlebnis. Sogar vermeintliche Arbeit, wie die
Apfelernte, endete stets in einer großen Feier. Grillen mit
den Nachbarn und Freunden, ein romantisches Lagerfeuer und jede Menge Spaß waren immer garantiert.
Letzte Herbstferien kehrten die Brauns mit einem Sack
voll Golden Delizius Äpfeln nach Hause. „Bei guter La-
gerung halten die bis in den Frühsommer", meinte Jennys Opa. Ja das waren nun die letzten übrigen Äpfel.
Jenny brachte die Früchte nach oben und stellte den Korb
auf den Küchentisch. Ihre Mutter bereitete schon den
Teig vor. Sie machte den besten Apfelstrudel, den man

sich vorstellen konnte. Von Jennys Oma hatte sie schon im Kindesalter das Rezept dafür gelernt:
200 Gramm Mehl werden durch ein Sieb auf die Tischplatte gesiebt, etwas Salz hinzugeben und mit fünf Esslöffel lauwarmen Wasser und 50 Gramm zerlassener Butter zu einem Teig verknetet. Der so entstandene Teig wird in ein Pergamentpapier eingeschlagen und ruht dann 30 Minuten in einem trockenen, vorher mit heißem Wasser aufgeheizten Kochtopf.
Jenny holte zwei Apfelschäler und eine große Schüssel aus den Küchenschränken, stellte zwei Stühle gegenüber und den Biomülleimer dazwischen. Mutter und Tochter begannen nun sich gegenübersitzend Äpfel zu schälen. „Also, was habt ihr für die Sommerferien geplant?", begann Jenny die Unterhaltung. „Wir fahren nach Sansibar." „Wo ist denn das?" „Sansibar ist eine Insel östlich von Afrika, die zu Tansania gehört. In der Vergangenheit wurde Sansibar >das Tor zum Orient< genannt." „Klingt ja spannend, gibt es dort auch eine Windsurfstation?" „Eher nicht! Aber es gibt großartige, weiße Strände und Korallenriffe zum Schnorcheln." „Wie seid ihr denn auf Sansibar gekommen, ich dachte wir gehen heuer wieder Windsurfen wie letztes Jahr in Alacati?" „Auf Sansibar hat um 1175 Saladin, der berühmte Sultan von Syrien und Ägypten, seinen Altersruhesitz in Form einer eigenen Stadt oder besser gesagt einer Festung gebaut. Dies ergaben jahrelange Forschungen und Recherchen deines Vaters und mir. Die Stadt bildete in der armen Region eine Hochkultur und Saladin ließ die ganze Insel von seinem Reichtum profitieren. Der Handel mit orientalischen Gewürzen florierte und brachte der Insel Wohlstand. Ein großes Erdbeben zerstörte etwa um 1200 die Stadt. Heute ist Sansibar wieder eine arme Insel.
Dein Vater und ich haben damals an der Uni Berlin unsere Promotion über diese damalige Stadt gemacht und schon vor gut 15 Jahren Mittel beantragt, um diese Festung Saladins ausgraben zu dürfen. Ronald hat in seiner Arbeit die Lage der Stadt exakt bestimmt und ich habe dazu den geschichtlichen Hintergrund geliefert. Bis jetzt

gibt es noch keine Beweise, dass diese Stadt auch wirklich existiert hat. Vorhin war Papa am Telefon und hat berichtet, dass unser archäologisches Institut nun den Auftrag erhalten hat, die Grabungen auf Sansibar durchzuführen. Tansania hat die Grabungen genehmigt und das archäologische Denkmalamt in Zusammenarbeit mit der Uni Berlin gaben die Finanzmittel frei. 15 Jahre arbeiten wir nun schon auf dieses Ziel hin. Für unsere Firma wäre es der internationale Durchbruch eine ganze, bisher unbekannte Stadt zu entdecken und auszugraben."

„Das heißt, wir fliegen gar nicht in Urlaub, sondern du hilfst Papa bei der Arbeit?", entgegnete Jenny etwas traurig. "Für mich wird das bestimmt stinklangweilig, wenn ich mit Euch nichts unternehmen kann!"

„Wir werden uns ein Hotel am Strand suchen, in dem für Abwechslung gesorgt ist. Mit den Gästen und Animateuren kannst du dann Beachvolleyball spielen, Tauchen und was halt noch so angeboten wird", entgegnete die Mutter.

„Klingt schon toll, aber halt allein", murmelte Jenny.

Alle Äpfel waren nun geschält und in Stücke geschnitten. Marianne rollte mit einem Nudelholz den Teig aus. Jenny verfeinerte die Äpfel mit einem Fläschchen Rumaroma, einer guten Prise Zimt, 50 Gramm Traubenzucker, einem Päckchen Vanillin-Zucker, drei Tropfen Backöl, Zitrone, 50 Gramm abgezogenen, gehackten Mandeln und 50 Gramm Rosinen. Sie breitete die Apfelfüllung auf den hauchdünnen Teig aus. Geschickt rollte ihre Mutter das Ganze zusammen und legte es in eine mit Butter ausgestrichene Reine.

„Jetzt bei 200 Grad in die Backröhre, in 40 Minuten kommt Ronald heim und die Vanillesoße muss ich auch noch anrühren: Kannst Du bitte schon mal den Tisch decken und ab und zu den Strudel mit Butter bestreichen?", bat die Mutter ihre Tochter.

Der Geruch nach gebratenen Äpfeln und knusprigen Teig erfüllten die Wohnräume, als Jennys Vater die Haustür aufsperrte und Jacke und Aktentasche an die Garderobe hängte. Die Begrüßung des Vaters war herzlich. Jenny liebte ihren Pa, er war wie ein guter Kumpel. Ronald verstand es Jennys Sorgen und Nöte, aber auch Wünsche und Träume von ihren Augen abzulesen und suchte immer nach einem Weg, seine Tochter glücklich zu machen.

„Heute gibt es meine Lieblingsspeise, eine echte Mehlspeise made in Austria, ich weiß schon, warum ich eine Österreicherin geheiratet habe", witzelte Ronald und begrüßte seine Frau mit einer kräftigen Umarmung. Die Familie setzte sich an den Esstisch und der noch heiß dampfende Apfelstrudel wurde feierlich in Stücke geteilt.

„Papa, erzähl doch mal wie es zu der Entdeckung von Saladins Stadt kam", drängelte Jenny.

„Naja, Mama und ich waren junge Studenten an der Universität in Berlin. Sie war eine Österreicherin, die endlich von der Kleinstadt in den Bergen wegwollte. Bei mir Zuhause in Rothenburg ob der Tauber musste man zum studieren in eine andere Stadt, in der es eine Uni gab. Ich habe mir die Stadt ausgesucht, die am weitesten vom Frankenland entfernt war. Berlin war für mich die spannendste Stadt Deutschlands."

„Warum das denn?", fragte Jenny.

„Weil sie damals noch von der DDR umgeben war. Rothenburg ist, wie du ja weißt, eine mittelalterliche Stadt mit vielen Gebäuden, die aus der damaligen Zeit erhalten blieben. Dein Opa und deine Oma haben mich schon mit drei zu den historischen Festumzügen geschleppt. Geschichte und Mittelalter waren schon immer ihr Hobby. Mit 15 war ich davon so begeistert, dass ich Archäologe werden wollte, um eine mittelalterliche Stadt auszugraben. Ich habe alle Informationen über diese Zeit förmlich aufgesaugt."

„Dass wir beide in Berlin studiert haben, war aber kein Zufall, mein lieber Schatz!", ergänzte Jennys Mutter.

„Stimmt, dazu muss ich allerdings ganz von vorne anfangen", sagte Ronald schwärmerisch „Nach dem Abitur war ich mit meinem Schulkameraden Robert sieben Monate mit Rucksack, Zelt und unseren Geländemotorrädern unterwegs, um Afrika unsicher zu machen. Das Abenteuer Afrika begann mit ..." „Nein Ronald, bitte nicht die ganze Geschichte von wirklich harten Männern. Die hab´ ich schon tausendmal gehört!", unterbrach ihn seine Frau. „Auf den Nenner gebracht, auf dem Heimweg nach Deutschland hatte dein Vater am Brenner Pass einen Motorradunfall. Das Schienbein hatte einen offenen Bruch. Mit dem Hubschrauber haben sie ihn in die Unfallklinik Innsbruck geflogen. Dem Papa wurde ein 20 cm langer Nagel in den Schienbeinknochen eingesetzt, damit der Knochen wieder zusammenheilen konnten. Da ich gerade auf der Station von meiner Mutter ein Praktikum absolvierte, war ich an seiner Genesung maßgeblich beteiligt, stimmt´s Liebling? In den zehn Tagen stationären Aufenthalts hat mir dein Vater jede Einzelheit der Afrikatour erzählt. Es war fast so, als wäre ich selbst dabei gewesen", stichelte Marianne.

„Ich habe mich in deine Mutter sofort verliebt. Jede freie Minute wollten wir beieinander sein. Doch Rothenburg und Kufstein waren auf Dauer viel zu weit entfernt und so schmiedeten wir an einer Lösung."

„Was hat nun das Ganze mit der Ausgrabung auf Sansibar zu tun?" drängelte Jenny.

„Ach so, ja ... ich bin noch während meiner Schulzeit auf eine Legende gestoßen. Sie besagte, dass sich Saladin auf Sansibar eine eigene Stadt, die verbotene Stadt gebaut haben soll. Sansibar war auf unserer Motorradtour die letzte Station bevor es wieder zurück nach Deutschland ging. Zwei Wochen durchkämmten wir mit unseren Maschinen die Insel. Ich machte dabei einige interessante Entdeckungen. Na ja, ich wollte unbedingt durch ein Archäologiestudium die Grundlagen lernen, um meine Vermutungen beweisen zu können. Marianne und ich haben uns in der gleichen Uni eingeschrieben. Wir haben uns in Berlin eine Studentenbude gemietet und konnten endlich zusammen sein. Schon damals in der Klinik hab´ ich Marianne von Sansibar und meinen Vermutungen erzählt und in ihr die Leidenschaft für das Mittelalter geweckt. Während des gesamten Studiums sammelten wir alle Informationen über Saladin, den zweiten Kreuzzug und die Insel Sansibar. Unsere beiden Studiengänge

Geschichte und Archäologie ergänzten sich hervorragend und so begannen wir das Puzzle zusammen zu setzen. Nach Abschluss unseres Studiums leisteten wir uns eine Reise nach Sansibar. Vom Lehrstuhl hatten wir uns eine Photogrammmetrie Kamera ausgeliehen."

„Eine was?", fragte Jenny.

„Eine Mittelformatkamera, mit der Luftaufnahmen gemacht werden, die praktisch unverzerrt sind, so dass daraus maßstabsgetreue Pläne angefertigt werden können", erklärte Jennys Mutter. „Das war vielleicht eine alte Klapperkiste, mit der wir täglich in die Luft gestiegen sind. Innerhalb einer Woche haben wir die gesamte Insel aus niedriger Flughöhe fotografiert."

„Die Fotos waren die letzten noch fehlenden Puzzleteile unserer Theorie. In unseren Doktorarbeiten setzten wir sie zusammen und konnten den theoretischen Beweis für die Existenz dieser mittelalterlichen Stadt erbringen. Nachdem Saladin im Jahre 1174 Sultan von Ägypten und Syrien wurde und somit der mächtigste Mann seiner Zeit war, erbaute er fernab seiner Heimat auf Sansibar eine einzigartige Stadt, die verbotene Stadt!", dozierte Jennys Vater.

„Warum denn verbotene Stadt?", entgegnete Jenny.

„Saladin riegelte diese Stadt hermetisch ab. Nur von Saladin persönlich ausgesuchte Personen lebten dort. Für alle anderen Menschen war der Zutritt verboten. Der Legende nach bewahrte Saladin in der Stadt einen Schatz von unermesslichem Wert auf, den niemand zu Gesicht bekommen durfte." erklärte Ronald.

„Wau, das klingt ja super spannend und ihr wollt jetzt mit den Grabungen beweisen, dass es diese Stadt wirklich gegeben hat", stellte Jenny fest. „Ja genau", erwiderte ihr Vater. „Bis Ende nächster Woche ist das für die Grabungen erforderliche Gerät vor Ort und wir werden mit der Suche beginnen. Die Mittel reichen vorab für sechs Monate. Wenn wir bis dahin nennenswerte Funde vorweisen können, wird es weitere finanzielle Unterstützung geben. Wenn nicht ist die Geschichte gestorben."

„Du Papa, wenn wir dich in den Sommerferien vier Wochen besuchen, sind du und Mama doch bis über beide Ohren beschäftigt und habt für mich wenig Zeit, stimmt´s?"

„Ja, wir müssen in den ersten Monaten einen echten Erfolg verzeichnen, sonst ..."

„Was haltet ihr davon, wenn ich zwei Freunde mitnehme, dann könnt ihr in Ruhe graben und ich habe auch meinen Spaß?", warf Jenny ein.

„Wen willst du denn mitnehmen?", fragte Jennys Mutter.

„Ronny und Nick, ich bin den beiden doch noch was schuldig."

„Zwei Jungs? Kommt nicht in Frage, wer weiß was Euch für ein Blödsinn einfällt. Wir könnten deine Tante Renate fragen, ob Agathe mitfahren darf." konterte ihre Mutter.

„Bitte nicht Cousine Agathe, die ist langweilig und spießig.

Pa, bitte lass doch meine Freunde mitfahren!", quengelte Jenny.

„Du hast deine Mutter gehört." Damit war die Unterhaltung beendet. Jenny stand auf, lief in ihr Zimmer und die Eltern konnten nur noch hören, wie sie die Zimmertür zuschlug.

Bergwacht Garmisch, April 2002

Der Trubel um die Rettung des Engländers und der Japanerin, die mitten in der Nacht meinten, einen Berg besteigen zu müssen, war am nächsten Morgen Gesprächsstoff Nummer eins bei der Bergwacht Garmisch-Partenkirchen. „... und der ganze Aufwand mit Hubschrauber und zwei Suchtrupps, alles nur wegen zwei so dämlichen Gesteinsbrocken", seufzte der Einsatzleiter Andi Hirsfeld, „diesen Engländern werden wir eine saftige Rechnung stellen."

„Ja gut, dass die Wirtin uns verständigt hat", entgegnete Bergwachtkollege Sepp Wagner, „nachdem ihre beiden Gäste gegen Mitternacht noch immer nicht zurück waren. Bei dem Sauwetter wären die beiden wahrscheinlich erfroren."

„Was ist denn heut´ Nacht passiert?", fragte Toni Huber, der gerade zur Einsatzleiterbesprechung hereinkam.

„Der englische Herr Professor hat geglaubt, er könne mitten in der Nacht auf eine Felswand hinaufsteigen, um wie ein Edelweiß einen Meteoriten zu pflücken", witzelte Andi. „Was wollte er pflücken?" „Heute Nacht sind oben auf dem Wank zwei Meteoriten eingeschlagen und die depperten Touristen haben sich eingebildet, bei dem scheiß Wetter Steine sammeln zu gehen. Oben an der Felswand, ist er ausgerutscht und das ganze Geröllfeld runter gestürzt. Er kann von Glück reden, dass nur sein Bein und nicht das G´nack gebrochen ist. Keinen Meter konnte er noch weitergehen. Und die Japanerin war auf der Wies´n vom Glückbauern unterwegs und hat den zweiten Stein eingesammelt. War ja stock dunkel und da ist sie voll in den Stacheldraht gelaufen. Die hat sich so verheddert, dass wir sie mit dem Bolzenschneider rausschneiden mussten. Mei, die hat ausgeschaut, überall ist ihr das Blut runter gelaufen."

„Die beiden sind jetzt in der Klinik und werden spätestens, wenn sie unsere Rechnung bekommen ihren dämlichen Spaziergang bereuen."

„Hat denn so ein Meteorit überhaupt einen Wert?", fragte Sepp. „Keine Ahnung, jedenfalls waren die zwei Ausländer nicht die einzigen, die sich auf den Weg gemacht haben, um die Steine zu suchen. Sie waren halt die ersten und haben die Steine eingesackt."

„Was macht jetzt unser Bürgermeister, der hat doch öffentlich bekannt gegeben, dass der rechtmäßige Besitzer der Steine die Gemeinde ist, auf dessen Gebiet sie gefunden wurden."

„Was will denn der Bürgermeister damit?" „Im Zweifelsfall darum streiten! Kennst ihn doch, er hat immer Recht!"

Die Einladung, Sommer 2009

„Marianne, was hast du eigentlich gegen die zwei Jungs?" „Ich habe nichts gegen sie, aber Jenny ist kein Kind mehr! Sie wird bald fünfzehn und da können wir sie nicht mit zwei pubertierenden Jungs in den Urlaub schicken."

„Der Flug wäre kein Problem, wöchentlich fliegt eine Transportmaschine nach Sansibar und zurück, um uns mit Nachschub zu versorgen, da könnten bis zu sechs Passagiere mitfliegen", grübelte Ronald. „Abenteuerurlaub im Zelt statt Hotel wäre billiger. Jenny und die Jungs könnten je ein eigenes Zelt bekommen und wenn sie im Zeltlager der Grabungsstätte übernachten, haben wir ein Auge auf sie!"

Ronny freute sich über Jennys Anruf und war von der Idee eines Abenteuerurlaubs begeistert. "Finanziell sieht es bei mir allerdings mau aus! Ich werde mir solch einen Urlaub wohl kaum leisten können", gab Ronny zu bedenken. „Die Kosten für Flug und Unterkunft werden von der Firma meiner Eltern übernommen und für die Reise von München nach Berlin finden wir sicher auch eine Lösung! Lass mich nur machen. Einzelheiten schicke ich dir per Email", entgegnete Jenny und spürte förmlich die Freude auf der anderen Seite der Leitung.

Nick war froh nun endlich zu wissen, was er in den Sommerferien unternehmen würde. Mit seiner Mutter wollte er nicht verreisen und sein Vater hatte wie immer keine Zeit. „Sansibar, wau das ist doch der Geburtsort von Freddie Mercury!" posaunte Nick begeistert ins Telefon. „Ich dachte Queen ist eine englische Gruppe?" fragte Jenny. „Ja schon aber als echter Fan weiß man, dass Freddie, der eigentlich Farrokh Bulsara hieß, 1946 als Sohn von persisch-indisch-stämmigen Eltern auf Sansibar geboren wurde und dort bis 1964 lebte." Nicks einzige Sorge war nur noch, dass er im Ausgrabungslager keinen Internetzugang zur Verfügung haben könnte. Jenny beruhigte ihn, „Starbucks gibt es doch auf der ganzen Welt und außerdem ist Daddys Institut eines der modernsten in ganz Deutschland, denen steht doch jede denkbare Technik zur Verfügung."

Jenny war nun in ihrem Element, Reisen planen und organisieren konnte sie wirklich gut. Als erstes holte sie sich aus dem Internet die verschiedenen Schulferienpläne von Berlin, Bayern und London. Es gab allerdings keine vollen vier Wochen, in denen alle zur gleichen Zeit Ferien hatten. „Da müssen wir wohl ein wenig tricksen", überlegte sich Jenny. In einem kurzen Telefonat mit Nick stellte sich heraus, dass er unter dem Deckmantel einer Studienreise eigentlich immer eine Schulbefreiung erhielt. Das war wohl das Privileg einer Privatschule für Hochbegabte. Die vier Wochen waren nun im Kalender festgelegt. Jetzt ging die Suche nach dem Transfer von München bzw. London nach Berlin und zurück los. Nach 45 Minuten Internetrecherche hatte Jenny alle Bahn- und Flugreisen miteinander verglichen und hatte bei DBA das günstigste Angebot gefunden. Sie klärte mit Ronny, Nick und ihren Eltern die Termine ab und buchte die Flüge. In fünf Wochen sollte es dann endlich losgehen.

Die Weise des Ostens, ferne Vergangenheit

Im entferntesten Osten Chinas saß Haruka Guang auf einem Kissen, hatte eine Schale in der Hand und zerrieb mit einem Mörser getrocknete Blätter. Sie war eine ältere Frau mit weißem Haar und von der Sonne gegerbtem Gesicht. Ihre gute Ernährung, die strenge tägliche Körpererziehung und nicht zuletzt ihre eigene Heilkunst verliehen ihr eine Beweglichkeit und Leistungsfähigkeit, die man der alten Dame nicht zugetraut hätte. In dem Dorf, in dem sie lebte, sagte man, sie sei eine direkte Nachfahrin von He Xian Gu, einer der Acht Unsterblichen in der chinesischen Mythologie. Sie hatte ihr Leben der Medizin verschrieben. Die Heilerin verstand es, aus getrockneten Pilzen und Kräutern ein Pulver zu mischen, das schon manchen im Dorf die Leiden gelindert oder sogar das Leben verlängert hatte.

Haruka wusste um das Geheimnis von He Xian Gu, die durch die Einnahme eines Pulvers unsterblich wurde. Sie hatte es von ihrer Mutter, diese wiederum von ihrer Mutter, also Harukas Oma und diese wiederum von ihrer Uroma erfahren. So wurde über Generationen das größte Geheimnis der Menschheit immer von Mutter zu Tochter weitergegeben.

Haruka hatte mit 20 Jahren einen Sohn geboren, war seitdem jedoch unfruchtbar geblieben. Mit ihrem Tod würde nun also das Geheimnis um das weiße Pulver verloren gehen. Sie hatte schließlich keine Tochter, der sie, wie es seit Generationen üblich war, das Rezept anvertrauen konnte. Ihr Sohn Lee war in die Ferne gezogen, um im östlichen Meer neues Land zu entdecken. Seit vielen Jahren hatte sie keine Nachricht mehr von ihm erhalten. Die Ungewissheit, ob er noch am Leben sei, ließ sie oft Nächte lang nicht schlafen.

Sie hatte Pilze in hauchdünne Scheiben geschnitten und sie auf ein Tuch zum Trocknen gelegt. Der Himmel war wolkenlos und die wärmende Sonne trocknete die Zutaten für ihre Heilmedizin im Nu. Plötzlich wirbelte eine Windhose, die wie aus dem Nichts erschien, alle Pilzblätter hoch in die Luft. Diese drehten sich in der Windhose in atemberaubender Geschwindigkeit. Haruka konnte es nicht glauben, doch die Blätter formten sich zu einem dreidimensionalen Gesicht. Erst war sie wie erstarrt, dann jedoch schritt sie um das Gesicht herum, um die Hinterseite des Kopfes sehen zu können. Doch das Gesicht drehte sich mit ihr, so dass immer die Vorderseite zu ihr zeigte. Als nun das Gesicht sie freundlich anlächelte, ließ sie sich demütig zu Boden fallen. Dann bewegte sich der Mund und es waren He Xian Gus Worte, die ihr Leben verändern würden: „Haruka, gehe nach Westen, weit weg von hier, deine Gefühle werden dich leiten!"

Alle Pilzblätter wirbelten hoch in die Luft und regneten auf sie herab. Keine einzige Pilzscheibe berührte den Boden. Alle hafteten, wie ein Stoffmuster, auf ihrem Gewand. Sie hatten sich mit dem Stoff fest verbunden.

Noch am selben Tag packte sie das Nötigste und machte sich mit Mörser, Schale und einem Säckchen voll Heilkräutern auf den Weg nach Westen.

Reise nach Sansibar, Sommer 2009

Die Schulzeit von Pfingsten bis zu den Sommerferien schien ewig zu dauern.

Der Rucksack für seine erste große Reise war längst gepackt. Mit der Kletterausrüstung, Schnorchel, Flossen, Pfadfindermesser, Maglight-Taschenlampe und einer Stirnlampe für nächtliche Ausflüge, war der Rucksack schon so gefüllt, dass für Kleidungsstücke nur noch wenig Platz blieb. „Egal", dachte Ronny, „ich nehme Rei in der Tube mit."

Endlich war der Tag des Wiedersehens gekommen. Nach rund 60 Minuten Flug landete Ronnys Maschine um 10:55 Uhr in Berlin Tegel. Nick, der schon 40 Minuten früher am Flughafen eintraf, und Jenny begrüßten den Neuankömmling. Man hatte sich soviel zu erzählen, dass die drei gar nicht merkten, wie sie zu einem lebenden Hindernis in dem relativ engen Gang des Flughafens wurden.

„Jenny, wie geht's deiner Hand, ist die Verbrennung schon verheilt?"

„Super, dass wir zusammen Urlaub machen. Ich bin schon auf deine Eltern gespannt."

„Die Wochen bis zu den Sommerferien waren ewig, was habt ihr noch alles unternommen?"

„Ich hoffe, dass ich alles Nötige eingepackt habe."

Erst als das Gedränge stärker wurde, meinte Jenny, dass es nun wohl besser sei, den Weg nach Hause anzutreten. Mit dem öffentlichen Bus ging es zur nächsten U-Bahn-Station. „Hier gibt es die beste Curry Wurst Berlins", meinte Jenny. Reisen macht hungrig und so war es keine Frage, erst mal Halt zu machen und als zweites Frühstück die Berliner Spezialität zu kosten. Mit U- und S-Bahn erreichten die drei nach 45 Minuten Jennys Zuhause. Frau Dr. Braun begrüßte die beiden Gäste wie ihre eigenen Kinder. „In 20 Minuten ist das Essen fertig. Jenny, zeig den beiden schon mal das Badezimmer, damit sie sich frisch machen können." „Die Transportmaschine fliegt um 20:30 Uhr. Wir sollten um 18:00 Uhr am Flughafen sein, also hier um 16:30 Uhr losfahren", erklärte Jenny den weiteren Tagesablauf.

Das Essen hatte eine andere Klasse als das Schulessen, das Ronny gewöhnt war und selbst die Bohnenstange Nick, der Essen eher als lästige Notwendigkeit betrachtete, schaufelte sich gerne einen Nachschub auf den Teller. Nach dem Essen wurde das gesamte Reisegepäck in den geräumigen Geländewagen der Brauns geräumt. „Wenn ihr Lust habt, könnt ihr alle noch zum Großmarkt mitfahren, ich brauche noch einige Lebensmittel, um eurem Dad eine Abwechslung zum alltäglichen Zeltlageressen zu bieten. Dann können wir auch direkt zum Flughafen weiterfahren und ich muss nicht noch einmal nach Hause, um euch abzuholen", schlug Jennys Mutter vor.

Mit einer weiteren Tasche voll Proviant erreichte nun der Geländewagen mit dem auffälligen IADB-Logo an den beiden Vordertüren die Sperrschranke an einem Nebeneingang zum Flughafen. „Oh, sie sind es, Frau Dr. Braun, schön sie zu sehen." Herr Professor Seidel hat mich hier an die Pforte geschickt, um sie abzuholen", begrüßte sie der neue Assistent des Lehrstuhls für Archäologie der TU Berlin. Marianne hatte Tom Haslinger, der nun seit Beginn des Sommersemesters als neuer Doktorand von Professor Seidel arbeitete, schon vor einigen Wochen kennen gelernt. Tom war ein echter Naturbursche, braungebrannt, Vollbart. Das Haar trug er als Pferdeschwanz zusammengebunden. Von Anfang an war er von der bevorstehenden Grabung auf Sansibar begeistert. Schwerpunkt seiner Doktorarbeit war der von Professor Seidel neu entwickelte Grabungsroboter WALDI (Wireless Archeologicmaterial Loading Data, Identificationmobile), der nun das erste Mal im Feldeinsatz erprobt werden sollte. „Hallo Jenny ... und ihr beide seid wohl Nick und Ron, Dr. Braun hat mir schon einiges von euch erzählt, Segelschiff und so. Ich komm´ nächste Woche mit unserem Spürhund WALDI nach Sansibar runter, da werden wir sicher `ne Menge Spaß haben." Tom stieg mit ins Auto ein und lotste sie zum Hangar, in dem die gecharterte zweistrahlige Boeing 727 gerade ent- und beladen wurde. „Ihr Mann hat ja schon ziemlich vielversprechende antike Funde zur Restaurierung zu uns ins Institut geschickt. Dieses Mal sind auch wieder zwei Kisten dabei."

„Wem gehören eigentlich die Funde?", fragte Ronny. „Nach deutschem Recht zur Hälfte dem Grundstücksbesitzer und zur anderen Hälfte dem Finder", erklärte Jennys Mutter. Mit Tansania wurde in einem Vertrag genau festgeschrieben, wie mit Grabungsfunden zu verfahren ist. In erster Linie geht es um die wissenschaftliche Arbeit, um die Dokumentation der Geschichte und nicht um eine potenzielle Bereicherung."

Mittlerweile war es 20:00 Uhr geworden, die Maschine war beladen und betankt. Mit einem großen Lunchpaket in der Hand bestiegen die vier Passagiere das Flugzeug und wurden vom Kapitän und dem zweiten Offizier begrüßt. „Wir haben Starterlaubnis. Sobald sie angeschnallt sind, kann es losgehen", verkündete Kapitän Hesse und schüttelte jedem die Hand.

Das Flugzeug war geräumig, nicht so toll verkleidet wie ein Passagierflugzeug und auch weniger gut schallgedämmt, dafür war der Blick ins Cockpit offen und jeder durfte während dem Flug einmal neben dem Piloten Platz nehmen. „Die Abenteuerreise hat begonnen", dachte sich Ronny. Seine Augenlider wurden schwer und er schlief ein.

Acht Stunden nach dem Start quietschten die Reifen und die Maschine hatte wieder festen Boden unter sich. „Wau, wir sind auf Sansibar", jauchzte Ronny.

Dr. Ronald Braun wartete schon mit einem geländegängigen Kleinbus am Rande der Rollbahn und winkte den Neuankömmlingen zu. Als die Flugzeugtür zur Seite schwang und die vier die Gangway herunterliefen, kam sich Ronny vor, als stünde er unter einem riesigen Föhn. Es war so, wie nach dem Haare waschen im Schwimmbad, nur, dass der ganze Körper von heißer, feuchter Luft umhüllt wurde. Während herzlicher Umarmungen und Händeschütteln wurde das gesamte Gepäck von Flughafenmitarbeitern nun in den Bus verstaut. Dann rollte das klimatisierte Gefährt los. Die von Schlaglöchern übersäte Straße war mit Palmen gesäumt. Von Zeit zu Zeit kamen sie an einfachen, ärmlichen und oft auch total zugemüllten Behausungen vorbei.

„Willkommen auf Sansibar, dem Tor zum Orient!", begrüßte Dr. Braun noch einmal seine Gäste. „Sansibar ging als die Gewürzinsel in die Geschichte ein, denn von hieraus wurde reger Handel mit dem Osten getrieben. Und wenn ihr euere Nase spitzt, dann werdet ihr es vielleicht auch riechen. Auf Sansibar wachsen Vanilleschoten, Zitronengras, Nelken, Pfeffer, Muskatnuss und Ingwer. Man baut hier Unguja, Kaffee, Lakritzbäume, Lippenstiftpflanzen, Pemba und natürlich auch Kokosnüsse an. Unsere Grabungsstätte liegt an der Südküste auf der Halbinsel Uzi. Hier ist der Boden allerdings nicht so fruchtbar wie im Westteil der Insel, da er zu einem großen Teil aus Korallenkalk besteht."

Das Fahrzeug verließ die asphaltierte Straße und weiter ging es auf einer Schotterpiste. Der Bus zog eine gewaltige Staubwolke hinter sich her. Die Gegend schien menschenleer.

„Vorsicht mit den Gezeiten, die sind hier sehr stark. Allerdings kann man bei Ebbe super mit dem Fahrrad am Strand entlangfahren. Das ist besser als auf den Straßen, denn die sind in einem katastrophalen Zustand. Wir haben im Zeltlager einige Fahrräder. Dort könnt ihr euch immer welche ausleihen. Na ja, es wird euch bestimmt nicht langweilig. In der Stadt gibt's einen großen, orientalischen Bazar. Ja sogar einen Geschichtenerzähler soll es dort geben. Die Hafengegend ist sehenswert, jede Menge Restaurants, historische Bauwerke und Museen."

„In ein Museum bringen mich keine zehn Pferde rein", dachte Ronny, „Surfen klingt allerdings ganz gut."

Nach einiger Zeit erreichten sie einen Wachposten, der vor ihnen salutierte und eine Schranke öffnete. „Das gesamte Areal der Grabung wurde von den hiesigen Behörden eingezäunt. Ein privater Sicherheitsdienst bewacht 24 Stunden das Gelände", erklärte Dr. Braun. „Die örtliche Polizei hat auch ein Auge auf uns. Offiziell dient dies nur zu unserer persönlichen Sicherheit. In Wirklichkeit achtet die Behörde nur darauf, dass nichts illegal außer Landes kommt. Wir haben hier derzeit vier Archäologen, zwei technische Assistenten, drei Baggerfahrer und etwa zehn für Ausgrabungen geschulte Arbeiter vor Ort.

Ach ja, dann ist da noch Hansi unser Praktikant aus Österreich. Der ist zwar mehr Windsurffreak als Archäologe, aber eine treue Seele. Während eurem Aufenthalt steht er exklusiv für euch quasi als Fahrer und Surfbegleiter zur Verfügung. Morgen könnt ihr mit ihm dann gleich mal das Revier erkunden."

„Klingt ja super, also doch endlich wieder Windsurfen!", schwärmte Jenny.

„Hansi hat sich schon mit sämtlichen Locals angefreundet und den besten Spot ausfindig gemacht.

Mit dem Wachpersonal und unserem Koch sind 29 und mit euch vier jetzt 33 Personen im Lager.

Ich bringe Euch erst mal zu den Schlafzelten, damit ihr schon mal euere Sachen unterbringen könnt."

Windsurfen auf Sansibar

Hansi, der Praktikant, parkte den alten, weißen Nissan Pick-up direkt vor den Zelten der Neuankömmlinge. Jenny stand wie angewurzelt vor dem sonnengebräunten, breitschultrigen, ein Meter achtzig großen Mann. Seine gelockten, goldblonden Haare reichten bis zu den Schultern. Die smaragdgrünen Augen funkelten. „Gemma, schmeißt's eier Badezeig einfach hint'n auf die Surfbredl nauf", brach Hansi das Schweigen. In seiner Billabong Short und Robby Naish-T-Shirt sah er wie ein Surfidol aus Jennys Surf-Magazin aus. Nick krabbelte mit seiner aus dem Zelt und begrüßte Hansi. Der wiederum antwortete darauf mit: „Was hast du denn für a schwules Leiberl an?" „Wieso? Das ist ein Hawaii Hemd aus Oahu", gab Nick verdutzt zur Antwort. "Macht nix, gemma. Frühstück gibt's am Strand. Mia fahrn zu oam Insider Beach, Locals only, verstehst! Des Riff is so weit draußen, dass ma die ersten 500 Meta kaum a Welln ham."

Hansi parkte den Nissan mit der Ladefläche Richtung Strand unter die letzte Baumreihe. Vor den drei Neuankömmlingen erstreckte sich ein 30 Meter breiter Sandstreifen. Das türkisblaue Meer glitzerte im Sonnenlicht und weit draußen war die Gischt der sich brechenden Welle zu erkennen. Der feine, aus Korallensand bestehende Strand erstreckte sich beinahe über einen Kilometer und wurde an beiden Enden von riesigen Felsbrocken eingefasst. Auf der rechten Seite säumten bunte Fischerboote das Bild, die sich an langen Ankerseilen hängend in den Wind gedreht auf und ab bewegten. Der Strand war allerdings in keiner Weise einsam. Truck an Truck parkten schon viele Windsurfer und Kiter unter den Schatten spendenden Kasuarien. Am Strand wurden eifrig Riggs und Drachen aufgebaut. Von allen Seiten waren ein „Servus, Grüezi, Bon Jour Hansi" zu hören.

„Sag mal kennst du die hier alle?", fragte Jenny beeindruckt. „Ned wirklich, aber ich hab jede Menge Polyesterharz von Dahoam mitbracht und bin hier quasi der

Brettdoktor." Schon stand eine Traube von braun ge-
brannten Typen mit nackten, muskulösen Oberkörpern
und bunten Billabong-Shorts um die Vier herum. „Hansi
ist nicht nur der Brettdoktor, sondern auch unser Surfgu-
ru. Ich bin der Franz, wir machen mit der ganzen Familie
drei Wochen Urlaub hier. Ohne Hansi wäre es hier direkt
langweilig, der hat immer die neuesten Manöver auf
Lager. Hast du mein Board reparieren können? Beim
Frontloop hat es mir die Nase auf'm Riff zertrümmert, da
ist es ganz schön seicht." „Du hast dir die Nase gebrochen?", fragte Nick ungläubig. „Nicht meine Nase, den
Bug von meinem Brett". „Alles wieder geflickt, dein
Mistral liegt hinten auf der Ladefläche", meldete Hansi
beiläufig, „Rudi is grad kemma, auf geht's zum Frühstücken."
Ein Daihatsu Mini-Truck war gerade zwischen zwei
großblättrigen Bäumen eingeparkt. Eine große Klappe
öffnete sich an der Breitseite und zum Vorschein kam ein
mobiler Verkaufsstand. „Hier gibt's die weltbesten Pan-
nini Chocolate und dazua oan Nescafe Cappucino."
Von allen Seiten eilten Leute zum Frühstückstruck und
Rudi hatte alle Hände voll zu tun, um die lange Schlange
abzuarbeiten.
Ronny, Nick, Jenny und Hansi setzten sich auf zwei abge-
ladene Bretter und genossen ihren Morgensnack. „Wie
kommst du denn zu dem Praktikum bei meinen Eltern?",
fragte Jenny. „Des is a läng're G'schicht", entgegnete
Hansi „Ich studiere eigentlich Vermessungswesen in
Wien. Der Neusiedler See ist allerdings zum Surfen auf
die Dauer vui zu langweilig. Dann bin i ein Jahr nach
Australien, guada Wind, perfekte Welle. Danach war ich
ein Semester an der Uni Berlin. Zum Surfen uncool aber
ansonsten okey. Beim Seminar Photogrammmetrie und
der Auswertung von antiken Siedlungen hab i dann deinen Dad kennen g'lernt. Der ist echt cool, hab mit ihm ein
paarmal Tennis g'spuit. Jedenfalls bin i dann an die Uni
auf Mauritius, da gibt es im Süd-Westen bei Le Morne
einen Spot vom Feinsten. Hinterm Riff im Wellenspot
Manava ist die Welle so hoch wia a zweistöckiges Haus

und innerhalb vom Riff kannst parallel zum Strand voll Gas geben und für die Hasen am Strand coole Manöver fahren."

„Ist es nicht teuer im Ausland zu studieren?", fragte Ronny. „Mauritius kostet 1.500 EUR pro Semester." „Wow, das ist aber schon viel Geld." „Das ist relativ. In Australien kostete die Studiengebühr fürs Semester 5.000 EUR. Nach einem Jahr haben allerdings meine Eltern g´streikt, war ihnen auf die Dauer z´vui. Bei 480 EUR pro Semester in Berlin waren sie wieder happy.

Dein Dad hat mir damals schon von der geplanten Ausgrabung auf Sansibar erzählt. Für den Fall, dass es eines Tages dann sowell sein sollte, hab´ i ihm meine Email Adresse geben. Ja und vor zwei Monaten kam dann seine Mail. Das passte grad richtig gut, denn ich muss ja noch mein dreimonatiges Praktikum nachweisen und hier ist es zum surfen echt leiwand."

Inzwischen hatte sich der Strand zu einem lebendigen Familienabenteuerspielplatz verwandelt. Zwischen den Bäumen wurden Hängematten gespannt. An hohen Ästen baumelten Kitebars, die wie Schaukelstangen von den spielenden Kindern beturnt wurden.

Drachen starteten am Strand und zogen wenig später in hoher Geschwindigkeit die Kiter über das Wasser. Die Kiteschirme schwebten in allen Farben wie aufgeblasene Luftmatratzen am Himmel. Ein Schirm war schwarz und zeigte einen weißen Totenkopf. Inzwischen waren am Strand zahllose Segel entrollt und mit Mast und Gabelbaum zu Riggs verwandelt.

Hansi machte für Jenny einen >Mistral Screamer 105< mit einem 5,8 m³ Segel startklar. Nachdem sie sich den Neoprenshorty, Surfschuhe und Trapez übergestreift hatte, fegte sie auch schon über das Wasser. Ronny war zwar ein guter Turner, Surfen war für ihn jedoch Neuland. „Zum Surfen lerna is grad a bisserl vui Wind, aber wir könnten es zu zweit probieren." Während Nick sein Teleobjektiv auf seine Canon schraubte, stürzten sich Ron und Hansi mit einem 180 Liter Starboard in die Fluten. „Halt dich hinten an der Fußschlaufe fest und wenn wir

Fahrt aufnehmen, versuch aufzustehen", waren Hansis Anweisungen. Ronny war so geschickt, dass er schon nach wenigen Malen auf dem Brett stand. Später versuchte er sogar auf Hansis Schultern zu steigen, um übereinanderstehend zu surfen.

Zur Mittagszeit bot Rudi aus seiner fahrbaren Küche kunstvoll geschnitzte Ananas Hälften an, die wie ein Eis am Stiel gehalten wurden.

Während der ganzen Woche verbrachten die drei jede freie Minute am Surfspot. Hansi lernte Nick geduldig die Kunst des Windsurfens. Ronny war ein Naturtalent. Schon nach wenigen Tagen konnte er mit Jenny um die Wette fahren. Nur an der Halse scheiterte er regelmäßig.

Der Fund

Nach einem langen Surftag schlüpften die drei in ihre Schlafsäcke und waren in einen tiefen, traumerfüllten Schlaf gefallen.

Ronny befand sich auf einem Stück Treibholz und wiegte unablässig auf und nieder. „Weit und breit kein Land. Überall nur Meer. Ich habe so Durst." Ihm war nicht kalt und dennoch stellten sich alle seine Körperhaare auf. Der Gedanke, unendlich weit von Zuhause zu sein und nicht zu wissen, wie lange er das Schaukeln noch ertragen könnte, erzeugte in ihm ein Gefühl der Hilflosigkeit. Hoch und tief. Bei jeder Bewegung klatschte das Wasser gegen das Stück Holz. Nein, es war kein Treibgut, es war eine Art Baumstamm: Mit zwei starken Ästen war dieser als Ausleger an einem schmalen Segelboot angebracht. Das Klatschen wurde lauter, heftiger. Es war nun mehr ein Stampfen: Es klang, wie wenn Metall gegen den Boden schlägt. Ronny öffnete die Augen. Er befand sich wieder in seinem kleinen Zelt. Neben ihm lag Nick, der fest schlief. Im Lager herrschte bereits reges Treiben. Die Arbeiter nutzten die Kühle des Morgens und somit waren die Dieselmotoren der Maschinen nicht zu überhören. Ein Seilbagger hob seinen großen, stählernen Greifer in die Luft und ließ ihn aufgeklappt zurück zur Erde fallen. Das Stahlmaul grub sich tief in das Erdreich. Es klappte gefräßig zu. Der Motor brummte ohrenbetäubend, das Seil zog an und hob das gefüllte Maul wieder in die Höhe. Die Grube wurde tiefer und tiefer. „Erst halb sieben, so ein Lärm! Ich will noch eine Stunde schlafen. Frühstück ist doch erst um 8:00 Uhr!", gähnte Jenny und drehte sich in ihrem Schlafsack auf die andere Seite, tat aber bei dem Lärm kein Auge mehr zu.

Nick war nun auch aufgewacht. „Mir tut vielleicht mein Kreuz weh, so eine Luftmatratze ist nicht gerade ein Paradies für meine Knochen", jammerte er.

Als die drei ins Frühstückszelt kamen, waren Jennys Eltern gerade mit dem Frühstück fertig. „Guten Morgen alle zusammen", strahlte Marianne den schläfrigen Freunden entgegen.

„Was war denn das heute Morgen für ein Lärm?", fragte Jenny vorwurfsvoll. „Der Bagger hob eine Versitz Grube für das Wachhaus aus. Wenn die Wachleute eine eigene Toilette haben, muss der Posten nicht mehr verlassen werden, wenn die Wache mal muss. Das ist eine neue Auflage des Ministeriums. Offiziell dient die Überwachung unserem persönlichen Schutz. Die Regierung hat uns dazu nun einen eigenen Inspektor namens >Diallo< zur Seite gestellt, der überall seine Nase reinsteckt. Ich frage mich, vor was die uns beschützen müssen? In Wirklichkeit wollen sie den Grabungsbereich nur rund um die Uhr bewachen, damit ja keine Funde herausgeschmuggelt werden können. Was dieser Diallo jedoch in Wirklichkeit im Schilde führt bleibt mir ein Rätsel, der geht doch nur im Weg um!", erklärte etwas angesäuert Dr. Braun.

„Wie geht's denn den Grabungen?", fragte Ronny.

„Wir kommen gut voran. Wenn wir den Beweis für die Existenz der verbotenen Stadt erbracht haben, werdet ihr Zeugen einer archäologischen Sensation und die Geschichtsbücher müssen zum Teil umgeschrieben werden. Jetzt müssen wir aber los, lasst uns heute Abend weiterreden", antwortete Jennys Vater mit einem gewissen Stolz in seiner Stimme.

Das Frühstückszelt verwöhnte die Gäste mit allem was der fruchtbare Westen der Insel zu bieten hatte. Da gab es Berge von frischem Obst, wie Mangos, Papayas, Ananas, Orangen, Grapefruits, Melonen oder Bananen. Knuspriges, im eigenen Ofen gebackenes Brot, frische Tomaten und allerlei von Brotaufstrichen, Säfte, Kaffee und Tee waren auf dem Büfett-Tisch zu finden.

„Das mit der Ausgrabung, scheint ja wirklich spannend zu sein. Weißt du mehr darüber?", erkundigte sich Nick.

„Sultan Saladin war der Einzige, der es gegen die Kreuzritter aufgenommen hatte und nach 88 Jahren Herrschaft der Christen, Jerusalem zurückerobern konnte. Als Lohn für die Befreiung der heiligen Stadt, so sagt man, hat er einen unermesslich wertvollen Schatz erhalten. Diesen hat er angeblich an einem geheimen Ort verwahrt, der bis heute nie gefunden wurde. Pa vermutet, dass dieser geheime Ort exakt hier liegt. Seine jahrelangen Forschungen hatten nämlich ergeben, dass Saladin auf Sansibar einen Palast erbauen ließ, in dem er seinen Lebensabend verbringen wollte."

„Wo würdet ihr denn bei euch Zuhause einen wertvollen Schatz aufbewahren?", fragte Jenny.

„Das >wo< hängt ganz stark davon ab, wann ein Dieb die beste Chance hätte, ihn zu stehlen", entgegnete Nick. „Naja, entweder wenn der Hausbesitzer im Urlaub ist oder bei Nacht, wenn alles schläft." „Ich weiß nicht, ob man damals schon Urlaub gemacht hat, da gab es doch noch gar keinen Tourismus. Also wo ist das beste Versteck während der Nacht?", folgerte Ronny. „Na klar, unter dem Bett. Wenn ich auf meinem Schatz schlafe, kommt keiner ran, ohne dass ich aufwache." „Du meinst Saladin könnte seinen Schatz unter dem Bett versteckt haben?"

„Keine Ahnung! Jedenfalls wäre es doch spannend, sein Schlafgemach mal näher anzuschauen.", schlug Jenny vor.

„Apropos Schlafen, unbemerkt umschauen können wir uns nur, wenn alle anderen Archäologen in den Betten liegen.", stellte Jenny fest.

„Du hast Nerven! Wie willst du denn ungesehen am Sicherheitsdienst vorbeikommen?" fragte Ronny verständnislos.

„Beim Personalwechsel übergibt der Wachhabende dem ihn ablösenden Sicherheits-Mann die Schlüssel und das Wachbuch. Das geschieht in dem Häuschen direkt am Eingang. In diesem Augenblick ist das Tor für einen Moment unbewacht. Das wäre dann unsere Chance schnell in den Grabungsbereich reinzukommen.", erläuterte Nick. „Woher weißt du das denn?" fragte Jenny ungläubig. „Das machen die bei Tag so, dann wird's bei Nacht auch nicht anders sein.", erklärte Nick. „Vorne am

Kantineneingang hängt doch der Einsatzplan. Kommt, den schauen wir uns genauer an.", schlug Ronny vor.
„Hier steht es, der Wachwechsel ist alle drei Stunden, um 22:30, 1:30, 4:30 und 7:30 Uhr. Okay, um 1:00 Uhr machen wir uns für den Abmarsch fertig, schlüpfen um 1:30 Uhr durchs Tor und kehren um 4:30 Uhr wieder ins Lager zurück."
„Klingt doch ganz einfach, also wollen wir es heute Nacht probieren?"
Gegen sieben Uhr abends trafen sich die drei mit Jennys Eltern im Essenszelt zum gemeinsamen Abendessen. „Was habt ihr denn heute so den ganzen Tag getrieben?", fragte Dr. Braun, nachdem alle satt vor den geleerten Tellern saßen. „Wir waren am Strand, den uns Hansi gezeigt hat. Nick und Ronny sind voll vom Surfvirus angesteckt. Super, dass Hansi für uns immer die Surfbretter zum Strand bringt." Den ganzen Tag Surfen macht ganz schön müde", gähnte Nick. „Ich glaube, wir gehen heute früh ins Bett, um Morgen wieder fit zu sein", ergänzte Ronny. „Wir sehen uns dann Morgen zum Frühstück, gute Nacht", Jenny stand auf und gab ihren Eltern einen Kuss. „Gute Nacht" antworteten die Eltern verdutzt. „Jenny ist doch sonst eher ein Nachtlicht, naja dann kommt sie wenigsten Morgen früh aus den Federn", wunderte sich Frau Braun.
„Es ist eins, Nick aufwachen, 30 Minuten bis zum Check out!", flüsterte Ronny. Die beiden zogen ihre Outdoorhosen an, streiften sich ein Hemd über, suchten ihre Ausrüstung zusammen und trafen sich vor Jennys Zelt. Doch da war weder der Schein einer Taschenlampe zu sehen noch ein Geräusch zu hören. „Jenny hast du verschlafen?", flüsterte Ronny und schüttelte am Zelt. Jenny öffnete ihre Augen und war auf einmal hellwach.
Es dauerte keine zwei Minuten und Jenny kroch fertig angezogen aus ihrem Zelt.
Die drei arbeiteten sich nun mit ihren Stirnlampen bewaffnet im Schatten der Zeltstadt in Richtung Wachstation voran. Der Mann mit dem Emblem von Securitas auf seiner Brust war so postiert, dass er sowohl den Eingang

zur Zeltstadt als auch zur Grabungsstätte kontrollieren konnte. „Noch fünf Minuten, dann müsste die Wachablösung kommen!", murmelte Nick. Die Staubwolke des Jeeps war im Schein des Mondes schon von weitem zu erkennen. Wenige Augenblicke später parkte das Fahrzeug der Überwachungsfirma genau im Zugangsbereich. Der „frische" Securitas-Mann stieg aus, begrüßte kurz seinen Kollegen, dann verschwanden beide im Wachhäuschen. „Jetzt los!" befahl Ronny. Die drei pirschten sich an die Hütte heran und schlichen geduckt unterhalb des Fensters an den Sicherheitsposten vorbei in den Grabungsbereich, wo sie in der Dunkelheit verschwanden.

„Wow, geschafft!", stöhnte Jenny, deren Pulsschlag an der Halsschlagader hämmerte. „Wir sind gleich am Materiallager!"

Die drei stiegen über jede Menge Material, wie Rohre und Bretter bevor sie an einem Holzunterstand ankamen, in dem das leichte Grabungsgerät untergebracht war.

Mit Schaufel, Pickel und Besen machten sie sich nun auf den Weg, um den Bereich von Saladins Schlafzimmer zu erkunden.

Jenny breitete ein großes Blatt Papier aus, das unter dem schwachen Schein der Stirnlampen den Umriss des Palastes zeigte.

„Ich habe Papas Aufzeichnungen heute Mittag im Grabungsbüro kopiert und aus den DIN A4-Blättern wieder einen großen Plan zusammengeklebt. Dort wo das rote Kreuz ist, müsste Saladins Schlafraum gewesen sein. Die weiteren Ausgrabungen in diesem Sektor C beginnen erst nächste Woche, somit haben wir freies Feld." „Ich bin gespannt, ob wir was Interessantes entdecken", meinte Ronny. „Auf alle Fälle müssen wir super leise sein, damit keiner was merkt. Nick kannst du dein Handy so einstellen, dass es um 3:30 Uhr Vibrations-Alarm gibt?" "Klar Ronny, um halb vier brechen wir die Mission ab, um 4:30 Uhr huschen wir ins Lager zurück. Spätestens um 4:40 Uhr liegen wir wieder im Bett, als ob nichts geschehen wäre. Echt spannend, so eine Reise mit Archäologen", entgegnete Nick.

Schon nach zehn Minuten Marsch erreichten die drei Sektor C und standen bald danach zwischen Gemäuerresten, die wohl einmal Saladins Schlafraum begrenzten. „Autsch, so ein Mist!" „Sei doch ruhig Nick" ermahnte ihn Jenny „Was ist denn jetzt passiert?" „Ich bin mit dem Fuß in ein Loch getreten, tut ganz schön weh!" „Was für ein Loch denn?" Zwei weitere Lichtkegel erleuchteten nun die Stelle, in der Nicks Bein bis über das Knie steckte. „Ich bin irgendwie verkeilt. Hier ist der Boden eingebrochen als ich darauf getreten bin. Wahrscheinlich ist hier ein Hohlraum im Boden." Ronny war schon mit dem Spaten zur Stelle und legte vorsichtig Nicks Bein frei, sodass dieser es wieder herausziehen konnte. „Hier unten ist etwas Hartes, fühlt sich an wie ein Steinboden." Nun waren alle drei damit beschäftigt Schicht für Schicht diese Stelle freizulegen und tatsächlich erschien im staubigen Sandboden eine kreisrunde Steinplatte mit ca. 120 cm Durchmesser. Auf einer Seite war die Platte scheinbar etwas verrutscht, so dass ein Spalt sichtbar wurde, der noch tiefer in den Boden führte. „In das Loch ist wohl das ganze Erdreich hineingesackt und dein Fuß drin stecken geblieben. Tut es noch weh?", flüsterte Jenny. „Geht schon wieder, ich glaub´ ich habe mir nur die Bänder überdehnt.", entgegnete Nick.

„Irgendetwas wurde mit dieser Platte abgedeckt, man hätte ein Loch ja auch mit Kies und Sand auffüllen können, warum also diese Platte.", grübelte Jenny. „Schaut mal, hier sind Verzierungen eingemeißelt! Der Deckel wurde sicher angefertigt, um das was darunter liegt zu schützen. Vielleicht so eine Art Bodensafe. Wie bekommen wir das Teil nur zur Seite? Das wiegt bestimmt Tonnen!" fragte sich Ronny laut. „Wow, vielleicht liegt darunter ein echter Schatz!" staunte Jenny.

„Ist der Hebel groß genug, so kannst du sogar die ganze Welt aus den Fugen heben! Hat das nicht der alte Isaac Newton gesagt?"

„Super Idee Nick, drüben im Materiallager liegen doch so lange Rohre, die für die Wasserversorgung der Grabungsstelle übriggeblieben sind. Damit könnten wir die Platte weghebeln.", schlug Ronny begeistert vor.

Zehn Minuten später begannen sich zwei stabile Stahlrohre zu verbiegen als sich der Bodendeckel mit einem Quietschgeräusch zuerst nach oben und dann zur Seite bewegte.

„Gleich sind wir reich, wir haben Saladins Schatz gefunden!", jauchzte Jenny voller Freude.

„Das ist ja ein riesiges Loch, scheint kreisrund gemauert zu sein. Vielleicht war es ein Brunnen, aber warum wurde er verschlossen?" fragte sich Ronny. Enttäuscht starrte Jenny in das tiefe Loch. „Wo ist denn die große Taschenlampe?" Ronny kramte in seinem Rucksack und brachte die Mag Light mit Halogenlicht hervor. Der Lichtstrahl erhellte den senkrechten Tunnel. „Da geht es ziemlich tief runter." „Ist da unten irgend etwas?", fragte Jenny. „Ich kann den Boden nicht sehen." Ronny zog eine der Eisenstangen heran. Der starke Magnet, der an der Seite der Mag Light befestigt war, hielt die Taschenlampe am Stahlrohr fest. Er ließ nun die Lichtquelle in die Tiefe gleiten. „Halt mal Nick! Vorsicht, ich werfe mal einen Stein. Klingt nach einem festen Boden. Wenn das mal ein Brunnen war, dann ist er jetzt auf alle Fälle ausgetrocknet.", stellte Ronny fest.

„Okay, hier kommen wir nicht weiter, wir sollten das Loch wieder verschließen und uns aus dem Staub machen." Meinte Jenny.

„Wieso, ich will da runterklettern" widersprach ihr Ronny.

„Bist du verrückt, Ronny! Die Wände sind senkrecht, da kann doch kein Mensch runter, geschweige denn wieder hoch."

Ronny deutete auf seinen Rucksack und meinte: „Mit der richtigen Kletterausrüstung schon, vorausgesetzt das Loch ist nicht tiefer als 50 Meter, so lang ist nämlich mein Kletterseil."

„... und wie kommst du wieder hoch?" „Jenny, ich hab´ einige Erfahrung im Kaminklettern, einen selbst klem-

menden Kletterhaken und für Reibungswände konzipier-
te Kletterschuhe."

„h=g/2xt²" murmelte Nick „Was soll denn das bedeuten?", entgegnete Jenny. „Das ist die physikalische Formel für den freien Fall. Mit einer Stoppuhr könnte ich die
Zeit eines Steines bis zum Aufprall messen und somit die
Tiefe des Loches berechnen." „Jenny, dein Handy hat
doch eine Stoppuhr!" stellte Ronny fest. Gesagt, getan, bis
zum Aufprall vergingen drei Sekunden. „Das wird keine
genaue Berechnung. Mit den mir vorliegenden Daten
komme ich auf 45 Meter. Berücksichtigen wir die Mes-
sungenauigkeit und die Tatsache, dass der Schall eine
gewisse Zeit braucht, bis wir ihn hören, war die wahre
Flugzeit sicher etwas kürzer. Das heißt das Loch ist eher
weniger als 45 Meter tief", stellte Nick fest.

Ronny kramte in seinem Rucksack und holte sein Berg-
steigerseil, zwei Karabiner und die Kletterschuhe heraus.
„Wir müssen hier oben einen Stand bauen, in dem ich
das Seil einhängen kann." „Was ist ein Stand?" fragte
Jenny. „Ein fester Aufhängepunkt, der mein gesamtes
Gewicht trägt.", erklärte Ron „Am besten setze ich zwischen der Steinplatte und dem Mauerring einen Klemmhaken, das sollte reichen."

Ronny zurrte seinen Sitzgurt fest. Er schob die Mag Light
in seine Westentasche und befestigte seinen Abseilachter
am Seil. Dann stieg er über den Rand des Brunnens und
ließ sich langsam in das schwarze Loch hinunter. Plötzlich schossen Ronny unheimliche Gedanken durch den
Kopf: „Die Wand ist glitschiger als ich dachte, hoffentlich
komme ich wieder hoch. Was ist, wenn da unten irgendwelche ekligen Tiere, Ratten oder gar Schlangen auf mich
warten. Hält der Klemmhaken? Ein Absturz in das tiefe
Loch wäre mein sicherer Tod." Ein kalter Schauer lief
über seinen Rücken.

„Ist bei dir alles in Ordnung?", hallte Jennys Stimme
durch den Schacht. Der Hall von Jennys Frage wiederholte sich einige Male bis auch Ronnys Antwort nach oben
klang: „Ich sehe schon den Boden. Irgendetwas gab ein
unheimliches Knacken von sich als Ronny mit seinen

Schuhen darauf landete und im Fußgelenk fast umknick-
te. Ronny senkte den Kopf nach unten, der Scheinwerfer
seiner Stirnlampe erleuchtete schwach den Boden. Ronny
blieb fast das Herz stehen. Ein Schrei glitt aus seinem
Mund. Er stand inmitten von Gebeinen und Totenschä-
deln. Schnell versuchte er sich am Seil wieder etwas nach
oben zu hanteln. Mit dem Abseilachter war es aber unmöglich Höhe zu gewinnen und in seiner Hektik rutschte
er immer wieder in die Knochen, die unter seiner Last
zerbrachen.

„Ganz ruhig, Abseilachter ausfädeln und Aufsteighilfe in
das Seil einklinken" Panik stieg in Ron hoch. Der erste
Schritt an die glitschige Wand ließ ihn abrutschen, sodass
er wieder auf den Boden zurück stürzte. Die Mag Light
löste sich aus der Weste und fiel zwischen die Gebeine.
Jenny und Nick standen wie gebannt oben am Rand des
Schachtes und hörten die Laute von Ron, konnten jedoch
nichts erkennen.

Ronny überkam ein widerlicher Schauer: „Ich muss raus
hier!" Er spreizte seine Füße gegen die Wände der Röhre.
Dann straffte er das Seil durch sein Grigri, die selbst
bremsende Aufsteighilfe. Diese verhindert ein Abrutschen am Seil nach unten. Er hievte sich etwa zwei Meter
in die Höhe, als seine Hand an die Tasche der Weste griff.
„Scheiße, wo ist meine Taschenlampe?" Sein Blick richtete sich nach unten. Inmitten von hellen Knochen war der
Reflektor der Lampe zu erkennen. Ronny zögerte, betätigte dann aber doch den Hebel, um sich wieder abzulas-
sen.

Plötzlich surrte Nicks Handy in seiner Brusttasche. Der
stumme Alarm gab Zeichen zum Rückzug. Nick ruckelte
am Seil: „Ronny, wir müssen zurück, die Zeit ist aus!"
Von unten kam keine Reaktion. „Ronny, sag was, bist du
okay?"

Ronny stand wie angewurzelt auf den Knochenresten
und konnte sich nicht bewegen. Die Mag Light wurde
von einer Skeletthand in einer aufrechten Position gehalten. „Schnell hin greifen und rausziehen, das sind doch
nur Knochen", motivierten ihn seine Gedanken. Ronnys

Hand erreichte den Taschenlampenkopf, umklammerte ihn und zog an. Mit einem klappernden Geräusch hob sich die Knochenhand und damit der Unterarm und daran hing wiederum der Oberarm. Wie Teile eines Gespenstes baute sich das Skelett vor Ronnys Augen auf. Ronny riss an der Mag Light und die Gebeine zersprangen mit einem lauten Klirren in tausend Einzelteile. Doch irgendetwas hielt sich an der Taschenlampe verbissen fest. Ronny wollte es abschütteln, doch es hatte sich hartnäckig an die Röhre der Lampe festgekrallt. Ronny überkam ein unerträgliches Angstgefühl. Voller Panik wollte er gerade die Lampe zu den Gebeinen zurückwerfen, als er im fahlen Schein der Stirnlampe dieses widerspenstige Teil, das an der Mag Light wie eine Klette hing, identifizieren konnte. Es sah aus wie ein überdimensionaler, alter, verrosteter Schlüssel, dessen Schlüsselbart sich fest mit dem Magneten der Taschenlampe verbunden hatte. Ronny holte tief Luft „Wow, ein alter Schlüssel." Er steckte seinen Fund und die Taschenlampe in die aufgenähte Westentasche und spreizte nun Schritt für Schritt die Füße gegen die senkrechte Einfassung, um langsam wieder Höhe zu gewinnen. Er war völlig durchgeschwitzt, eine Mischung aus kaltem Schweiß und heißen Wallungen durchfuhren seinen Körper. Die Arme schmerzten, er merkte wie die Muskeln übersäuerten und seine Füße und Hände immer wieder Halt verloren. Wieder setze er sein rechtes Bein einen Schritt höher und der linke Fuß fand eine Mauerfuge, um sich gegen zuspreizen. Mit einem dumpfen Ton löste sich ein Mauerstein und schlug Sekunden später in der Tiefe auf. Ronny verlor das Gleichgewicht, konnte sich nicht mehr halten und stürzte ins Seil. Er geriet so ins Pendeln, dass seine rechte Schulter gegen die Wand schlug. Der Aufprall und Rons Schrei ließen Jenny und Nick, die von oben in das dunkle Etwas starrten, zusammenzucken. „Ronny, was ist passiert?" rief Jenny in das tiefe Loch. Ronny atmete schwer, die Schulter schmerzte. Seine rechte Hand, hatte versucht den Aufprall abzufangen und hatte sich dabei an einer scharfen Steinkante aufgeschnitten. Blut tropfte in das tiefe, dunkle Loch. Für Sekunden war Ron nicht in der Lage wieder seine Beine für den Aufstieg einzusetzen. Der Pulsschlag hämmerte an seiner Halsschlagader. Er atmete schwer in der stickigen Luft der engen Röhre. Beide Arme hatte er um das Seil geschlungen und hing in seinem unbequemen Sitzgurt 20 Meter über den menschlichen Überresten. „Ich hab erst die Hälfte, ich kann nicht mehr." Er hing wie ein nach Luft schnappender Fisch beinahe regungslos an der Angel. Plötzlich rieselten kleine Steine auf Ronny herab und das Seil machte einen Ruck nach unten.

„Verdammt, der Klemmkeil rutscht raus", kreischte Jenny, hechtete zum Ankerpunkt und versuchte mit Nick, das Seil mit bloßen Händen vor dem Abrutschen zu bewahren. „Wir können das Seil nicht mehr halten", schrie Jenny von oben in die Röhre. Adrenalin durchschoss Rons Körper. Instinktiv presste er für einen Augenblick Hände und Füße gegen die kreisrunde Wand bevor er das Bewusstsein verlor.

Er sah, wie sein ferngesteuertes Auto über eine aus Sperrholz gezimmerte Rampe sprang und es sich in der Luft zur Seite kippte. Wie in Zeitlupe landete das Fahrzeug auf dem linken Vorderrad. Die Feder des Stoßdämpfers drückte sich bis auf den Anschlag. Mit einer trudelnden Bewegung stieß sich der Jeep wieder vom Boden ab und machte eine Rollbewegung diagonal nach vorne.

Eine der beiden Playmobilfiguren, die als Fahrer und Beifahrer im Auto saßen, wurde aus dem offenen Fahrzeug herausgeschleudert. Sie drehte sich in der Luft. Ein unangenehmes Knacken war zu hören, als der Beifahrer auf dem harten Betonstein aufschlug und Körperteile in unterschiedliche Richtungen flogen. Das Auto landete rücklings auf dem Fahrersitz, begrub den Fahrer unter sich und rutschte weiter zur Gartentreppe. Das Heck kippte nach unten und wieder überschlug sich der Geländewagen, dotzte auf die nächste Stufe, Plastik zersprang. Ein Splitter der gebrochenen Radverkleidung traf Ronnys Hand und steckte nun im rechten Zeigefinger. Vor Schmerz ließ Ronny die Fernsteuerung aus der Hand

gleiten. Er sah ihr nach, doch diese stürzte in ein unendlich tiefes Loch. Schnell versuchte er nach dem Steuerge-
rät zu greifen, konnte es aber nicht mehr erreichen. Er fiel
durch einen engen Tunnel, vor ihm in nicht zu erreichen-
der Nähe die Fernsteuerung, davor der Jeep und wiederum davor überschlugen sich zwei Personen, wie in
Schwerelosigkeit.
Der Tunnel war eng und dunkel. Modriger Geruch stieg
ihm in die Nase. Er konnte sich laut schnaufen hören. Der
Schweiß lief kalt über seine Stirn. Am Ende des Tunnels
stand hell beleuchtet eine grüne Gestalt.
Aus seiner Hand, in dem der Plastiksplitter steckte, quoll
ein Bluttropfen. Wie eine Kanonenkugel verließ dieser
den verletzten Finger und schien alles zu überholen.
Er sah nur noch ein sich drehendes, kreisrundes Gebilde,
das größer und größer wurde und alles in sich aufsaugte.
Er tauchte in die rötlich schimmernde Kugel und Wärme
und Geborgenheit umgaben ihn plötzlich. Vor ihm saß
seine Mutter in einem altmodischen Schaukelstuhl, ein
Buch mit einem seltsamen Symbol auf dem Einband, in
ihrer Hand. Liebevoll blickte sie auf, zwinkerte ihm zu
und vertiefte sich wieder in die Zeilen ihrer Lektüre.
Im Hintergrund war das große Bild mit dem blauen
Pferd. Er saß am Boden auf einem weichen Sitzkissen
und spielte mit den Playmobilfiguren. Alles schien so
friedlich, so unendlich vertraut.
Plötzlich zog sich die raumfüllende Kugel auf Steckna-
delgröße zusammen und sauste davon.
Ronny war wieder im dunklen Tunnel und das grüne
Wesen kam näher und näher. Es trug grüne spitze Schuhe mit einer großen Schnalle. Die gleiche Schnalle zierte
den grünen Gürtel. Diese ganz in grün gekleidete Gestalt
hatte einen rot geschminkten Mund, der sympathisch
lächelte. Die rote Kugel schoss so schnell wie eine Ge-
wehrkugel an ihm vorbei und flog nun direkt auf dieses
feenartige, hübsche Wesen zu.
„Nein, nein" versuchte Ronny aus sich herauszubrüllen,
doch kein Laut entwich seinen Lippen. Die Kugel hatte
ihr Ziel gefunden und war dabei ihr Ziel zu treffen. In

wenigen Augenblicken würde der hübsche Kopf explodieren. Ronny war wie erstarrt, sein Blut schien gefroren. Er war bewegungslos, als das Geschoß ihren Mund berührte. Die hübsche Frau öffnete blitzschnell ihre Lippen und das rote Projektil verschwand in ihrem Körper. Nichts geschah. Ronny atmete auf und begann sich zu entspannen. Das bezaubernde Lächeln verzerrte sich plötzlich zu einer erschreckenden Grimasse. Für einen Augenblick quollen die Augen hervor und leuchteten hellgrün. Das schmerzverzerrte Gesicht begann zu würgen. Ronny fühlte sich als würden Tonnen von Wasser auf ihn einwirken, er konnte sich nicht bewegen, nicht reden, nicht einmal denken. Das Gesicht der Frau schien wie ein Vulkan kurz vor der Eruption. Es lief knallrot an und blähte sich auf zu einer unheimlichen Fratze. Dann ein ohrenbetäubender Knall. Aus dem Mund des Mädchens blähte sich wie ein Luftballon eine rote Kugel, verließ ihre Lippen und umschloss Ronny. Dieser war auf einmal selbst in dieser Kugel gefangen, unfähig etwas außerhalb dieser Blase wahrzunehmen. Eisige Kälte, Einsamkeit und Trauer umgaben ihn. Ronny hatte das Gefühl zwar zu leben, aber nicht mehr leben zu wollen.
Dann gab es einen heftigen Ruck. Ronnys Lippen schmerzten so stark, dass ihm die Luft wegblieb.
Ronny lag mit starrem Blick auf dem Boden, langsam wieder fähig etwas wahrzunehmen. Er erkannte Nick und Jennys Gesicht, die auf ihn nieder blickten. „Was ist passiert, wie bin ich rausgekommen?" Minute für Minute bekam er wieder besser Luft und die Schmerzen im Brustkorb ließen nach.
„Irgendwie war das Seil plötzlich ohne Zug", erklärte Jenny. „Nick, rammte den Pickel neben dem Brunnenschacht in den kiesigen Untergrund, schlang eine Bandschlinge darum und konnte irgendwie daran den locker gewordenen Klemmkeil fixieren. Mit den Umlenkrollen aus deinem Kletterrucksack hat er dann einen Flaschenzug gebaut, mit dem wir dich nach oben ziehen konnten."

Noch immer lag Ronny kreidebleich am Boden und atmete schwer. Er war nicht in der Lage, etwas zu sagen. „Du blutest ja", erschreckte sich Jenny und kramte in Ronnys Rucksack nach dem Erste Hilfe Set. Nick führte die Feldflasche mit Wasser an Rons Lippen und Jenny verband ihm die Hand. „Wir müssen zurück!" Während Ronny noch bewegungslos am Boden saß, setzten Nick und Jenny die Brechstangen an der Steinplatte an und beförderten sie unter einer großen Staubwolke wieder zurück auf die tiefe Öffnung im Boden. Die Klickgeräusche von Nicks Digitalkamera durchbrachen die Morgenstille. Er machte Fotos von der Platte, bevor die drei sie mit dem sandigen Boden bedeckten und alles so herstellten, als wären sie nie da gewesen. Jenny und Nick brachten die zwei Wasserrohre zum Lager zurück, das direkt an den Sektor C angrenzte. Ronny verstaute derweilen seine Kletterausrüstung im Rucksack. „Es dämmert, verdammt es ist schon fünf Uhr, wir haben den Wachwechsel verpasst! Wie kommen wir jetzt zurück ins Lager? Das mit unserer großen Mission „Saladins Schatz" war wohl nix!" jammerte Jenny enttäuscht. „Sei dir da mal nicht so sicher!", grinste Ronny. „Schau mal was an meiner Taschenlampe hängt." Alle drei steckten die Köpfe zusammen und betrachteten den ungewöhnlichen Schlüssel, der auf der Griffseite mit Symbolen und jeder Menge Zeichen versehen war. Ronny steckte den Schlüssel wieder ein. „Den nehmen wir uns später vor. Wir müssen schnell ins Lager. Die ersten Arbeiter sind bestimmt schon wach."
Ronny, blutverschmiert und schmutzig bis über beide Ohren, Nick, leicht hinkend und Jenny erreichten außer Atem die Wachstation direkt an der Zeltstadt. Der Wachmann stand inmitten des Zugangstors. „An dem kommen wir nicht vorbei!", seufzte Ronny.
„Abwarten!", entgegnete Jenny und begann sich, ihre Schuhe und Socken auszuziehen. Sie knöpfte ihr khakibraunes Hemd auf und streifte ihre Outdoor-Hose herunter. Nun stand Jenny barfuss im Schlafanzug vor den Jungs. „Okay, ich hatte etwas verschlafen und in der Eile

über den Schlafanzug Hemd und Hose gezogen, verteidigte sich Jenny vor den sprachlosen Jungs. „Komm
Ronny, pack alles in den Rucksack, ich mach Euch den
Weg frei!" „Wie denn?", flüsterte Nick Jenny nach, doch
diese war schon in Richtung Wachposten unterwegs.
„Halt, äh sie Fräulein Braun, was machen sie denn hier,
wie kommen sie denn in den Grabungsbereich?"
„Wie, was, ich habe mich total verlaufen, muss ganz
dringend aufs Klo.", stammelte sie schlaftrunken „Ich
habe es nicht gefunden, irre schon die ganze Zeit umher,
kann ich schnell bei ihnen?" „Kommen sie rein, hier
gleich die nächste Tür rechts." Jenny verschwand mit
dem Mann im Wachhäuschen „Die ist sicher mondsüch-
tig, habe sie wohl irgendwie übersehen. Ich trage den
Vorgang aber lieber mal in das Wachbuch ein!", murmelte der Securitymann vor sich hin.
„So etwas fällt auch nur einem Mädchen ein, typisch
Frau.", murmelte Ronny und schlich mit Nick nun am
Wachhaus vorbei. Minuten später waren beide in ihrem
Zelt angelangt. „5:45 Uhr, es ist schon bald wieder Zeit
zum Aufstehen. Wie geht's deiner Hand?" „Die hat Jenny
ganz gut verpackt, die Schulter tut mehr weh, ich bin
vielleicht staubig." Nicks Handy begann zu vibrieren:
„Ich bin es, Jenny. Bei euch alles klar? Gut schlafen wir
noch ein paar Stunden, bis später."
Alle drei lagen in ihren Schlafsäcken, doch an Schlaf war
nicht zu denken. Immer wieder tauchten die Bilder der
letzten Stunden im Geiste auf, bis sie dann doch die
Müdigkeit übermannte.

Der Weise des Nordens, ferne Vergangenheit

Es war die Zeit der Finsternis. Ganze 40 Tage sollten nun die Menschen auf Thule kein Sonnenlicht sehen und in der Polarnacht versinken. Die eisige Kälte zehrte an den Körpern der Menschen. Das fehlende Sonnenlicht jedoch zermürbte sie, ließ sie schwermütig werden. Die Sehnsucht nach Licht, nach der Wärme der Sonne war unermesslich.

Helge Nordström war ein stattlicher Mann mit bärtigem Gesicht. Das Bearbeiten schweren Eisens, von Kindesbeinen an, bescherte ihm gewaltige Oberarme. Seit dem Tod seines Vaters war er nun der Schmied seines Dorfes und berühmt dafür, die besten Schwerter des Nordens zu schmieden. Nicht nur das, er war ein weiser Mann und nicht selten fragten ihn die Ältesten seines Dorfes um seinen Rat.

War es Tag oder war es Nacht, wer wusste das schon so genau. Die inneren Uhren schienen nicht mehr so genau zu ticken. Seine Frau und sein Sohn schliefen jedenfalls, zusammengekauert in Rentierfellen, einen festen Schlaf. Helge legte ein Holzscheit auf die Glut und wie Glühwürmchen wirbelten die roten Funken durch den Kamin in die Finsternis der Nacht und verschwanden. An Schlaf war nicht mehr zu denken. Seine Gedanken kreisten und nichts hielt ihn mehr in seinem Bett. Er streifte sich seinen bis zum Boden reichenden Fellumhang über die breiten Schultern, schlüpfte in die neuen Stiefel, die seine Frau Helma erst gestern aus Elchfell fertig genäht hatte, schnallte sich seinen Schwertgurt um und trat vor sein Haus. Die Schmiede mit dem angebauten Wohnraum lag auf einer kleinen Anhöhe mit Blick auf das Dorf und den kleinen Hafen, der am Ende des Fjords lag und beidseitig von steilen Berghängen flankiert war.

Die eisige Kälte ließ seinen Atem gefrieren. Irgendetwas war anders, als er es sonst kannte. Der Schnee, der die Gegend wie eine weiche Decke überzog, glitzerte wie ein Schatz aus tausend, nein Millionen und aber Millionen Diamanten.

„Wie kann der Schnee in einer dunklen Nacht funkeln?"
Helge war verwirrt. Gut es war eine erstaunlich helle
Nacht, nur wenige Wolken verdeckten die Sterne, aber
warum leuchtete der Schnee in allen Regenbogenfarben?
Das Dorf schien in einem tiefen Schlaf versunken zu sein
und nur Helge stand als einziges menschliches Wesen
außerhalb des wärmenden Hauses und betrachtete den
Himmel.
Er hatte von Nordlichtern gehört, die es angeblich am
Himmel gab, wenn eine Schlacht gewonnen wurde. Die
Walküren ritten dann über den Himmel, um die Helden
auszuwählen, die nun an Odins Tafel sitzen dürfen. Die
Rüstungen der Krieger würden dabei so vom Mondlicht
angestrahlt, dass diese wie ein Spiegel ein seltsames Licht
auf die Erde warfen.
Was Helge nun aber sah, war vielmehr als die Vorstellung von blitzenden Rüstungen. Riesige Bögen aus blau-
em, gleißendem Licht bewegten sich über den Himmel.
Flatternde Bänder so groß wie ein Schlachtschiff, nein so
groß wie die gesamte Erdscheibe, bewegten sich kreuz
und quer über das Himmelszelt und ließen Helges Gesicht grün erstrahlen.
Wie angewurzelt stand er da und betrachtete das Licht-
spiel, das er nicht begreifen konnte.
Instinktiv zog er sein Schwert und hob es gen Himmel.
Die messerscharfe Klinge blitzte silbern auf und erglühte
dann in rotem Licht. Dies war ein Zeichen der Götter,
davon war Helge fest überzeugt. Voller Demut ließ er
sein Schwert fallen und sank auf die Knie. Soviel Schönheit und zugleich göttliche Macht hatte er noch nie erlebt.
Waren es Minuten oder gar Stunden, die vergangen waren? Helges Hände waren taub vor Kälte, als er nach dem
Schwert, das wie ein Kreuz auf dem Schnee lag, greifen
wollte. Die Klinge wechselte nun die Farbe von rot in ein
kräftiges violett. Es war für ihn wie eine Eingebung der
Götter. Das Schwert war ein Wegweiser, ein Kompass,
der ihm den Weg nach Südosten zeigte. Noch in dersel-
ben Nacht packte er Proviant in seinen Reisebeutel, küsste sein schlafendes Weib und Kind auf die Stirn und

machte sich auf den Weg zum Hafen. Er setzte die Segel seines kleinen Fischerbootes und steuerte einem Ziel zu, das er selbst nicht kannte.

Die Recherche

„Es ist gleich 9:00 Uhr, was ist denn heut´ mit den Kindern los, die sind doch gestern früh ins Bett, wie können die bei der Hitze nur so lange schlafen?", fragte sich Marianne Braun, die mit ihrem Mann schon viel zu lange beim Frühstück saß. „Lass die Kinder, die haben doch Ferien.", entgegnete Ronald Braun „Aber wir sollten nun langsam los!"
„Hi Mam, morgen Pa" „Guten Morgen Frau Dr. Braun, Morgen Herr Doktor!" begrüßten die drei müde Jennys Eltern.
„Guten Morgen Ihr Langschläfer! Was ist denn mit euch passiert, ihr scheint ja noch nicht ganz fit zu sein!" lästerte Frau Braun.
„Wir haben heute Nacht viel zu lang Schatzsuche gespielt", antwortet Ronny. „Muss ja ein spannendes Spiel sein. Sollten wir mal zusammenspielen", entgegnete Dr. Braun. „Wir können leider nicht mehr mit euch Frühstücken, die Arbeit ruft. Was hast du denn mit deiner Hand gemacht?" „Ach halb so schlimm, hab mich nur geschnitten", meinte Ronny mit einem Abwinken.
Die Eltern verließen das Speisezelt, um noch rechtzeitig zur Grabungsbesprechung mit allen anderen Archäologen zu kommen. Somit waren nun die drei Freunde unter sich.
„Du bist vielleicht lustig, musst du meinen Eltern aufbinden, dass wir auf Schatzsuche waren? Hätte auch schief gehen können!", warf Jenny Ronny vor. „Jedenfalls haben wir somit die Wahrheit gesagt. Das war mir wichtig", rechtfertigte sich Ronny.
„Zeig jetzt mal den Schlüssel her", drängelte Nick.
Der Schlüssel hatte einen großen Bart, aber das eigentlich interessante war der Griff. Mit reichlichen Verzierungen außen herum war dort eine kreisrunde Münze mit etwa vier Zentimeter Durchmesser eingearbeitet. Jeder Viertelkreis bildete ein eigenes Symbol.
„Was machen wir jetzt damit?", fragte Ronny. „Herausfinden, was die Symbole bedeuten", entgegnete Jenny.

„Wir brauchen die Zeichen des Schlüssels eigentlich nur in digitaler Form." „Warum das denn?", fragte Ronny verständnislos. „Ja, dann könnte ich ein Programm schreiben, dass unseren Fund mit allen Bildern im Netz bei Google oder Wikipedia oder sonst irgendeiner Suchmaschine vergleicht. Somit könnten wir eine Homepage finden, die uns Infos über diese Zeichen gibt." „Super Idee, Nick", freute sich Jenny, „ich mache ein Bild und vektorisiere es in einem Grafikprogramm, das krieg ich hin."

Ronny sah Nick ungläubig an, als dieser seinen Laptop auspackte und Gedanken versunken auf die Tastatur einhämmerte. Jenny rannte zum Zelt, um Fotoapparat und Computer zu holen, während Ronny sich den großen Bartschlüssel näher ansah.

Die Münze im Griff des Schlüssels war mit einem dicken Eisenrand eingefasst. Der Kreis wurde im Inneren durch ein dickes X in vier Kreissegmente unterteilt. Jedes Segment für sich war von der Machart so verschieden voneinander, dass man den Eindruck hatte, das Ganze passe nicht zusammen. Im oberen Viertel konnte Ron Wellenformen und darüber ein Schwert erkennen. Im unteren Viertelkreis waren eine Flamme und ein Speer zu sehen. Rechts ein Kreis und eine Form wie ein Pilz und im linken Kreissegment eine Sichel wie ein Mond und ein Krug abgebildet.

Außen am Rand gab es ähnlich wie bei einer Uhr in der Verlängerung des Schlüsselschaftes eine Krone. Er zog daran und tatsächlich das Stellrad ließ sich herausziehen. In vier verschiedene Positionen ließ sich das Rad einrasten. Es war wie bei seiner Armbanduhr, an der er mit den unterschiedlichen Positionen der Krone Datum oder Wochentag oder die Uhrzeit verstellen konnte. Hier verstellte er jedoch je nach Position den Abstand der vier Bartzapfen.

„Lass mich schnell ein Foto machen, kannst ihn gleich wiederhaben" Jennys Digitalkamera klickte. Sie nahm die SD-Karte aus der Kamera, steckte sie in ihr Netbook und schon war das Bild auf ihrem kleinen Computer erschienen.

„Diese kleinen Schrauben, schaut mal her" störte Ronny die Ruhe, „damit lässt sich der Schlüsselbart verändern." Die einzelnen Bartteile bestanden aus vier kleineren Stiften. Mit weiteren Stellschrauben, die direkt oberhalb des Bartes angebracht waren, konnten unterschiedliche Längen erzeugt werden. „Ist so eine Art Dietrich, damit konnte man bestimmt unterschiedliche Schlösser sperren", verkündete Ronny den beiden, die in ihre Computer vertieft waren.

„Fertig", rief Nick nach zwei weiteren Stunden, „die Vektorgrafik ist im Programm integriert, wir können jetzt den Suchlauf starten." Alle drei saßen gespannt vor Nicks Rechner und starrten auf die Anzeige, die die Anzahl der bereits verglichenen Bilder aufzeigte. Eine Stunde später saßen sie immer noch davor, doch kein Ergebnis. Drei Stunden, vier Stunden vergingen. „Lasst uns was essen, das Ding arbeitet auch ohne uns", schlug Nick vor.

Der Abend brach herein, immer noch kein Treffer. Langsam zeichnete sich eine gewisse Langweile, ein Ausdruck von Resignation und Müdigkeit an den Gesichtern der Jugendlichen ab. „Es gibt nichts Schlimmeres, als auf einen Computer warten zu müssen", meinte Jenny. „125.354 Bilder hat er schon verglichen, ich bin mir sicher morgen Früh haben wir ein Ergebnis", gähnte Nick, „wir lassen den Rechner die ganze Nacht laufen."

Das Abendessen mit Jennys Eltern, die freudig von ihren Fortschritten bei der Grabung berichteten, ließ die drei fast am Tisch einschlafen. „Das kommt davon, wenn man die ganze Nacht, statt zu schlafen wieder irgendwelche Computerspiele spielt", mahnte Frau Dr. Braun „Jetzt ab ins Bett mit euch und keine Spiele mehr!"

House of Wonders

Am nächsten Morgen galt Nicks erster Blick dem Computer. „Keine Übereinstimmung gefunden", war die Meldung, die in einem Rahmen am Bildschirm blinkte. „Das gibt's doch gar nicht", schimpfte Nick.

Nach dem Frühstück fühlten sich alle drei zwar ausgeschlafen, aber enttäuscht. „Dann machen wir es halt auf die altmodische Methode", schlug Jenny vor, „Wir besuchen Freddy in der Uni und durchstöbern dort die Bibliothek." „Wer ist bitte Freddy", fragte Nick und verzog dabei das Gesicht. „Der Typ mit dem Kite, der wie eine Piratenfahne aussieht", spottete Ronny, „ich glaub Jenny will was von ihm." „Ha, ha, ich habe mich nur mit ihm nett unterhalten, das darf man doch wohl", empörte sich Jenny. "Er studiert hier an der Uni von Sansibar Kisuaheli. So heißt hier die Sprache, falls ihr es vergessen haben solltet. Jetzt schaut nicht so doof, Hansi könnte uns in die Stadt fahren."

Der Eingang zum Institut für Fremdsprachen an der State University of Sansibar glich der Pforte eines in die Jahre gekommenen Sultanspalasts, wie aus 1001 Nacht. Hinter einer schweren, mit vielen Schnitzereien versehenen Holztür öffnete sich ein großer Innenhof mit Säulengängen und Holzbalustraden. Auf den Stufen saßen Studenten und bunt verschleierte Studentinnen aus aller Herren Länder. "Wie finden wir nun Freddy?", fragte Ronny. „Jenny war nicht die Einzige, die eine Zahlenkombination in ihr Handy tippte. Das Mobiltelefon gehörte wohl zur Grundausrüstung eines jeden Studenten. Wenn nicht gerade eine Vorlesung war, wurde wie wild das Display bearbeitet oder darum gewetteifert, wer am lautesten in das Gerät schreien konnte. Andere hielten sich mit einer Hand ein Ohr zu, an das andere fest das Mobiltelefon gepresst, in der Hoffnung, etwas verstehen zu können.

„Er ist in der Mensa." Jenny deutete zu einem kleinen überdachten Kiosk im Innenhof neben dem Fahrradständer.

„Das soll die Mensa sein?"

„Du brauchst einen Schleier", begrüßte Freddy Jenny.
„Wieso denn?" „Das ist hier Vorschrift! Schau, 98 Prozent
der Einwohner auf Sansibar sind Muslime. Das hat für
die ausländischen Gaststudenten zur Folge, sich der
strengen islamischen Etikette zu unterwerfen." Jenny zog
eine Grimasse, wühlte in ihrem Rucksack, holte ein großes Tuch hervor und legte es sich über Haare und Schultern.
Freddy meldete die drei als Gäste beim Bibliothekar an.
Dann wünschte er ihnen mit einem unverständnisvollen
Gesichtsausdruck: „Viel Spaß beim Schmökern!". Beim
Verlassen des Gebäudes murmelte er: "Wie kann man
nur bei solch einem Wetter freiwillig in die Uni kommen?"
Trotz guten 30 Grad und einer Luftfeuchtigkeit wie im
türkischen Dampfbad gab es in der Bibliothek keine
Klimaanlage. Minuten nachdem sie das Gebäude betreten hatten, klebte schon die Kleidung klatschnass am
Körper. Reihe für Reihe kämpften sie sich durch die Bü-
cherwände.
„Ich kann nicht mehr. Wir sind jetzt seit zwei Stunden
hier und nichts", stöhnte Jenny, „ich brauch dringend
was zu trinken." „Wie wollen wir was über den Schlüssel
finden, wenn keine Bilder in den Büchern sind", sagte
Ronny und winkte Nick zu sich her. „Hier gibt es kaum
Bücher auf Englisch! Ich kann nicht verstehen, um was es
in den Texten geht. Ich muss raus hier, krieg kaum noch
Luft!"
Die Freunde kauften sich am Kiosk drei eisgekühlte Co-
las, die sie gierig in sich hineinkippten. Bei den schattigen
Stufen wehte ein kühlender Luftzug. „Das war´s also!
Wir werfen den Schlüssel in den Brunnen zurück und
lassen ihn von deinen Eltern finden." „Oder wir geben
ihnen den Schlüssel und sagen, dass wir ihn gefunden
haben."
„Wie gefunden? Meinst du sie fragen nicht, wo wir ihn
gefunden haben?"
„Jetzt redet nicht so! So schnell geben wir nicht auf!",
unterbrach Jenny das Gespräch der Jungs.

„Hier im Reiseführer steht was vom Nationalmuseum für Geschichte und Kultur, vielleicht finden wir dort was Brauchbares."

Die Gassen in der Stone Town, der steinernen Altstadt von Sansibar, waren eng und glichen einem Labyrinth. Schwarz verschleierte Muslime bevölkerten die Wege. Bunt gekleidete Hindus verkauften Obst, Gemüse und Gewürze. Die christlichen Touristen wirkten wie ein Fremdkörper in einer Stadt, wie aus einer vergangenen Zeit. Der Weg führte vorbei an Moscheen, Hindutempeln, Bazaren, einer anglikanischen Kirche und einem Marktplatz.

Durch die offenen Holzläden der bröckelnden Steinhäuser wehte ein erfrischender Wind, der den Geruch nach Nelken verbreitete.

„Da drüben ist es", freute sich Jenny, der schon die Füße schmerzten. „Warum heißt das Museum eigentlich >house of wonders<?", fragte Ron. „Weil es das erste Haus in Sansibar mit elektrischem Licht war", erklärte Jenny. „Im Reiseführer steht, dass darüber die Einwohner so fasziniert waren, dass sie >Beit el Ajaib< riefen." „Entschuldige, was riefen sie?" „Das heißt soviel wie Haus der Wunder." „Außerdem war es das erste Gebäude in Ost-Afrika, in dem ein Aufzug eingebaut wurde", ergänzte Nick.

Im „Haus der Wunder" war das „Zanzibar National Museum of History and Culture" untergebracht. Es war das größte Gebäude der Stadt. 1883 wurde es für den Sultan Barhash als quadratischer Palast erbaut. Umlaufend war das vierstöckige Gebäude mit Balkonen umgeben, die von vielen weißen Säulen getragen wurden. Darüber ragte ein schlanker Turm mit einer Turmuhr. Am Eingang wurden die drei von zwei portugiesischen Kanonen begrüßt, die oben auf den Marmortreppen thronten. Hinter der schweren, reich verzierten Holztür erwartete sie der Ticketverkäufer. „Wir sollten uns aufteilen", schlug Jenny vor, die den Wegweiser mit den verschiedenen Museumsabteilungen studierte. „Nick, du übernimmst die Ausstellung der Kultur des Indischen Ozeans im

zweiten Stock! Ich schaue mir die Geschichte von Stone Town im ersten Obergeschoß an. Ronny, übernimmst du bitte hier unten im Erdgeschoß die Abteilung >Die Swahili Zivilisation<!"
„Ich hasse Museen, die sind so staub trocken", jammerte Ronny. „Treffpunkt hier um 13:00 Uhr", schlug Jenny vor und alle nickten. Während Jenny und Nick schon im historischen Aufzug verschwunden waren blieb Ron wie angewurzelt stehen. Im hinteren Bereich der Eingangshalle entdeckte er ein riesiges mittelalterliches Handelsschiff in Originalgröße. Das alte, in Somalia gebaute Segelschiff entstammte der Zeit des regen Gewürzhandels im Indischen Ozean. Ronny vergaß die zugesprochene Aufgabe und hatte nur noch Augen für den faszinierenden Segler.
Zwei Stunden später trafen sich Jenny und Nick wieder im Erdgeschoss. „Hast du was?" „Nein, totale Fehlanzeige und du?" „Auch nichts, wo ist eigentlich Ronny mir knurrt der Magen!"
Die beiden durchschritten die Eingangshalle in Richtung Ausstellungsraum, als sie Ronny wie versteinert vor einem Bullauge eines großen Segelschiffes sahen. „Hast du in der Ausstellung was gefunden?", war Nicks Frage. „Was? Ach so, ich war gar nicht drin." „Ach Ron, wir hatten doch ausgemacht, dass wir uns die Abteilungen aufteilen", ärgerte sich Jenny. „Schau doch mal in das Bullauge hinein", entgegnete Ronny trocken. „Typisch Mann, wieder nur Augen für Segelschiffe! Kunst und Kultur lässt er links liegen." Sie schubste Ronny zur Seite und guckte durch das Fenster in das Innere einer Kajüte. Es dauerte eine ganze Weile, bis sich ihre Augen an das dunkle Licht in der Schiffskabine gewöhnt hatten. Dann entdeckte sie auf einer Art Nachtkästchen ein Buch. Die vier Ecken des Umschlages waren mit metallisch wirkenden Viertelkreisen eingefasst. „Ich glaub es nicht!" „Was?", entfuhr es Nick und schubste Jenny vom Fenster. „Siehst du das Buch? Schau mal auf die Ecken des Einbandes."

Jede Buchecke war mit einem goldschimmernden Viertelkreis eingefasst, in dem jeweils unterschiedliche Symbole eingefräst waren. Magisch angezogen konnten sich die drei von dem Anblick des Buches nicht lösen. Sie drängten sich vor das kleine Fenster und steckten ihre Köpfe zusammen. „Die Ecken haben irgendwie Ähnlichkeit mit unserem Schlüssel", meinte Nick, „mach mal ein Foto!"

Jenny stellte ihre Digicam auf dunkle Aufnahmen, zoomte das Buch soweit wie möglich heran und ließ die Kamera surren.

„Lass uns mal vergleichen" sagte sie und war gerade dabei den Schlüssel, der an der Kette um ihren Hals hing, aus ihrem T-Shirt zu ziehen. „Spinnst du, doch nicht hier! Wenn das jemand sieht". Ronny hielt Jenny die Hand fest. „Lass uns raus gehen!"

Im Schatten von zwei Bäumen fanden die drei Freunde einen Platz, an dem sie ungestört den Schlüsselgriff mit den Aufnahmen vergleichen konnten. „Ich glaub es einfach nicht" jubelte Jenny. „Die vier Ecken bilden zusammengesetzt den Kreis des Schlüsselgriffs. Wir müssen an das Buch ran!" – „Aber wie?"

Das Buch zum Schlüssel

Es war tiefe Nacht. In der Ferne war das Rauschen des Meeres zu hören. Vier Fackeln erhellten einen im Sand stehenden Tisch, der in samtene Tücher mit arabischen Schriftzeichen eingehüllt war. Darauf lag mittig ein Buch. Monoton wiederholte sich unaufhörlich ein Trommel-Rhythmus. Wie in Hypnose schritt er auf eine Ecke des Buches zu. In der Hand hielt er, weit nach vorne gestreckt, eine kleine, filigrane Metallplatte, die im Feuerschein, wie ein Scherenschnitt wirkte. Auf dem Sandboden entstanden zwei Schattenfiguren: Ein loderndes Feuer und ein tanzender Speer. Doch er war nicht allein. Aus drei unterschiedlichen Richtungen schritten im Takt der Trommeln drei weitere Personen jeweils auf eine Ecke des Buches zu. Auch diese hielten Metallecken mit fein ausgeschnittenen Mustern in ihren Händen. Dann war es, als würde der Film neu starten, nur von viel weiter weg. Der Tisch mit den Fackeln war nur noch ein winziger, heller Punkt in der finsteren Nacht. Er kannte seinen Weg, kam dem Ziel aber nicht näher. Schritt um Schritt eine Ewigkeit.
Ronny öffnete die Augen, sah zu Nick hinüber. Der lag ebenfalls mit offenen Augen auf der Luftmatratze. „Ich habe was komisches geträumt", flüsterte dieser und Nick erzählte Ronny den gleichen Traum.
War es die unerträgliche Hitze schon früh am Morgen oder die Gedanken, die unaufhörlich um das Buch kreisten? Jenny wachte um vier Uhr auf und war hellwach. „Schlaft ihr noch?", sie kroch in das Zelt der zwei Jungs, die sich angeregt im Flüsterton unterhielten. „Wir überlegen die ganze Zeit schon, wie wir an das Buch herankommen."
„Ich habe auch die ganze Nacht vom Buch geträumt." Zu aller Überraschung erzählte auch sie den gleichen Traum. „Das gibt's doch gar nicht. Warum träumen wir alle das gleiche?" „Wenn jeder von uns einer dieser Leute war, wer war dann die vierte Person?" „Keine Ahnung!" „Sobald ich die Augen schließe sagt ständig so etwas wie

eine innere Stimme, dass ich das Buch holen soll!". "Total unheimlich, aber mir geht es genauso!" „Mir geht's ähnlich, ich kann es einfach nicht abstellen. Seit dem Augenblick als ich das Buch gesehen habe, ist es in meinem Kopf und ich krieg es nicht mehr raus." „Klingt zwar verrückt, aber ich habe so ein Gefühl, dass das Buch für uns bestimmt ist. Wir müssen es uns holen!", sagte Jenny mit einer Bestimmtheit, die gar nicht zu ihr passte. "Habt ihr eine Idee, wie wir das anstellen könnten?", fragte Jenny.

„Als erstes dachten Nick und ich, wir könnten den Museumsdirektor einfach fragen, ob wir das Buch ausleihen dürften, z.B. für eine Facharbeit." – „Schlechte Idee!", warf Jenny ein, „die werden drei Jugendlichen kaum ein historisches Buch geben." „Darauf sind wir auch gekommen, deshalb haben wir uns überlegt, ob dein Vater das Buch ganz offiziell anfordern könnte, da es für die Grabung wichtige Informationen enthält." „Kommt nicht in Frage, dann müssten wir ja zugeben, dass wir den Schlüssel haben."

„Dann bleibt nur noch Plan B", warf Nick ein, „wir müssen das Buch stehlen. Dazu stellen sich allerdings drei Fragen:

Erstens, gibt es eine Alarmanlage? Zweitens, gibt es Überwachungskameras? Drittens, wie viele Männer des Sicherheitsdienstes bewachen den Raum?"

„Du willst echt das Buch klauen? Ist das nicht zu gefährlich?" meinte Jenny. „Wenn wir erwischt werden, sagen wir einfach es wäre eine Mutprobe gewesen", entgegnete Nick. „Das ist ganz schön frech. Jedenfalls brauchen wir dazu einen verdammt guten Plan, denn ich möchte nicht ertappt werden!", seufzte Ron.

„Wow, was ist denn mit Euch los, ihr werdet ja noch zu Frühaufstehern!" – „Guten Morgen Pa, es ist ganz schön heiß heute!" entgegnete Jenny. „Kein Wunder, wir kommen auch in die heiße Phase" sagte Dr. Braun mit einem Augenzwinkern, „heute kommt WALDI zum Einsatz. Dr. Haslinger ist in der Nacht mit WALDI auf Sansibar gelandet." „Sie setzen Hunde bei der Grabung ein?", fragte

Ron ungläubig. „Nein, WALDI bedeutet: Wireless Ar-
cheological Loading Data Identification Mobile.", Jenny
sprang auf und stürmte aus dem Frühstückszelt. „Tom ist
da!" – „Und wer ist jetzt bitte Tom?" wunderte sich Ron.
„Tom Haslinger ist Dozent am Lehrstuhl für Archäologie
der TU Berlin und kennt Jenny schon von klein auf. Er
stellt uns den neuen Roboter, der an seinem Lehrstuhl
entwickelt wurde, für die Grabung zur Verfügung."
„Kommt doch alle mal raus", draußen standen Jenny und
Tom der WALDI begeistert vorführte. „WALDI ist unser
Spürhund. Er kann selbstständig archäologisches Material aufnehmen, es chemisch analysieren und das Alter
bestimmen." Vor ihnen stand ein etwa 50 cm hohes Ket-
tenfahrzeug, mit einer baggerförmigen Schaufel und
einem Roboterarm. Zwei als Augen gestaltete Objektive
verliehen dem mechanischen Hund ein niedliches Aussehen. „Ist der süß!", entfuhr es Jenny.
Nachdem die Archäologen sich an die Arbeit gemacht
hatten, waren die drei wieder allein im Frühstückszelt.
„Hast du schon einmal ein Museum ohne Alarmanlage
gesehen?", meinte Jenny „Eine Alarmanlage gibt es bestimmt, aber was und zu welcher Tageszeit sichert sie?",
überlegte Ron, „Auf jeden Fall sichert die Alarmanlage
das Museum bei Nacht und alles was herumsteht und
man theoretisch bei einem Besuch mitgehen lassen kann.
Aber doch bestimmt kein tonnenschweres Schiff und
Dinge, die für einen Besucher unzugänglich im Schiff
liegen?" – „Außer sie wären von ungeheurem Wert!",
entgegnete Nick, „Bei den Überwachungskameras müssten wir herausfinden ob die nur aufzeichnen, oder die
Bilder auch live vom Wachpersonal mitverfolgt werden!"
– „Auf der Suche nach einer Toilette verirren wir uns
ganz zufällig in die Betriebsräume", schlug Ron vor.
„Und wie willst du die finden?" fragte Jenny. „An den
Türen steht doch groß „Staff only", entgegnete Ron,
„Und beim Wachpersonal hilft nur ein Ablenkungsmanöver. Damit hat Jenny ja Erfahrung", schloss Nick mit
einem breiten Grinsen in Jennys Richtung.

Die Weise des Westens, ferne Vergangenheit

Unter der Herrschaft der Franken erreichte das Töpfer-
handwerk in der ehemaligen Römerstadt Trier seinen
Höhepunkt.

Die edelsten Töpferwaren mit den schönsten Verzierungen schuf eine junge Töpferin namens Brunichild. Ihr
Talent, mit dem Tonmaterial umzugehen und daraus
wahre Kunstwerke zu formen, sprach sich bald im gesamten Frankenland herum.

Sie hatte die Kunst von ihrem Vater gelernt, der sie nach
dem Tod ihrer Mutter liebevoll in seiner Werkstatt auf-
zog. Von Kindheit an half sie ihrem Vater in der Töpferei
und nutzte jede Minute, um selbst an der Töpferscheibe
ihre eigenen Kreationen zu gestalten. Im Laufe der Zeit
wurden aus den kindlichen Gegenständen künstlerische
Skulpturen von hoher Anmut. Sie hatte dabei ihren ganz
individuellen Stil gefunden.

Der ganze Laden ihres Vaters war bald mit ihrer Kunst
geschmückt. Dieser ganz besondere Töpferladen hatte
sich bald in der ganzen Stadt einen Namen gemacht.

Es war ein harter Winter, als ihr Vater erkrankte und
keine Medizin zu helfen schien. Sie pflegte ihn Tag und
Nacht, doch bevor das Frühjahr wieder seine ersten Boten sandte, ging ihr geliebter Vater für immer. „Jetzt sind
sie wieder vereint, Mama und Papa", weinte sie und
verbrachte nun sehr viel Zeit an der Töpferscheibe, um
ihren Schmerz zu vergessen.

Vielleicht waren es die Tränen, die sie in ihrer Trauer
über dem Ton vergoss, wodurch eine einzigartige Tonre-
zeptur von außerordentlicher Güte entstand. Vielleicht
waren es aber auch die wunderbaren Erinnerungen an
ihre Kindheit, die Formen von ungeahnter Schönheit
entstehen ließen.

Jeder, der einzigartige Keramik haben wollte, kam zu
Brunichild und die Warteliste war beträchtlich.

„Ich habe nur zwei Hände", sagte sie, wenn die Nachfra-
ge wieder größer war, als die Menge, die sie produzieren
konnte. Sie war sehr schön, weshalb viele Männer sie

begehrten. Ihre fest zu einem Zopf gebundenen, blonden Haare reichten ihr beinahe bis zum Gesäß. Wenn sie am Abend die Haare öffnete, um sie zu bürsten, umspielten die goldschimmernden Locken ihr blasses, feines Gesicht. Hätte sie jemand so in ihrem weißen Schlafgewand erblicken können, hätte dieser einen Engel auf Erden gesehen. Sie war jedoch nicht nur außergewöhnlich schön, sie war auch ausgesprochen fleißig und hatte es in jungen Jahren schon zu einem beachtlichen Vermögen gebracht. An Heiraten wollte sie nicht denken, obwohl es der Verehrer viele gab. Sie konnte es sich nicht vorstellen, Kinder zu bekommen und dann bis zu ihrem Lebensende, nur noch für Mann und Familie da zu sein. Sie wollte in ihrem Leben etwas ganz Besonderes, etwas Einzigartiges erschaffen, doch wusste sie noch nicht, was es sein könnte.

Eines Tages war sie wieder einmal an der Mosel, um dort nach geeignetem Ton zu suchen. Es war ein warmer und schöner Frühsommertag. Endlich hatte die Sonne nach einer Schlechtwetterperiode die Kraft, die Wolken aufzureißen und den blauen Himmel zum Vorschein zu bringen.

Gerne lag sie im Gras und versuchte irgendwelche Formen, Gesichter oder Wesen in den Wolkenbildern zu erkennen. Dieses Mal blickte sie jedoch nicht in den Himmel, sondern auf das glitzernde Wasser der Strömung und betrachtete das Spiegelbild des Himmels.

„Es ist der Fluss, der ewig fließt und der Stadt ein ewiges Leben beschert", dachte sie. „Er ist wie ein Krug mit ewigem Leben gefüllt."

Der Gedanke ließ sie nicht mehr los. Sie träumte nachts davon. Sie war wie besessen, den Krug des ewigen Lebens zu schaffen. Sie wusste auch schon, wie sie ihn bemalen wollte. In kunstvollen, weißen Lettern würde sie auf den schwarzen Krug „VIVAMUS", lasset uns leben, schreiben.

Bei der Arbeit schien sie unkonzentriert, schon zweimal waren ihr am heutigen Tag Töpferwaren auf den Boden gefallen und in viele Scherben zersprungen. „Für heute ist genug Schaden angerichtet", dachte sich Brunichild, ließ Arbeit Arbeit sein und suchte sich ein stilles Plätzchen am Fluss, um auf andere Gedanken zu kommen.

Als sie in der Sonne lag und in den Tag hineinträumte, legte sich auf einmal ein großer Schatten auf sie und nahm ihr die wärmende Sonne. Ein großer Wagen, beladen mit Trödel aller Art, stand vor ihr. Ein alter Mann schaute auf sie herab.

„Bist du Brunichild, die Töpferin?" „Ja, wer will das wissen?" „Lieg nicht so faul in der Sonne, du hast einen Auftrag, der Krug des ewigen Lebens. Folge deinem Traum und ziehe immer gen Osten!" Noch bevor Brunichild sich aufsetzen konnte, um etwas zu sagen, war der Alte mit samt dem Wagen verschwunden. Hatte sie sich nur alles eingebildet oder hatte sie geträumt? Es war so wirklich, so echt. Auf dem Weg nach Hause dachte sie nach, packte dann ihre Sachen und zog los für lange, lange Zeit, Richtung Osten.

Der Tag X

„Komm WALDI, bei Fuß", Nick grinste. Die letzten Tage hatte er damit verbracht, WALDI ein paar kleine Tricks beizubringen und ihn von seinem Laptop aus zu steuern. „Tom ist echt cool, überlässt uns WALDI zum Zeitvertreib, wenn er gerade nicht gebraucht wird! Ich habe dafür versprochen, die Programmierung für die automatische Rückfahrfunktion zu optimieren. Er wird sich wundern, was WALDI schon alles dazugelernt hat!", Jenny lachte. „Heute führen wir WALDI Gassi in die Stadt."

Als Hansl mit seinem Pick Up bereitstand, um die Jugendlichen in die Stadt zu fahren, wunderte er sich über die große Badetasche, die Nick und Ron auf die Ladefläche legten. „Wollt ihr jetzt zum Shoppen in die Stadt oder an den Strand?" „Einmal in die Stadt bitte!" Hansi runzelte die Stirn und fuhr los.

In Stone Town angekommen hievte Hansi die Tasche von der Ladefläche. „Was ist bitte in der schweren Tasche?" „Da sind ein paar Bücher von Pa für Freddy drin. Der hat nämlich jetzt als Zweitfach Archäologie belegt!", schwindelte Jenny. „Vorsicht, nicht werfen!" – „Ich dachte es sind nur ein paar alte Bücher?" „Wir treffen uns hier wieder um 17:00 Uhr!", lenkte Jenny ab und drehte sich weg.

Sobald der Pick Up außer Sichtweite war, gingen die drei noch einmal den Plan durch. Sie hatten alles perfekt vorbereitet. Jenny hatte ihre Ablenkungsmanöver geplant, Ronny verschiedene Utensilien beschafft und Nick war in den letzten Tagen ganz in der Programmierung und Bedienung von WALDI aufgegangen. Nun sollte es zur Ausführung ihres Planes kommen.

Nick fasste zusammen: „Wir gehen mit der Tasche in das Museum, Ron und ich verschwinden in der Herrentoilette und packen WALDI aus. Ich bleibe mit dem Laptop auf der Toilette. Von dort aus steuere ich WALDI. Mit dem Laptop sehe ich was WALDI sieht. Ron, du sorgst dafür, dass WALDI von der Toilette ungesehen zum Vi-

deoüberwachungsraum kommt und dort hineinschlüpft. Dann wartest du unauffällig vor der Türe, WALDI schaltet die Videoaufzeichnung ab und du öffnest ihm die Türe, damit er wieder herauskann." Jenny setzte fort: „Ich bleibe solang im Erdgeschoß und etabliere mich als interessierte Museumsbesucherin. Die Wärter habe ich schon im Griff!" – „Soweit ist alles klar. Nun kommen wir zur eigentlichen Herausforderung! Das Schiff steht mit einem Abstand von vielleicht einem Meter von der Wand entfernt. WALDI fährt unter Deckung von Ron an der Wand entlang und verschwindet hinter dem Segler. Er ist so programmiert, dass er einen Enterhaken von hinten aufs Deck wirft und sich mit seiner Seilwinde nach oben zieht. Nun kommt dein Einsatz Jenny! Du musst jetzt den Alarm in der entgegengesetzten Ecke auslösen, in dem Moment tauscht WALDI das Buch aus, seilt sich ab und verschwindet unter Rons Deckung wieder in der Herrentoilette!" – „Alles klar, los geht's!"
Der Weg zum Museum war scheinbar unendlich weit. Ronnys Knie wurden weich, als das Gebäude in Sicht kam. Er ließ sich aber nichts anmerken. Jenny kaufte drei Eintrittskarten. Gerade in dem Moment, als sie die Schranke zum Museum passierten, traf Ronny, wie ein Stich in den Rücken, eine tiefe Stimme: „Entschuldigung Sir, die Tasche müssen sie bitte in der Garderobe einsperren." Der Wärter zeigte auf ein Schild mit einer durchgestrichenen Tasche. Jenny ärgerte sich „So ein Mist, wie konnten wir das nur übersehen! An das haben wir gar nicht gedacht." Die Spindkästen standen direkt am Eingang, gut einsehbar von allen Seiten. Ronny schob die Tasche in den untersten Spind und zupfte mit einem Augenzwinkern an Nicks Ärmel: „Musst du auch aufs Klo?" Jenny runzelte die Stirn „Was habt ihr vor?". Ronny schüttelte nur leicht den Kopf und verschwand mit Nick in der Herrentoilette. „Der Wärter direkt am Eingang versteht Deutsch, ich habe es an seiner Reaktion erkannt!" - „Was machen wir jetzt?" In dem Moment ging die Tür auf und Jenny stürmte entrüstet herein „Ihr könnt mich nicht einfach dort draußen stehen lassen!"

Der Tag X

Ron holte einen bedruckten Aufkleber mit „Out of Or-
der" aus der Gesäßtasche. Er klebte ihn an die Tür der
Behindertentoilette und zog die beiden in die Kabine.
„Mal sehen wie es jetzt WALDI geht." Nick öffnete den
Laptop. „WALDI sieht momentan nur schwarz." „Kein
Wunder, ich auch!" entgegnete Jenny „Unser Plan ist
somit gestorben!" „Wir müssen WALDI unbemerkt aus
dem Spind heraus und in das Museum fahren lassen.
Jenny, das heißt du darfst deinen ganzen Charme einsetzen und den Wärter am Eingang ablenken!", meinte Nick
„Na super und dann fährt WALDI ganz unauffällig einmal durch das ganze Museum, vorbei an allen Kameras
und keiner merkt was?", entgegnete Jenny schnippisch.
„Nur die Ruhe, Leute. Wisst ihr eigentlich, wo wir hier
sind?", Ronny sah sie fragend an. „Auf der Herrentoilette, wie peinlich!", Jenny errötete. „Stimmt, und das hier
ist die Wand zum Spind!" Er klopfte auf die hohl wirkende Holzwand neben ihm. „Nur unser WALDI ist
nicht David Copperfield!", spottete Jenny. „Na ja, in gewisser Weise schon." Nick betätigte eine Taste seines
Laptops, die den Scheinwerfer des Roboters erstrahlen
ließ. „WALDI sieht schon mal nicht mehr schwarz!" Er
blickte Jenny grinsend an. Einige weitere Klicks und der
Roboterarm kam ins Bild. Die drei sahen, wie er mit einem langen Bohrer erst die Tasche, dann die dahinter
liegende Wand durchbohrte. „Bingo, hier kommt ja unser
WALDI!" Der Bohrer schaute den dreien entgegen. „Unser Hündchen könnte sich jetzt zu uns durchschneiden,
das macht allerdings ein bisschen Lärm. Wobei wir wieder beim Thema Ablenkung wären! Jenny, dein Einsatz!
Danach geht es weiter wie geplant." Jenny schlich aus der
Kabine, doch als sie schnell die Herrentoilette verlassen
wollte, stieß sie frontal mit einem gutaussehenden Mann
zusammen. „Oh, äh... hab mich wohl in der Tür geirrt!",
stammelte Jenny. Sie lief dunkel rot an, „Oh Gott, wie
peinlich!", dachte sie. Jenny ging zum Ticketschalter, um
ein Gespräch mit dem Eintrittskartenverkäufer anzufangen. Sie tat so, als interessiere sie sich ungemein für eine
hässliche Statue direkt am Eingang. Ihre Gedanken kreis-

ten. Was sollte sie nur mit ihm reden? „Where are you from?" Jenny zuckte zusammen. Der braungebrannte, gutaussehende Mann, mit dem sie auf der Toilette zusammengestoßen war, stand neben ihr. „Äh, Germany", sie war total verwirrt. Das passte nicht zum Plan und was wollte der von ihr. „Germany – very good in Fußball. Ich komme aus Südafrika und war zwei Jahre in Frankfurt." Jenny hörte nur mit einem halben Ohr zu, als dieser die Namen der deutschen Fußballnationalmannschaft aufzählte. Wie sollte sie nur an den Ticketverkäufer herankommen, um ihn in ein Gespräch zu verwickeln. Jetzt träumte der Fremde gerade von der WM in Südafrika. Jenny beobachtete den Kassierer. Zu ihrem Erstaunen drehte sich dieser nun dem Fremden zu und strahlte über das ganze Gesicht „Football in Afrika is wonderful!" Jenny konnte es nicht glauben, der Mann an der Kasse und der Fremde diskutierten angeregt über Fußball, das war ja perfekt! Nun hörte sie ein leises, aber aufdringlich helles Sägegeräusch. Schlagartig hörten die beiden auf zu reden und schauten sich suchend um. Jenny reagierte sofort. Sie bediente heimlich eine Taste des Telefons in ihrer Handtasche, das daraufhin ein lautes, durchdringendes, quäkendes Geräusch von sich gab. Die beiden Fußballbegeisterten blickten Jenny an, wie sie verzweifelt nach ihrem Handy suchte und lachten. Dann führten sie ihr Gespräch über die afrikanischen Topmannschaften fort. Jenny versuchte nun umständlich ihr Handy abzuschalten. Sie fing bereits an zu zittern. Wie lange wird denn WALDI noch brauchen? Das muss schneller gehen! Eine weitere kleine Ewigkeit verging, sie schwitzte. Dann war das Turbinengeräusch des Roboters endlich verstummt. Jenny betätigte nun den richtigen Knopf mit den Worten: „Entschuldigung, das war eine Erinnerung an den Geburtstag meiner Tante!" Der Fremde lächelte sie an: „Wie heißt du?" „Ich heiße Jenny" „Hey Jenny, mein Name ist Shumba, nice to meet you!" Jenny erwiderte das Lächeln. Wie kam sie nur von diesem Typen wieder los? Er versuchte sie in ein Gespräch zu verstricken. „Bist du hier im Urlaub?" Irgendwie kam ihr das komisch vor, die

Wahrheit über sich würde sie ihm bestimmt nicht erzählen. „Ja wir sind im Urlaub hier!" Jenny musterte den Raum, ihr durfte nichts entgehen. „Bist du allein im Museum?" Was sollte sie darauf antworten? Da sah sie WALDI an der Ecke stehen. Ein Wärter näherte sich ihm gerade. Hatte er den Roboter bereits bemerkt? Jennys Schläfen pochten so heftig, dass sie keinen klaren Gedanken mehr fassen konnte. „Interessieren sich alle Afrikaner für Fußball?", fragte Jenny. „Ausnahmslos jeder", erwiderte der Fremde mit einem Augenzwinkern. „Das glaub ich nicht, der Herr dort bestimmt nicht!" Jenny deutete auf den Wärter, der nun bedrohlich nah an WALDI herankam. „Hey sie", wandte sich der Fremde an den Wachmann: „Wer ist die beste Fußballmannschaft der Welt?" Zwei Schritte vor der Ecke wandte sich der Wärter um. Jenny blieb das Herz stehen. „Ghana, natürlich". Da mischte sich die Stimme des Kassenmanns wieder ein „Nein, eindeutig die Elfenbeinküste!" Der Fremde sah Jenny mit einem für sie unangenehmen Blick an und meinte: „Die beiden haben doch keine Ahnung, an Südafrika kommt keiner ran!" Die Museumsangestellten und der Fremde diskutierten nun sehr emotional über die beste Mannschaft Afrikas. Niemand bemerkte wie Ron eine Tür öffnete und der Roboter im Videoüberwachungsraum verschwand. Nur eine Minute später, die drei Männer diskutierten immer noch lauthals, schlüpfte WALDI wieder aus dem Überwachungsraum und machte sich unter Deckung von Ronny auf den Weg zum Schiff. Ronny schmunzelte, als er an Jenny vorbei ging. „Sie ist echt genial!"
Nick, der auf dem zugeklappten Toilettendeckel, mit dem Laptop auf dem Schoß saß, lief der Schweiß herunter. Er stand jetzt vor der größten Herausforderung. Hunderte Male hatte er den Wurf des Enterhakens geübt. Die Sensoren des Roboters ertasteten die genaue Geometrie des Raumes und des Schiffes und übertrugen diese auf den Monitor. Ein Programm berechnete die Ausholkraft und den Winkel für den Wurf. Der Roboterarm

holte aus und das Seil mit dem Enterhaken schwirrte durch die Luft.

Die drei Fußballspezialisten merkten gar nicht, dass sich Jenny mittlerweile lautlos in der entgegengesetzten Ecke der Ausstellungshalle positioniert hatte. Ihr Telefon bimmelte genau in dem Moment, als der Enterhaken über der Holzreling auf dem Deck des Schiffes landete. „Nein Tante ich habe deinen Geburtstag nicht vergessen. Ja die Verbindung ist schlecht. Ich kann nicht lauter sprechen, ich bin in einem Museum", schrie Jenny in ihr Handy. Ein Wärter sah sie kopfschüttelnd an. „Sorry, this is my old aunt, today is her birthday. Here is so a bad connection!", entschuldigte sich Jenny. „Ich wünsche dir alles Gute zum Geburtstag Tante und wir telefonieren morgen noch einmal, tschüss!" Die Seilwinde surrte kaum hörbar und der Haken machte sich an der Reling fest.

Nick sah durch WALDI´s „Augen", wie sich der Roboter hinaufzog, und von der Seilwinde löste. Blitzschnell baute sich am Bildschirm die Telemetrie des Schiffdecks auf. Die Treppen runter in die Kajüten waren für den wendigen Roboter kein Problem. Nick steuerte den Spürhund sicher zu seinem Ziel. Der Roboterarm ergriff das Buch, eine Art Schublade an seinem Bauch öffnete sich und das Buch verschwand darin. Eine zweite Schublade sprang auf und ein Duplikat des Originals, das Jenny und Ronny anhand der Fotos angefertigt hatten, wurde vom Arm des Roboters an exakt die gleiche Stelle gelegt. Nick überkam ein Gefühl des Triumphes. „War doch eigentlich gar nicht so schwer. Der Rückweg ist für WALDI ein Kinderspiel." Nick betätigte die automatische Rückfahrfunktion. „Von nun an geht alles vollautomatisch!" WALDI verließ die Kajüte, arbeitete sich die Treppen zum Deck empor und rastete die Winde wieder in seinen Stahlkörper ein. Plötzlich poppte ein rotes Kontrollkästchen am Bildschirm auf: „Akkuleistung gering, Funktionen werden eingestellt." WALDI blieb schlagartig stehen, seine Augen schalteten ab, Nick saß vor einem schwarzen

Monitor: „Der Schlafmodus ist aktiviert, Akkus werden geladen", war die Meldung vor Nicks entsetzten Augen. Ronny stand vor dem Bullauge und hatte WALDI beobachtet, wie er das Buch ausgetauscht hatte. Somit konnte kein anderer Museumsbesucher die Aktion von dem kleinen Roboter sehen. Minuten vergingen, doch WALDI kam nicht mehr aus dem Schiff heraus. Ronny wartete weitere unendlich lange 10 Minuten. „Das gibt's doch gar nicht", er sah zu Jenny hinüber und deutete Ihr das Zeichen für Treffpunkt Toilette.

Nick war den Tränen nahe, als er den beiden berichtete, dass der Akku leer sei. „Der Schnitt durch die Wand hat anscheinend zuviel Energie gekostet." „Was heißt, die Akkus werden geladen?" „Keine Ahnung, ich habe ihn immer zum Laden ans Netz gehängt." „Hat WALDI vielleicht Solarzellen?" „Was machen wir jetzt?" "Mission abbrechen und hoffen, dass sich der Akku Morgen erholt hat!" „Wir können nicht ohne WALDI zurück, das gibt eine Katastrophe." „Wir bleiben, vielleicht fällt uns noch etwas ein. Jetzt ist es 15:00 Uhr das Museum schließt um 17:00 Uhr, wir haben noch zwei Stunden."

„Ich könnte hochklettern und WALDI rausholen." „Der Rumpf ist doch viel zu hoch, wie willst du da ohne Strickleiter oder Seil hochkommen? Und die vielen Wachleute, nein das würde nie gut gehen."

Jenny und Ronny versuchten vor Ort eine Lösung zu finden, während Nick frustriert auf seiner Toilette blieb.

Knapp zwei Stunden später waren alle wieder auf der Toilette versammelt.

„Wenn wir ohne WALDI heimkommen, müssen wir Tom in die Sache einweihen, ob der mitspielt?"

Ein Gong ertönte, dann verkündeten die Museumslautsprecher in mehreren Sprachen: „Verehrte Gäste, das Museum schließt in 5 Minuten, wir bitten sie sich zu den Ausgängen zu begeben und wünschen einen schönen Abend."

„Das war's dann!" Nick klappte den Bildschirm zu, als dieser plötzlich piepte. Erschrocken klappte Nick den Laptop wieder auf und ein kleines Lächeln war auf seinen Lippen. „Ladevorgang über Solarzelle ist abgeschlossen! Drücken sie Enter, um den Vorgang fortzusetzen" „Er läuft wieder! Schnell raus ihr müsst WALDI zurückbegleiten."

„Nein, wir schließen gleich, benutzen sie diesen Ausgang", ein beinahe militärisch klingender Sicherheitsbeamter versperrte ihnen den Weg zur Halle. Ein Menschenstrom bewegte sich aus den Ausstellungsräumen zum Ausgang. Nick, der wieder sehen konnte, was sich in der Halle zutrug, lenkte WALDI geschickt mit dem Strom der Besucher an den Sicherheitsleuten vorbei zum Ausgang. Niemand bemerkte WALDI, der wie ein kleiner Hund mitlief. Jenny entdeckte den kleinen Roboter, legte ihr großes Tuch darüber und trug ihn wie ein Baby zur Toilette „Muss noch kurz zum Wickeln", ein Beamter nickte und gab den Weg zur Toilette frei.

Während Ronny am Spindschrank das Suchen des Schlüssels vortäuschte packte Nick den Spürhund in die Tasche und lud ihn von hinten in den Spind. Das mit dünnem Schnitt herausgeschnittene Wandstück wurden von Jenny und Nick wieder fein säuberlich eingesetzt. Den Schnitt klebten sie mit einem Gaffertape ab. Ronny hatte derweilen die Tasche aus dem Garderobenkasten geholt und positionierte sich in sicherer Entfernung vor dem Gebäude.

Jenny zog den Aufkleber von der Tür, während Nick am Toiletteneingang Wache stand. „Jetzt los!" Beide gingen am Wachbeamten vorbei. „Entschuldigung, wo ist denn das Baby?" „Das Baby? Ach so, das hat doch grad meine Mutter schon f, rausgetragen". Der Beamte schüttelte ungläubig den Kop doch die beiden waren schon durch die Absperrung zum Ausgang gelangt.

„Ich glaub es nicht, wir haben das Buch und keiner hat was gemerkt", strahlte Ronny, dem ein Stein vom Herzen fiel. „Ich kann nicht glauben, dass wir das getan haben."

Der Pick Up mit Hansi am Steuer bog um die Ecke. „Wo wart ihr? Ich habe Euch schon überall gesucht und mir echt Sorgen gemacht. Jetzt habt ihr immer noch so eine schwere Tasche!" – „Ja, Freddy belegt jetzt doch nicht

Archäologie!" stotterte Jenny und hoffte, dass er ihre errötenden Wangen nicht bemerkte. Hansi sah sie von der Seite an und wusste sofort, dass die drei etwas ausgeheckt hatten, ließ sich aber nichts anmerken. „Und warum hat die Tasche vorne ein Loch?" „Das ist eine lange Geschichte, die erzählen wir dir ein anderes Mal. Wie war's heute beim Surfen?"

„Da habt ihr echt was verpasst, die Welle war heut so genial!", schwärmte Hansi und alles drehte sich nur noch um seine Lieblingsbeschäftigung.

Der Weise des Südens, ferne Vergangenheit

Bei Nixaus Geburt war seine Mutter gestorben. Sein Vater Abuu wusste nicht, wie er den Säugling aufziehen sollte. Er war stolzer Jäger des Buschvolkes der San und meist viele Tage mit Stammesgenossen im südlichen Buschland Afrikas unterwegs, um Nahrung für die kleine Dorfgemeinschaft zu beschaffen. Sein älterer Sohn Lutalo war, seitdem er laufen konnte, bei der Jagd dabei und schon als vierjähriger Knabe eine Hilfe für den Vater gewesen. Aber ein neugeborenes Kind, das überstieg seine Möglichkeiten. Er gab Nixau in die Obhut der Geistheilerin Akilah und dort sollte er bleiben, bis er eines Tages den Vater bei der Jagd unterstützen konnte.

Nixau entwickelte sich jedoch ganz anders als sein Bruder Lutalo. Er wollte nicht jagen, sich mit den anderen Jungen messen. Er war beeindruckt von der spirituellen Kraft seiner Leihmutter und widmete sich den Riten und Methoden, die diese anwendete, um Kranke zu heilen, um Streit im Dorf zu schlichten oder Böses abzuwenden.

Neben dem Mischen von Kräuteressenzen, heilenden Salben und dem Herstellen eines Pfeilgiftes für die Jäger des Dorfes entdeckte er seine Leidenschaft, Holz zu verarbeiten. Er baute Aufbewahrungsschatullen für Akilahs Medizin, Tische oder Holzgestelle zur Trocknung der Felle. Jedes seiner sorgfältig gefertigten Gegenstände hatte eine Raffinesse, z.B. eine Schublade in einem Tisch oder ein Schloss aus Holz, das eine kleine Truhe verriegeln konnte.

Ein halber Tagesmarsch vom Dorf entfernt lag ein Berg, den das Volk der San wie den Teufel mied. Er war unheimlich, denn dort sollte es spuken. Man sagte, dort sei das Tor zur Unterwelt.

Nixau hingegen fühlte sich von diesem Ort wie magisch angezogen. Er konnte es gar nicht erwarten, bis er mit Akilah wieder dorthin aufbrach.

Der Weg war beschwerlich. Nach zweistündigem Marsch durch dichtes Buschland erreichten sie endlich den Fuß des Berges.

Sie hatten Proviant und Wasser dabei und als sie etwas nach oben geklettert waren, machten sie Rast. Von hier oben konnten sie sehen, was ihnen im hohen Buschgras verborgen blieb. Geier machten sich an den Resten einer Hyäne zu schaffen, die eine Raubkatze gerissen hatte. In der Ferne wirbelte eine Elefantenherde Staub auf. Egal wo man hinblickte, war Leben zu entdecken.

Dann hieß es weitere zwei Stunden einen Weg über Felsen aus scharfkantigem, schwarzem Gestein zu finden. Endlich wurde es etwas kühler und eine weiße Wolke, die wie ein Schleier über den Gipfel lag, deutete an, dass sie nun gleich am Ziel waren. Es roch nach Schwefel und heiße Dampfe entwichen dem Boden. An einer Stelle floss heißes Wasser aus dem gelben Gestein und weiter unten in einer Senke lagerte sich tiefrotes Material ab. Nixau hatte sich aus Blättern eine Art Tüte gefaltet und füllte den roten Zinnober darin ab. Akilah sammelte währenddessen schwefelhaltiges Gestein und schien mit den Göttern der Naturgewalten zu sprechen.

Zuhause nutzte Nixau die rote Farbe, um seine Holzgebilde in wahre Kunstwerke zu verwandeln.

Schon bald war der Junge im Ort in aller Munde. Er galt als mutig, da er sich nicht vor den Geistern fürchtete. Nixau war die rechte Hand von Akilah, wenn es um Verletzungen und Krankheiten ging. Er war ein wahrer Meister in der Herstellung des wirksamsten Pfeilgiftes und baute aus Holz nützliche Gegenstände, die schon bald im Dorf jeder haben wollte.

Und dennoch war er nicht als Gleichberechtigter akzeptiert.

Schon seit jeher musste ein Junge eine Prüfung bestehen, die ihn in die Gesellschaft der Erwachsenen aufnahm. Die Dorfbewohner nannten sie „den großen Tanz".

Heute war dieser wichtige Tag, an dem er beweisen musste, dass er nun ein Mann sei. Mit einer Größe von 165 cm war er für einen San erstaunlich groß. Der 15-jährige Junge überragte die Größten seines Dorfes um mehr als sieben Zentimeter. Um bei den Buschmännern als Erwachsener akzeptiert zu werden, musste er jedoch eine ausgewachsene Antilope, allein, nur mit einem Speer bewaffnet, erlegen. Mit seinem Vater und älteren Bruder lag er früh am Morgen hinter Sträuchern an einem Wasserloch auf der Pirsch. Die ausgesuchte Antilopenkuh trank mit vielen ihrer Artgenossen Wasser, alles schien friedlich.

Wenn er nun gleich aus seinem Versteck sprang, würde der „große Tanz", in dem er allein auf sich gestellt war, beginnen. Antilopen gehören zu den schnellsten und wendigsten Tieren auf dieser Welt. Er wusste, dass es kein Kinderspiel werden würde.

Kaum hatten die Tiere den Eindringling bemerkt, schon stieb die Herde auseinander. Nixau hatte nur ein einziges Tier im Auge und verfolgte es. Immer wenn sich die Kuh in ausreichender Entfernung in Sicherheit wusste, verlangsamte sie ihre Geschwindigkeit und blieb schließlich stehen. Der Junge war schon oft bei der Jagd dabei gewesen und hatte gelernt, die Reaktion der Tiere auf den Menschen vorherzusehen. So wusste er schon im Voraus, in welche Richtung das Wildtier fliehen würde. Stunden vergingen, Nixau näherte sich dem Tier an, es floh, er folgte. Die Arme fingen an, vom Tragen des langen Speeres zu schmerzen. Seine Kehle trocknete aus, wie weit war er wohl schon gelaufen und wie lange würde er das Tempo noch durchhalten? Die Sonne stand im Zenit, die Hitze wurde unerträglich. Wie ein Marathonläufer lief Nixau mit konstantem Tempo dem Tier hinterher. Dieses erkannte den Feind und galoppierte mit voller Geschwindigkeit davon. Nixau wusste, dass die Antilope diese hohen Geschwindigkeiten nur immer wenige Minuten durchhalten konnte und sich dann von der Anstrengung ausruhen musste. Der Weg führte über stacheliges Gestrüpp und seine Füße brannten wie Feuer. Die malträtierte Haut wurde von Dornen und spitzen Steinen zerfetzt, doch Nixau wusste, wenn er nur kurz anhielt, um sich Stacheln aus den Fußsohlen zu ziehen, würde er das Tier verlieren. Er hatte bereits nicht mehr darauf geachtet, wohin er lief, ob er je wieder in sein Dorf zurückfinden würde, er hatte nur das Tier im Fokus, alles andere um ihn herum war ausgeblendet.

Nixau hatte seit Stunden nichts getrunken und nichts gegessen, die Füße waren taub und dennoch lief er immer weiter. Die Sonne färbte sich orange, der Tag neigte sich zu Ende. Der Abstand zwischen Tier und Mensch wurden immer geringer, doch zum Wurf mit dem Speer war er einfach noch zu groß.

Er hatte nur eine Chance, doch wie weit konnte sein Arm den Speer noch schleudern?

Der Mond war aufgegangen und der Jäger hatte Mühe, sein Ziel nicht aus den Augen zu verlieren. Er kannte die Taktik der Ausdauerjagd, die darin lag, die menschliche Kondition gegenüber der Schnellkraft des Tieres auszuspielen.

Plötzlich schlug etwas Hartes gegen Nixaus Fußspan, er trudelte und stürzte schließlich. In der einsetzenden Dunkelheit war er an einer hervorstehenden Wurzel hängen geblieben, die seine bereits 14 stündige Jagd jäh beendete.

Im Dorf verspottet zu werden, als Verlierer zurückzukehren, diese Scham konnte er nicht ertragen. Vielleicht würde er nie wieder in das Dorf zurückkehren, einfach weiterziehen und über das große Meer segeln. Tränen liefen über seine Wangen, nicht weil er zerschundene Füße und eine offene Fleischwunde am Bein hatte. Es war die Enttäuschung über sein Scheitern. Er hatte doch soviel trainiert, war ein ausgezeichneter Läufer und wusste wie man den Speer benutzte. Er war ausgetrocknet, ausgemergelt, am Boden zerstört, am liebsten wollte er sterben. Er hatte ein Messer und den Speer, warum sollte er weiter leiden?

Er tastete am Boden nach dem Speer, stellte ihn auf und zog sich daran hoch. Seine Augen suchten den Boden nach seinem Messer ab, das aus dem Gürtel gefallen sein musste. Da sah er wie eine völlig erschöpfte Antilopenkuh in Wurfweite ruhte, nicht fähig vor dem Menschen zu fliehen. Die Reflexe waren blitzartig wieder da, er holte aus, der Sperr surrte durch die Luft, ein kurzes Brüllen, dann sank die Antilope in sich zusammen.

Nixau spürte wie etwas Warmes durch seine Adern strömte und jeglicher Schmerz vergessen war. Er entdeckte das Messer am Boden, hob es auf, torkelte zur Kuh und rammte es ihr mitten ins Herz. Er trank das warme Blut, dann verlor er den Boden unter den Füßen und es wurde schwarz vor seinen Augen.

Irgendetwas zupfte an seinen krausen Haaren. Langsam öffnete er die Augen. Nur ganz verschwommen konnte er etwas Weißes erkennen. Sekunden vergingen, bis ihm klar wurde, dass er auf das breit grinsende Gesicht seines Bruders blickte.

„Du hast es geschafft!" Vater und Bruder hatten sich am Morgen, nachdem er immer noch nicht zu Hause war, auf die Suche nach ihm gemacht. Erst am späten Nachmittag fanden die beiden ausgezeichneten Fährtenleser ihren Prüfling. „Wie lange hast du denn hier geschlafen?" feixte sein Vater. Sie teilten Wasser und mitgebrachten Proviant und Nixau spürte, wie die Lebensgeister wieder in ihm erwachten. Mit vereinten Kräften zerlegten sie das Tier und bereiteten am Feuer bis lang in die Nacht ein Freudenmahl.

Selten war Nixau so stolz und noch nie in seinem Leben schmeckte das Essen so gut.

Am nächsten Morgen machten sich die drei mit der Beute auf den Nachhauseweg. Als sie am Abend das Dorf erreichten, waren die gesamten Bewohner versammelt, um Nixaus Ankunft und seinen Erfolg zu feiern.

Er war nun einer der Erwachsenen. Er war groß, stark und sollte vielleicht eines Tages ihr Anführer sein. Um Nixaus Stellung in der Gesellschaft der San festzulegen, sollte nun das Orakel befragt werden. Die ganze Dorfgemeinschaft bildete einen Kreis in deren Mitte Nixau stand. Die Geistheilerin des Dorfes brachte ihre Tonscherben breitete diese aus und begann darin zu lesen. Ihr Blick verdunkelte sich und mit gespannter Mine verkündete sie den erwartungsvollen Zuschauern die Weissagung. „Nixau, du musst gehen, sehr weit weg von hier, das ist deine Bestimmung. Nimm deinen Speer und so wie er fällt ist dein Weg" Die Dorfbewohner meinten nicht richtig gehört zu haben, doch Nixau nahm wie selbstverständlich seinen Speer stellte ihn auf den Schaft und ließ ihn fallen. Die Speerspitze zeigte nach Nordosten.

Mit Speer, Messer, einem Fläschchen Pfeilgift, einem Beutelchen voll Zinnober und etwas Proviant zog er am nächsten Morgen los. Er wusste nicht warum und wohin aber er fühlte, dass es richtig war und er diesen Weg gehen musste.

Buch mit vier Siegeln

Nick fuhr die Systeme von WALDI hoch und betätigte die Auswurftaste der Identifikationskammer. Wie angewurzelt saßen die drei vor dem Roboter in ihrem Zelt. Ein Countdown zeigte noch drei Minuten an. Dann, der Bildschirm wechselte in einen anderen Modus und ein Textfeld erschien quer über dem Bildschirm: „Analyse abgeschlossen, bitte warten." Sekunden später meldete das Programm: „Identifizierter Gegenstand hat ein Alter von 1.930 Jahren." Das Diagramm füllte sich mit einer Unmenge von Daten, die die chemische Zusammensetzung des Buches zeigte. Mit einem leisen „klack" öffnete sich die Schublade und das geheimnisvolle Buch lag direkt vor ihren Augen. Keiner traute sich als erster danach zu greifen. Sie blickten sich an und wie auf ein geheimes Kommando berührte jeder der dreien eine je mit Gold verzierte Ecke des Buches.

Jenny war augenblicklich den Tränen nahe. Bilder Ihrer Geburt, ihrer Mutter, die sie überglücklich in den Händen hielt, spielten sich vor ihrem geistigen Auge ab. Dabei sah sie selbst auf das Kind herab. In ihr flammte ein Gefühl auf, als hätte sie selbst das Neugeborene, wie ein Handwerksmeister mit eigenen Händen geformt. Es war ein Gefühl, als ob sie nach langer, harter Arbeit nun endlich ihr Meisterstück ihrer besten Kundin überreichen und dafür alle Freude und Dankbarkeit empfangen durfte.

Als Ronny die rechte, untere Ecke mit einer fein ausgeschnittenen Flamme und einem Speer berührte, fuhr ein heißes Brennen, wie ein Feuer durch seine Adern. Seine Brust fühlte sich an, als wollte sie jeden Moment explodieren. Er fühlte unglaublichen Stolz und das Gefühl, unverletzbar zu sein. Er sah sich laufen, unendlich weit laufen, spürte jedoch keinerlei Erschöpfung. Plötzlich wurde der Weg von einem riesigen Holzwürfel mit unendlich vielen Schubladen versperrt. Ronny kam näher, der Würfel neigte sich, er hörte das Klacken eines Mechanismus und der Würfel zersprang in unzählige Einzelteile, die aber nicht zu Boden fielen, sondern in der Luft verharrten. Der Weg war nun frei und er konnte, ohne seine Geschwindigkeit zu verlangsamen, weiter laufen bis in der Ferne ein neuer Würfel, nur größer und komplizierter mit Schubladen, Türen und vielen Knöpfen, auftauchte. Er kam näher, der Würfel drehte sich nach links, dann überschlug er sich dreimal über seine diagonale Achse, Schubladen gingen auf und zu, Knöpfe drehten sich. Dann klickte es, ähnlich wie schon beim ersten Würfel und ein Tor öffnete sich durch das Ron hindurch rannte, ohne auch nur einen Deut an Geschwindigkeit zu verlieren. Er lief und lief und nichts konnte seinen Lauf stoppen.

Nicks Anspannung fiel plötzlich von ihm ab, als er die linke, obere Ecke berührte. Er stand bis zur Brust im kühlen Wasser. Dies war jedoch nicht unangenehm, eher erfrischend und belebend. In der rechten Hand hielt er ein Schwert gen Himmel. Ein Blitz traf das Schwert und durchfuhr Nicks gesamten Körper. Es war nicht wie ein Stromschlag, sondern vielmehr, als würde ihn ein wärmendes Licht erfüllen. Er fühlte sich auf einmal unglaublich leicht, alles schien ganz einfach zu sein. Das ganze Wissen des Universums passte plötzlich in die Nussschale, die er in seiner linken Hosentasche ertastete. Er kramte sie heraus und hielt sie fest in seiner Faust.

Viele Minuten sprachen sie kein Wort und genossen ihren Zustand, wie in einer Art Trance.

Dann ruckelte WALDI und die Schublade begann sich langsam zu schließen. Wieder in der Realität angekommen, griff Ronny zu und holte das Buch heraus, bevor der metallene Kasten wieder in WALDIS Bauch verschwand.

„Wow, was war das denn", Ronny strich mit der Hand über den Einband, jedoch nur bei der rechten unteren Metallecke des Buches verspürte er wieder das Kribbeln.

Jenny verspürte nur eine Beziehung zum Buch, wenn sie die linkere untere und Nick, wenn er die linke obere Ecke berührte.

Sie saßen so eine ganze Weile da und keiner wusste so recht was er sagen sollte. Die Gefühle waren überwältigend, aber es war doch nur ein Buch. „Nur ein Buch", dachte sich Ronny und schlug die erste Seite auf. „Das sieht wie arabische Schrift aus", er blätterte, kein einziges Bild, nur Schriftzeichen und jede Seite sah exakt wie die andere aus. Vielleicht wären sie noch Stunden in ihrem Zelt gesessen und hätten gar nicht gemerkt, dass es schon dunkel wurde, hätte sie nicht eine tiefe Stimme aus ihrer Faszination gerissen: „Nick, wo steckst du denn, ich muss WALDI für den morgigen Einsatz vorbereiten."
„Ach du scheiße", rutschte es Nick heraus, „Tom habe ich total vergessen!" Er schlüpfte aus dem kleinen Zelt, Ronny reichte ihm den Roboter. „Tom, wir sind hier bei den Schlafzelten." „Ah da seid ihr! Bist du mit der Programmierung fertig geworden?" Nick übergab Tom einen USB-Stick. „Ist alles hier drauf, die automatische Rückfahrfunktion läuft nun fehlerfrei, wir haben sie auch schon im Feldeinsatz getestet." „Du bist ein echtes Genie", strahlte Tom. „Bist ganz schön blass um die Nase, kein Wunder hast wieder Stunden am Code rumgebastelt, danke. Sehen uns dann beim Abendessen, lad vorher noch die Software auf meinen Laptop." Tom packte WALDI und verschwand im Dunkeln.
Am nächsten Morgen nach dem Frühstück mit den Eltern war Hansi schon bereit, um mit den dreien zum Surfstrand zu fahren.
„Den guten Wind habt ihr gestern verpasst. Ich sag immer: >Nimm den Wind, der jetzt weht und warte nicht auf den, der Morgen vielleicht nicht mehr bläst!< Heute ist jedenfalls ziemliche Flaute." „Irgendwie komisch", dachte Jenny, „eigentlich kann mir gar nicht genug Wind wehen und eine Flaute ist eine echte Strafe für mich, doch heute bin ich ganz froh darüber." Jenny und die zwei Jungs breiteten ihre Bastmatten zu einer kleinen Liegewiese aus. Hansi war schon wieder als Brettdoktor unterwegs, so dass sie ungestört reden konnten. Mich erinnert das Buch an mein großes Märchenbuch zuhause. Der tolle Einband und innen drin geheimnisvolle Geschich-

ten." „Ich fühle mich wie ein kleines Kind, das vor einem faszinierenden Buch sitzt und warten muss, bis es mir meine Mutter vorliest." Jedes Mal, wenn ich diese Buchecke berühre durchfährt mich so ein Schauer, wie ein kleiner elektrischer Schlag." „Ja, bei mir ist es auch so, mir stellt es schon bei dem Gedanken alle Nackenhaare auf." „Mir wird richtig warm dabei, als könnte ich mein Blut fliesen spüren." „Aber warum?" „Warum haben wir das Buch gestohlen, sind in ein Museum quasi eingebrochen und haben uns strafbar gemacht?" „Hast du schon mal was gestohlen?" „Nein!" „Ich auch nicht." „Würdest du etwas vorsätzlich klauen?" Kommt mir doch gar nicht in den Sinn und trotzdem haben wir es gemacht, das ist doch verrückt!" „Es gibt irgendeine Verbindung zwischen uns und dem Buch." „Ich glaub nicht an so esoterischen Unsinn." „Ich auch nicht." „Ich find´s total unheimlich, wie kommen wir bloß aus der Sache wieder heraus?"

„Wir brauchen jemanden, der uns das Buch vorliest."

„Jemanden, der arabisch kann."

„Der Geschichtenerzähler!" Sie sagten es wie aus einem Munde.

Der Geschichtenerzähler

Am nächsten Morgen machten sich die drei mit den Fahrrädern auf den Weg nach Stone Town. Es war der alte Bazar, der sie wie magisch anzog. Sie liefen durch die engen Gassen, drängten sich an den vielen Menschen vorbei, die mit den Gemüsehändlern feilschten. „Warum drehst du dich denn immer um?", fragte Ronny und suchte hinter sich die enge Straße ab. „Ach nichts, ich dachte jemand verfolgt uns", sagte Jenny, „aber da ist nichts." Inmitten der vielen Stände bog eine sehr schmale, schäbige, verwinkelte Seitengasse ab. Hier war es menschenleer und nur von weitem war das Rufen der Händler zu hören, die ihre Ware lautstark anboten. Am Ende der von Häuserfronten flankierten Sackgasse stand ein kleines, ausgeblichenes, ehemals farbenprächtiges Zelt, das Zelt des Geschichtenerzählers.
Es kostete ihn ein gutes Stück Überwindung, doch dann schlug Ronny die schmuddelige Zeltplane zurück und alle drei schlüpften in das enge, stickige Zelt.
Für einige Sekunden konnten sie nichts sehen, bis sich die Augen an die Dunkelheit gewöhnt hatten. Der Boden war mit alten Perserteppichen belegt und einige abgewetzte Kissen lagen herum. In einer Ecke stand ein niedriger Stuhl. Darauf saß oder vielmehr lag ein alter Mann mit dunkel gegerbter Haut und langem, dünnem, weißem Bart. Seine Brille saß schief und die runde Kappe war ihm tief in die Stirn gerutscht. Er trug einen dunkelblauen Mantel mit goldenen Knöpfen. Seine Schuhe waren an den Spitzen nach oben gebogen. Es roch nach Räucherstäbchen, doch der säuerliche Geruch nach feuchten Stoffen, die wegen der hohen Luftfeuchtigkeit nicht trocknen wollten, konnte damit nicht überdeckt werden. Eine kleine Öllampe erhellte spärlich den Raum und ließ im Halbdunkel hinter dem Stuhl einige Bücherstapel erkennen. Sie standen vor dem Geschichtenerzähler, doch dieser schlief.
„Entschuldigung!" Nichts geschah. Jenny zupfte am Ärmel des alten Mannes „Entschuldigung!"

Überrascht öffnete der Mann seine Augen. Beim Anblick der drei Jugendlichen rutschte er fast vom Stuhl. „Was wollt ihr von mir?", fragte er. „Sie sind doch der Geschichtenerzähler, wir wollen, dass sie uns eine Geschichte vorlesen." „Seit Jahren ist schon niemand mehr gekommen, um Geschichten zu hören, ich bin alt und müde, meine Augen gehorchen mir nicht mehr." „Aber sie sind doch der Geschichtenerzähler, sie müssen uns helfen." „Wieso helfen?" „Wir haben hier ein Buch, können sie uns daraus vorlesen?" Nick holte das sonderbare Buch aus seinem Rucksack und reichte es dem Alten. Dieser musterte es lange, versuchte die Schriftzeichen auf dem Einband zu lesen, legte es beiseite und sagte:" Ich kenne zwar die Schrift, sie gibt jedoch keinen Sinn." „Versuchen sie es doch noch einmal", bettelte Jenny. Der Geschichtenerzähler rückte seine Brille zurecht, griff wieder nach dem Buch und auf einmal formten sich die arabischen Schriftzeichen zu einem Satz. „Die Weisen der vier Himmelsrichtungen", murmelte der alte Mann, blätterte auf die erste Seite und wurde kreidebleich. „Sie kennen die Geschichte?", fragte Ronny. „Niemand kennt sie und sie ist auch nicht für Euere Ohren bestimmt." „Bitte, wir geben ihnen dafür auch 20 Dollar." „Kein Geld der Welt ist es Wert, diese Geschichte zu hören." „Warum denn?" „Hier auf der ersten Seite steht es" und der Geschichtenerzähler las vor:
„Wenn du diese Seiten lesen kannst, sei gewarnt, denn nur wer dafür bestimmt ist, darf dies lesen. Das Leben ist viel zu kurz, darum genieße die Zeit, die dir noch bleibt. Dies ist eine Warnung, nicht weiter zu lesen!"
„Ihr seht, ich darf dieses Buch nicht lesen und ich halte mich daran."
Plötzlich traf ein heller Lichtstrahl Nick mitten ins Gesicht. „Ist da wer?", dachte er, „Nein, der Wind hatte nur die Zeltplane für einen Augenblick angehoben und für einen kurzen Moment das gleißende Sonnenlicht ins Zelt fallen lassen." Wieder war alles in das schwache Licht der Öllampe getaucht.

„Wir sind autorisiert es zu lesen!" Jenny zog den Schlüssel aus ihrem Halsausschnitt und hielt ihn dem Alten vor die Augen. Der Mann erstarrte. Die Augen waren weit aufgerissen, der Mund stand bewegungslos halb offen. Es schien, als wäre er nun in einer Art Trance. Mechanisch blätterte er auf die nächste Seite. Die schwarzen, arabischen Buchstaben veränderten ihre Positionen, blitzschnell huschten sie an die richtigen Stellen und es bildeten sich Sätze. Er begann auf der zweiten Seite zu lesen.

Die Weisen der vier Himmelsrichtungen

„Ich bin Hussin, Achmed, Jusuf ala Ben Mauro und be-
auftragt, das Geheimnis, um den Schlüssel niederzu-
schreiben. Diese Aufzeichnung erfüllt ihren Sinn, wenn
es eines Tages notwendig werden sollte, das Wissen an
die rechtmäßigen Erben weiterzugeben.
Dies ist auch eine Warnung an euch, die ihr diese Zeilen
lest, dazu jedoch nicht berechtigt seid. Unheil wird über
euch kommen, wenn ihr weiterlest und das Buch nicht an
die Stelle zurückgebt, an der ihr es entnommen habt."
Jenny, Ronny und Nick sahen sich wie erstarrt in die
Augen. „Welches Unheil?", fragte sich Jenny in Gedanken.
„Wir haben den Schlüssel doch gestohlen" dachte sich
Ronny und er fühlte, wie sich kalte Schweißperlen in den
Achseln bildeten und an den Seiten herunterliefen. Ein
Schauer überkam ihn, als Nick endlich aussprach was er
schon lange tun wollte: „Lasst uns hier verschwinden,
das Ganze ist unheimlich." Doch der Geschichtenerzähler
las unbeirrt im Buch und wie von einer unsichtbaren
Hand festgehalten, konnten sich die drei nicht von der
Stelle bewegen. Sie waren wie an die Geschichte gekettet.
„Es war im Jahre, als der Prophet geboren wurde.
Im Norden machte sich der Waffenschmied Helge Nord-
ström auf den Weg mit unbestimmtem Ziel. Er ließ sich
dabei nur von seinen Gefühlen leiten.
Zur selben Zeit verließ der Buschmann Nixau aus dem
Süden Afrikas seinen Stamm und folgte einer Weissagung. Zwei weise Frauen, eine aus dem Frankenland im
Westen des Abendlandes, die andere aus China, im äu-
ßersten Osten des Morgenlandes, waren ebenfalls auf
einer Reise quer durch unbekannte Länder aufgebrochen.
Brunichild, eine Meisterin der Töpferkunst, folgte dabei
einer Stimme ihrer Träume.
Haruka Guang, sie hatte sich der Heilkunst verschrieben,
wurde von He Xian Gu, die eine der Acht Unsterblichen
der chinesischen Mythologie ist, erleuchtet. Von der Er-
scheinung dieser Unsterblichen wurde sie geführt.

Die vier Auserwählten waren von ihren Strapazen gezeichnet, als sie sich im sechsten Jahr ihrer Reise in einer kargen, wüstenähnlichen Gegend zwischen dem roten Meer und einem mächtigen Gebirgszug im westlichen Saudi Arabien trafen.

Sie wussten, dass sie nun ihr Ziel erreicht hatten und es an der Zeit war, die ihnen vorbestimmte Aufgabe zu erfüllen.

Die Alchimistin und Ärztin auf der Suche nach der Formel für das ewige Leben braute das Elixier.

Die Töpferin des Vivamusbechers, dem Becher des ewigen Lebens formte den Becher, in dem das Lebenselixier aufbewahrt wurde.

Der Buschmann und Schatullenbauer baute den Schrein mit einem komplizierten Schließmechanismus, in dem der Becher mit dem Elixier aufbewahrt wurde.

Der Waffenschmied konnte das heißeste Feuer herstellen und damit einen unverwüstlichen Schlüssel schmieden, der den Schrein der Weisen sperrt.

Alle Vier waren erschöpft und legten sich um das prasselnde Feuer. Langsam verstummten die letzten Gespräche, die Lider wurden schwer und sie fielen schließlich in einen tiefen Schlaf.

„Wie lange wir wohl hier gelegen haben", Ronny rüttelte an Jenny und Nick. "Wir sind wohl eingeschlafen." Der Blick auf die Uhr verriet, dass es höchste Zeit war, Nachhause zufahren. „Mist, schon 6:00 Uhr. Um 7:00 Uhr soll es doch Abendessen geben." „Der Alte scheint auch zu schlafen, er ist überhaupt nicht wach zu kriegen." „Lass ihn, komm nimm das Buch und wir gehen." Der Geschichtenerzähler lag vorne übergebeugt, das Buch mit beiden Händen haltend und das Gewicht des ganzen Oberkörpers darauf. „Ich kann es nicht rausziehen. Ist total von ihm eingequetscht." „Wir müssen los sonst gibt's Ärger Daheim. Das Buch holen wir dann Morgen!"

Der Diebstahl

„Es ist spät geworden, noch schnell Zähneputzen und dann ins Bett!", gähnte Jenny.

Todmüde legten sich Ronny und Nick auf ihre Luftmatratzen und schliefen sofort ein.

Der Landrover parkte in einer kleinen Parkbucht oben auf einer Anhöhe. Die beiden Insassen hatten die Sitzlehnen ganz nach hinten gedreht und schliefen fest. Das Fenster auf der Fahrerseite war einen Spalt breit nach unten gekurbelt, um die Schlafenden mit frischer Luft zu versorgen. Es waren nur wenige Details zu erkennen, denn die Dunkelheit der Nacht schien sich wie ein schwarzer Mantel über die Szene zu legen. Durch das fahle Licht einer Straßenlaterne konnte man einen Vogel erkennen, der Brotkrümel an der Beifahrerseite aufpickte. Ein Schatten, der Vogel flog mit einem trockenen Krächzen auf. Dann zeigten sich plötzlich zwei rote Hände am Fensterspalt. Mit viel Kraft drückten diese das Fahrerfenster nach unten. Die Hände und der Kopf einer Gestalt schoben sich über den ruhenden Fahrer. Da war ein kurzes, goldenes Aufblitzen am Hals. Geschickt ertasteten die roten Hände die Kette, rissen sie entzwei und zogen dem Schlafenden den Anhänger, der an der Kette hing, aus dem Hemdausschnitt.

Der Fahrer schreckte hoch, griff geistesabwesend an die Fensterkurbel und kurbelte mit Gewalt die Scheibe hoch.

Ein grausames Knacken, dann brach der Kopf ab.

Die Tür öffnete sich und der Kopf einer Playmobilfigur kullerte heraus, begann sich immer schneller und schneller zu drehen, sauste das Straßengefälle hinunter, flog aus der Kurve und landete mitten in einem Teich. Große Blasen stiegen auf, als er gurgelnd im Wasser versank.

Ronny schreckte hoch, er war plötzlich hellwach, fasste an seine Brust, das Medaillon war noch da.

Ronnys Gedanken drehten sich im Kreis und bis er die letzten Bilder seines Traumes aus dem Kopf verbannen konnte, um endlich wieder einzuschlafen, dauerte es eine, vielleicht auch zwei Stunden.

Es war noch gar nicht richtig hell, als Nick und Ronny von einem Aufschrei aus dem Schlaf gerissen wurden. Wenig später surrte der Reißverschluss und Jennys Körper schob sich durch den Eingang des Jungenzeltes: „Der Schlüssel ist gestohlen worden!"
An einer Seite ihres Zeltes war ein langer Riss, wie ein Schnitt mit einem scharfen Messer.
Der Wachposten, Jennys Eltern, die Jungs und einige Archäologen standen fragend vor dem zerschnittenen Zelt.
„… und hast du denn gar nichts gemerkt, ich meine, dass jemand direkt an deinem Kopf…?" „Nein Pa, erst als ich heute Morgen auf die Toilette wollte, habe ich den Spalt gesehen." „Ist irgendwas gestohlen worden?" „Keine Ahnung!", schluchzte Jenny, dicke Tränen liefen ihr über die Wange. Ihre Mutter nahm sie liebevoll in ihre Arme und streichelte sie. „Ist ja nichts passiert, Gott sei Dank!"
Schon wenige Minuten später stand Inspektor Diallo vor dem Zelt und stellte in einem ganz ordentlichen Englisch seine Fragen: „Du hast nichts gemerkt und der Laptop ist verschwunden, aha. War der neu?" „Jenny hat ihn erst neu zum Geburtstag bekommen", antwortete Frau Dr. Braun. „Was hast du denn alles auf dem Computer gespeichert?" „Bilder, erst gestern habe ich alle Fotos und Videos von der Digicam auf den Laptop geladen."
„Inspektor!", rief der Wachposten, „wir haben ein Loch im Zaun entdeckt und davor Spuren von einem Geländewagen!
Die Bande hat sich wohl durch den Zaun geschnitten und hatte es auf Elektronikgeräte abgesehen!"
„Ja, warum aber das Zelt der Kinder und warum nur ein Zelt?"
„Das Zelt der Miss steht am nächsten am Zaun und wir patrouillieren ja regelmäßig. Vielleicht haben die Einbrecher dann Angst bekommen, entdeckt zu werden!"
„Möglich!", der Inspektor kratzte sich an der Stirn, „Doktor, haben sie das Zelt mit den Funden schon untersucht? Ist irgendwas weggekommen? Überprüfen sie das bitte und kontrollieren sie alle elektronischen Geräte. Die Ker-

le haben es bestimmt auf etwas anderes abgesehen! Entschuldigung bitte." Der Inspektor holte sein Mobiltelefon aus der Gürteltasche, welches die Miss Marple Melodie spielte. „Hallo, wie Adalla ist tot? Ja ich weis, dass dies der Geschichtenerzähler ist. Was ist daran ungewöhnlich, er war ein alter Mann. Er ist auf einem Buch gelegen. Ja und, er hat aus Büchern vorgelesen. Warum belästigst du mich damit? Was das Buch wurde aus dem Museum gestohlen? Ich komme sofort!"

Den dreien rutschte das Herz in die Hose. „Jetzt fliegt alles auf", dachte Jenny.

Dr. Braun nahm Jenny, die etwas verschüchtert dreinblickte, in seine Arme und verkündete der versammelten Mannschaft mit lauter Stimme: „Heute ist das Inselfest und die gesamte Stadt feiert. Hier auf Sansibar ist das wie ein Feiertag. Nach der ganzen Aufregung sollten wir uns alle ein wenig Abwechslung gönnen und darum bleibt die Grabungsstätte heute geschlossen."

Ein freier Tag, das ist eine super Idee, Tom Haslinger klopfte Dr. Braun auf die Schulter. „Wollt ihr mit mir hinauffahren? Der Festplatz liegt westlich von Stone Town auf einer kleinen Anhöhe, dort droben weht immer eine frische Brise."

„Danke Tom, aber >Wind Guru< hat für heute Nachmittag einen fantastischen Wind angesagt, den wir nicht verpassen dürfen. Wir fahren erst mal zum Strand, surfen eine Runde und kommen am frühen Abend zum Fest nach", antwortete Jenny, die sich aus den Armen ihres Vaters befreit hatte und der gar nicht nach Feiern zu Mute war.

„Lasst uns mal frühstücken gehen, dann können wir ungestört reden", flüsterte Ronny den beiden zu.

„Ich glaub es nicht, der Geschichtenerzähler ist tot, ist das unsere Schuld?" „Und er hatte das Buch, jetzt werden sie merken, dass eine Fälschung im Museum liegt." „Da waren doch ständig diese Warnungen im Buch, vielleicht ist deswegen der Geschichtenerzähler gestorben." „Erstens ist das nur ein Buch und zweitens, warum sind dann wir nicht tot? Ich glaub nicht an solchen Unsinn!" „Vielleicht hat sein Tod etwas mit dem Diebstahl zu tun?" „Er war ein alter Mann, vielleicht ist er auch einfach nur an Altersschwäche gestorben."

„Okay, Laptop und Schlüssel sind weg! Was kann ein Dieb damit anfangen?", fragte Ronny in die Runde. „Wenn er mein Passwort knackt, findet er alles, was wir über den Schlüssel herausgefunden haben.", seufzte Jenny. „Hattest du den Schlüssel eigentlich heute Nacht um den Hals hängen?" fragte Ron beiläufig. „Ja, warum?" „Ich hatte heute Nacht einen Traum, da ging es auch um einen Kettenanhänger." „Erzähl´ schon!", drängelte Jenny und Ronny berichtete von seinem komischen Traum. „Wie sah denn der Kopf von dem Einbrecher aus?", wollte Nick wissen. „Es war ein Playmobilfigurenkopf! Wie die halt so aussehen. Moment mal, es war ein Frauenkopf mit roten Haaren. Eigenartig waren die roten Hände... und wie der Kopf dann im Wasser versunken ist, wie ein U-Boot."

„Klingt zwar interessant, bringt uns aber nicht wirklich weiter", überlegte Jenny, „lass uns mal nachdenken, wer vom Schlüssel gewusst haben könnte?" „Der Geschichtenerzähler!", rief Ronny, „Du hast ihm doch den Schlüssel gezeigt und er war ganz fasziniert davon." „Er hat den Schlüssel geklaut und war dann darüber so aufgeregt, dass er an einem Herzinfarkt gestorben ist", analysierte Ronny.

„Ich habe ein oder zweimal mit Dad telefoniert", dachte Nick laut nach. „Hast du ihm vom Schlüssel erzählt?" „Nein, Jenny, natürlich nicht, nicht direkt." „Raus mit der Sprache, was weiß dein Dad?" „Ich habe ihn gefragt, ob er etwas über Saladins Schatz weiß. Beim zweiten Mal habe ich erzählt, dass wir Saladins Schlafzimmer entdeckt haben."

„Dein Dad hat den Schlüssel gestohlen!" „So ein Unsinn, das wäre vielleicht der Yamada zuzutrauen aber nicht meinem Vater."

„Wer bitte ist Yamada?", fragte Jenny.

„Dr. Saori Yamada war die Assistentin von meinem Dad. Die beiden hatten sich vor einem Jahr, nach dem Prozess

wegen der Meteoriden, ziemlich verkracht. Dad sagte, sie habe überhaupt keine Moral und sei skrupellos. Seitdem habe ich von ihr nichts mehr gehört."
„Wie sieht sie denn aus?", erkundigte sich Ronny.
„Warum?" „Sag schon!"
„O.K., sie ist ziemlich attraktiv, sportlich, schlank, große Oberweite." „Typisch Jungs, wo ihr immer hinschaut!" „Stimmt doch gar nicht!" „Wie groß ist sie denn, Haarfarbe, Augenfarbe?", nervte Jenny. „Keine Ahnung welche Augenfarbe sie hat, aber sie hatte immer rot gefärbte Haare, rot lackierte Fingernägel und so ein kleines rotes Teufelchen als Tattoo am Nacken. Sie ist für eine Asiatin extrem groß, so um die 1,80 m. Dad sagte, sie sei hoch intelligent, allerdings ziemlich berechnend. Verdreht allen Männern den Kopf. Sie sieht aus wie eine Puppe."
„Wie meinst du das?" „Ich erinnere mich noch gut an eine Feier. Mein Dad hatte in der Uni zu einem kleinen Empfang mit Gästen aus der Industrie eingeladen. Alles pikfeine Leute in Anzug und Abendkleidern. Die Yamada war in einem Kostüm, wie eine Eisverkäuferin im Disneyland erschienen, voll künstlich eben wie eine Barbiepuppe. Dad war es total peinlich und er hatte sie nach Hause geschickt, um sich umzuziehen. Sie sah immer total auffällig aus, überhaupt nicht wie eine Wissenschaftlerin."
„Aber wie sollte sie vom Schlüssel wissen?"
„Keine Ahnung!"
„Der Inspektor hat doch seit dem eigenartigen Eintrag in das Wachbuch über Jennys angebliche Mondsucht ein Auge auf uns geworfen!", warf Ronny in die Diskussion ein und brachte damit eine ganz andere Theorie ins Spiel.
„Vielleicht wollte er uns anhand von Jennys Bildern nachweisen, dass wir im nicht freigegebenen Grabungsbereich waren. Er hat den Computer gestohlen und dabei den Schlüssel entdeckt. Es ist doch streng verboten, Grabungsfunde aus dem Lager zu schaffen. Für ihn wäre es ein leichtes ins Lager einzudringen, bei uns zu spionieren und im Falle einer Entdeckung, das Ganze wie eine Untersuchung aussehen zu lassen."

„Aber dann hätte er uns doch schon lange überführt!"
„Nicht, wenn er das Passwort nicht knacken konnte."
„Und der Schlüssel?" „Vielleicht weiß er damit nichts anzufangen?" „Nein, und mit der Drahtschere, ein Loch in den Zaun zu schneiden hätte er doch gar nicht nötig. Der kann doch beim Haupteingang rein und rausgehen, wie ihm beliebt." „Vielleicht wollte er den Raub jemand anderem in die Schuhe schieben?"
„Habt ihr eigentlich das Loch im Zaun gesehen?"
„Nein!" „Ich auch nicht!"
„Kommt, dann schauen wir uns den Zaun doch mal an!"
„Würdest du so ein großes Loch schneiden, das fällt doch sofort auf." „Da wollte sich wohl keiner beim Durchkriechen schmutzig machen oder echt große Gegenstände stehlen."
„Schaut euch mal die Schnittstellen an. Der Draht ist nicht durchgezwickt, sondern sieht aus wie durchgebrannt."
„Das kenne ich von Dads Labor. Der hatte so einen kleinen, praktischen Schneidbrenner, um Blechteile für Experimente zurechtzuschneiden."
„Also doch dein Vater!" „Blödsinn!" „Ron, du hast von roten Händen geträumt, roten Fingernägeln und der Kopf war eine Frau mit roten Haaren und dann ist er, ich meine der Kopf, wie ein U-Boot abgesunken?"
„Ja, aber ..."
„Sie ist da, mit einem U-Boot!" „Wer ist da, wen meinst du?"
„Dad hatte mir erzählt, dass Saori Yamada in einem U-Boot England verlassen hätte. Ich wollte das erst gar nicht glauben. Aber Dad hatte mir versichert, dass sich ihr gesamtes Laboratorium an Bord eines Unterseebootes befände." „Ist das nicht an den Haaren herbeigezogen?", zweifelte Jenny.
„Wir haben nichts zu verlieren", entgegnete Ronny, „so eine Person fällt auf, wir hören uns einfach im Hafen um! Fragen kostet ja nichts!"

Die Suche nach Dr. Yamada

Mit den Fahrrädern fuhren Sie zum Hafen, um nach der auffälligen Frau Ausschau zu halten. „Wir fragen am besten vorne beim Gemüsehändler, dem entgeht doch nichts", schlug Jenny vor. Am Gemüsestand schüttelte der Mann jedoch nur mit dem Kopf, eine Rothaarige wäre ihm sicher aufgefallen. In der Hafenkneipe sprach Ronny den Wirt wegen seiner rothaarigen Tante an, die schon seit Tagen mit einem Schiff hätte ankommen sollen. Doch auch dort wusste keiner etwas von dieser Frau. Beim Hafenmeister erkundigte sich Nick nach einem U-Boot. Der Beamte schaute ihn kopfschüttelnd an und machte ihm klar, dass dies kein Marinehafen sei.

„War zwar`ne interessante Idee, aber halt auch nicht mehr als ein Traum", sagte Jenny etwas enttäuscht. „Wie wär's mit einem Eis? Dann radeln wir wieder zurück."

Mit den Waffeln in der Hand setzten sie sich an die Uferpromenade und dachten laut nach. „Gut, wir streichen Theorie Traum und kommen zurück zur Inspektor-Variante."

In diesem Moment legte ein glänzend schwarzes, schnittiges Motorboot mit sehr spitzem Rumpf und umlaufend silbrigen Streifen unweit an einem Steg an. Eine jugendlich, elegant wirkende Frau mit modischem Schal, den sie sich raffiniert um die Haare drapiert hatte, dunkler Sonnenbrille, hautengem, getigertem Kostüm und Louis Vuitton Handtasche steuerte das extravagante Sportboot. Gleich mehrere Hafenmitarbeiter waren zur Stelle, um es festzumachen und der Lady beim Aussteigen zu helfen. Dann deuteten sie alle wild gestikulierend in Richtung des Hafensupermarktes und die Frau machte sich mit den Männern im Schlepptau dorthin auf den Weg.

„Ich glaub es nicht", Nick rieb sich die Augen. „Das ist sie!"

„Wer?" „Du meinst doch nicht die Tussi, die gerade hier mit diesem komischen schwarzen Windhund mit angelegten Ohren festgemacht hat", spottete Jenny, „die ist doch gar nicht rothaarig und ich sehe auch kein U-Boot!"

„Sie hat ein Kopftuch auf und rote Fingernägel, das ist sie! Wie sie mit den Männern umgeht, ihre ganze Art, ich bin mir sicher." Nick sprang auf: „Was machen wir jetzt?"

„Wir schauen uns das Boot an, solange keiner hier ist", entgegnete Ronny trocken. Er kramte in seinem Rucksack, holte ein Kästchen heraus und war schon auf dem Weg zum Anlegesteg. „Was macht er?", fragte Jenny. „Keine Ahnung", entgegnete Nick. Sie sahen Ronny nach, blieben beide jedoch in sicherer Entfernung und beobachteten die Umgebung.

Alle Aufmerksamkeit galt der extravaganten Schönheit und so bemerkte niemand, wie Ronny geschmeidig auf das Boot sprang und in der Kajüte verschwand.

Bange Minuten warteten Nick und Jenny an Land. „Jetzt ist er schon bald 10 Minuten auf dem Boot, was macht er denn solange dort?" Endlich konnte Jenny Ronny wieder an Deck des Schiffes entdecken. Dieser spähte geduckt hinter dem Kajütenaufbau zur Hafenanlage hinüber.

Voll gepackt mit Tüten schoben nun drei Hafenmitarbeiter Einkaufswägen aus dem Supermarkt. Die extravagante Lady stolzierte auf hohen Hacken den Männern in Richtung Steg voraus.

„Oh, Nein, was mach ich jetzt?", durchfuhr es Ronnys Kopf. Die Vier kamen näher und näher.

Jenny wollte gerade aufspringen, um loszurennen und ganz aus Versehen mit einem der Einkaufswagen zusammenzustoßen, als Nick sie am Ärmel packte und zurückzog.

Jenny blickte zum Boot und sah nun wie Ronny sich auf der vom Steg abgewandten Seite ins Wasser gleiten ließ. T-Shirt, Hose und Schuhe saugten sich blitzschnell voll Wasser und zogen an Ronny wie Bleischuhe. Kurz bevor die Frau ihr Boot erreicht hatte, zog sich Ronny keuchend auf das Spiegelheck eines am Steg festgemachten Segelschiffes und ging in Deckung. Dr. Yamada öffnete am Heck ihrer Motorjacht eine Art Kofferraum und die Männer luden die mit Proviant gefüllten Tüten hinein.

Keine zwei Minuten vergingen, schon legte das Boot ab und brauste aufs Meer hinaus.

„Stimmt, sie sieht aus wie ein Püppchen", durchfuhr es Jennys Kopf.

Ronny wartete noch bis die Männer verschwunden waren, kletterte dann an Deck und sprang auf den Steg. Nass triefend lief er seinen Freunden entgegen.

„Wow, ich glaub's nicht, du warst auf dem Boot. Sag schon, was hast Du entdeckt?", quengelte Jenny.

Ronny brauchte ein Paar Sekunden, bis er innerlich wieder einigermaßen zur Ruhe kam, setzte sich erstmal hin, schnaufte einige Male tief durch und zog seine triefenden Turnschuhe und das T Shirt aus. „Das Boot ist innen das totale Raumschiff." „Wie meinst du das?" „Wie Science-Fiction, innen bestehen alle Wände, komplette 360 Grad, aus einem großen Bildschirm. Keine Fenster, kein Steuerrad, in der Mitte steht nur ein großer, gelber, lederner Sessel mit Knöpfen und einer Tastatur. Auch an Deck kein Steuerrad, ich glaub das Schiff hat computergesteuert, voll automatisch angelegt. Auf dem Bildschirm waren der Hafen und halb Sansibar aus Satellitensicht dargestellt. Die Position des Bootes war mit einem roten Kreis gekennzeichnet. Dort blinkte das Wort Fisch. Und im Meer, gleich bei der Bucht, wo wir immer Surfen gehen, pulsierte ein gelber Kreis. Dort stand das Wort Mutterschiff."

„Mutterschiff? Das muss das U-Boot sein", Nick, der gerade Ronnys T-Shirt auswrang und zum Trocknen über eine Bank legte, klebte nun förmlich an seinen Lippen: „…und was hast du sonst noch herausgefunden?"

„Der kleine Bildschirm am Sessel hatte jede Menge Symbole, wie die Apps beim Smartphone. Ich habe mehrere angeklickt, eines öffnete eine Fotodatenbank. Ich habe ein bisschen in den Fotos gestöbert. Ihr werdet es mir nicht glauben, aber ein Bild zeigt uns, wie wir beim Geschichtenerzähler im Zelt sitzen." Nick erinnerte sich daran, wie plötzlich ein heller Lichtstrahl durch das dunkle Zelt fuhr und er für einen Augenblick dachte, dass jemand im Zelt sei: „Das war sie. Sie hatte uns die ganze Zeit schon nachspioniert. Vielleicht hat sie den alten Mann umgebracht!" „Keine Ahnung, jedenfalls waren jede Menge Bilder vom Buch und von den Metallecken im Computer gespeichert." „…und mein Laptop?" „Keine Spur, der ist bestimmt auf dem Mutterschiff."

„Sie weiß von dem Schlüssel, sie kennt das Buch, irgendetwas führt sie im Schilde. Wir sollten auf das Schiff und sie zur Rede stellen!" „Du bist lustig, das ist ein U-Boot und kein Kreuzfahrtschiff, das man schon von weitem sieht. Wie willst du das denn finden?"

„Ach ja", meldete sich Ronny wieder, „das habe ich noch vergessen zu erzählen. Ich hab meinen Lawinenpiepser in einer kleinen Luke im Schiffsboden versteckt."

Die drei radelten in Windeseile zum Surfspot holten ihre Surfbretter aus der alten Hütte am Strand und machten diese startklar.

„Wer weiß, wie lange wir unterwegs sind, wir sollten auf alle Fälle die Neoprenanzüge und Surfschuhe anziehen, um nicht auszukühlen und die wasserdichten Rucksäcke mitnehmen." „Hier für jeden eine Flasche Wasser" „Ich habe noch Bananen und Schokoriegel." Jenny kramte ihr Pfefferspray aus der Handtasche und warf es in ihren Rucksack: „Man kann ja nie wissen." Ronny rollte das Kletterseil zu einem kleinen Bündel und stopfte es zu den anderen Sachen. Nick tippte währenddessen an seinem Mobiltelefon herum, drückte auf senden, klappte es zu und fragte: „Hat jeder sein Handy dabei?" „Klar, es kann losgehen!" „Was sagt dein Lawinenpiepser?" „Ich habe sie gerade noch in Reichweite, wir sollten los, wo ist Jenny?" „Ist noch schnell für kleine Mädchen, komm wir schaffen alles schon mal zum Wasser." Nick sah auf seine wasserdichte Uhr: „Es ist jetzt genau 14:00 Uhr, los geht's."

Bei strahlendem Sonnenschein blies der Wind mit vier Beaufort, so dass alle drei voll im Gleiten waren und mit hoher Geschwindigkeit auf das Riff zusteuerten. Der sogenannte Channel, eine Öffnung, die durch das Riff auf das offene Meer führte, war schon von weitem gut zu erkennen, da genau von dort die Wellen auf sie zurollten.

„Jetzt nur nicht stürzen."
Der Kampf durch die Wellenberge dauerte gute
10 Minuten. Dann lagen drei Segel im großen Abstand zu
den Wellen hinter dem Riff eng aneinander im ruhigeren
Wasser. Erschöpft ruhten sie sich auf ihren Brettern aus.
„Gut, dass heute nicht so viel Wind ist, sonst wäre ich nie
im Leben durch den Channel gekommen!" „Du wirst
noch zum Surfprofi", lobte Jenny Nick.
„Was sagt der Piepser?" Ronny, der das Lawinensuchge-
rät mit einer Kordel am Trapez festgemacht hatte, blickte
auf das Gerät. Wir müssten ziemlich genau am Boot
sein." „Ich sehe weit und breit kein Schiff." „Sie ist sicher
schon weggetaucht. Das Sportboot ist bestimmt an Bord
des U-Bootes und beide liegen jetzt irgendwo unter uns.
War eigentlich klar. Sie wird hier auch kaum wieder-
auftauchen, soviel Proviant wie sie eingekauft hat!"
„Leute, wir treiben ziemlich schnell ab. Lasst uns noch
einmal einen Schlag hinaus surfen und dann zurück zum
Strand!"
Die drei waren wieder gestartet, das Trapez in den Tam-
pen eingehängt. Das Wasser spritzte um die Füße, die
fest in den Fußschlaufen standen. Wie aus dem Nichts
raste plötzlich eine Welle, so groß wie eine riesige
Sprungschanze, auf sie zu. Ehe Ronny darüber nachdenken konnte erreichte er den höchsten Punkt der Welle,
der Wind fuhr unter das Brett und schleuderte Ronny in
die Luft. Höher und höher. Ein Adrenalinstoß durchfuhr
Ronnys Körper. Er fühlte sich schwerelos. Das war wohl
das Gefühl, nach dem sich jeder Surfer so sehr sehnte.
Dann begann sich alles um ihn herum zu drehen, immer
schneller und schneller. Er stürzte in einen unendlich
scheinenden Sog. Fische, Seegras, ja sogar Jenny und
Nick, die Surfbretter und Segel wirbelten im engen Bogen
um ihn herum. Einzuatmen würde den sicheren Tod
durch Ertrinken bedeuten. Er hielt die Luft an. „Ich kann
nicht mehr." Er musste einfach einatmen. Zu seiner Überraschung sog er jedoch kein Wasser, sondern eiskalte
Luft ein. Er zitterte am ganzen Leib. Die Luft schmeckte
nach Metall. Er fühlte sich wie gelähmt, seine Stimme

war wie eingefroren. Tief in sich hinein schrie er, doch seine Ohren hörten nur einen hohen, unerträglichen Ton, der Gläser zum Platzen bringen könnte. Dann flog er plötzlich durch warme Luft und klatschte auf hartes Wasser. „Das war der Sprung meines Lebens", dachte Ronny und sah sich im Wasser um. Nur einige Kraulschläge und er hatte sein Surfbrett erreicht.

Es herrschte absolute Windstille, die See war beinahe spiegelglatt. Jenny versuchte gerade ihr Segel an der Startschot hochzuziehen. Nick lag im Segel, seine Trapeztampen waren im Haken verwickelt und er versuchte sich vergeblich zu befreien. Ronny streifte den Rucksack ab, band ihn an den Gabelbaum und kraulte zu Nick. „Was war das?", keuchte dieser, als Ronny ihn endlich befreien konnte. „Alles klar mit dir?" „Hab nur etwas Wasser geschluckt."

„Was sagt dein Lawinenpiepser?" Ronny griff unter Wasser zum Trapez, doch dort hing nur noch eine ausgerissene Kordel: „So ein Mist, ich hab ihn verloren."

Jenny, der ständig das Segel ins Wasser fiel, surfte unbeholfen auf die beiden zu. „Mir ist total schwindelig, ich muss sofort an Land!" „Was ist nur mit dem Wind passiert, wo sind die ganzen Wellen?" Ronny hatte kaum Druck im Segel und es war schwierig überhaupt etwas Fahrt aufzunehmen. Die drei erreichten den Channel durch das Riff und eine kleine Welle schubste sie durch die Öffnung. Nur durch Pumpen des Segels konnten sie ihrem Brett etwas Vortrieb geben. Der Himmel war zwar wolkenbehangen, doch eine unerträgliche Schwüle trieb den Schweiß aus allen Poren. Endlich erreichten sie den Strand, konnten sich aus den Neoprenanzügen schälen und im Wasser abkühlen. „Jenny, alles wieder in Ordnung?" „Ja, alles gut. Keine Ahnung, warum mir auf einmal so schwindlig wurde. War wohl der Kreislauf." „Es ist doch erst 14:40 Uhr, wo sind eigentlich die ganzen Surfer hin? Vorhin war doch der Strand voll mit Segeln! Wo sind die Autos?", Nicks Augen suchten den gesamten Strandabschnitt ab. „Wo ist unsere Hütte, hat es uns an einen anderen Strand gespült?" Das war doch ihr

Surfstrand. Das Riff, alles sah so aus wie gewohnt, nur war keiner da. „Wir sind doch gerade bei strahlendem Sonnenschein losgesurft. Wo kommen denn die ganzen Wolken her?" Jenny sah sich ungläubig um. „Kommt, gehen wir zur Straße vor, die zieht sich entlang der Küste, wir können nicht weit weg sein", schlug Ronny vor.

„Das war vielleicht ein Sprung, davon kann ein Surfer nur träumen", schwärmte Jenny. „Wo kam denn plötzlich die riesige Welle her? Ich hatte das Gefühl, ewig zu fliegen, voll lässig." Während sich Jenny und Ronny angeregt über ihr Surferlebnis unterhielten, trottete Nick den beiden nur nachdenklich hinterher. Er spielte an seinem Handy herum, fand jedoch kein Netz. „Da ist weit und breit keine Straße, ich hab's mir doch gleich gedacht!" „Was hast du dir gleich gedacht?", Ronny drehte sich um und sah Nick in die Augen. „Das war kein lässiger Sprung mit dem Surfbrett, das war ein Zeitsprung!"

Zeitreisen sind möglich

„Wie? Warum Zeitsprung?", fragte Jenny ungläubig.
„Es ist früher Nachmittag, aber alle Surfer sind schon heimgefahren, warum? Unsere Fahrräder sind weg! Okay, vielleicht geklaut, aber wer stiehlt schon eine ganze Hütte? Ich hatte vorhin hervorragende Netzverbindung jetzt hat mein Handy keinen Empfang mehr. Die Straße, die zum Strand führt, gibt es auch nicht mehr. Ist das nicht sonderbar?" „Stimmt und woher kam diese riesige Welle, die hätte doch jeden Surfer umgebracht und dann dieses komische Gefühl, wie unendliches Fallen", Ronny kratzte sich an der Stirn. Jenny war es plötzlich sichtlich unwohl: „Mir war unendlich kalt, obwohl es doch so heiß ist und ich hatte ein unerträgliches Ohrensausen, so als ob mein Kopf gleich platzen würde!" „Ja so war es bei mir auch. Ich habe immer noch diesen metallischen Geschmack, eigenartig."
„Nick, spuck's aus, du hast doch eine Vermutung, was ist passiert?" „Nein, kann ich euch nicht sagen, lasst uns die Rucksäcke holen und dann schauen wir uns richtig um. „Was, kannst du uns nicht sagen? Du kannst uns alles sagen!" „Nein, ich hab's versprochen und ihr würdet es eh nicht glauben." „Wem hast du was versprochen?"
Doch Nick drehte sich, ohne zu antworten um und ging in Richtung Strand zurück. „Was hat er nur", fragte Jenny an Ronny gewandt. „Ach lass ihn, wird schon nicht so wichtig sein.
Ich bin mir ziemlich sicher, dass uns diese Riesenwelle an einen einsamen Strand gespült hat, der so ähnlich aussieht wie unserer. Wenn wir am Strand in Richtung Süden laufen, kommen wir am Hafen raus."
„Wir sollten unsere Sachen hinten bei den Bäumen verstecken", sagte Nick, als die beiden ihn wieder eingeholt hatten. „Warum verstecken, ist doch eh keiner da", motzte Jenny. Ronny stieß ihr in die Seite und witzelte „Wenn jemand die Sachen klaut, müssten wir ansonsten am Wochenmarkt unser eigenes Material wieder für teueres Geld kaufen."

Die Bretter, Segel, Trapeze und Neoprenanzüge waren schnell im Unterholz verstaut. Dann machten sich die drei in Badehose, Lycra Shirt, Surfschuhen und Rucksack auf den Weg, den Strand entlang Richtung Hafen.
„Wahrscheinlich haben Hansi und Freddy unsere Räder versteckt und spielen uns einen dummen Streich", vermutete Jenny.
„Genau, wetten dass sie schon in der Hafenkneipe sitzen, ein Bier trinken und auf uns warten? Die lachen sich bestimmt einen Ast", bestätigte Ron Jennys Vermutung.
Genau in diesem Moment hörte Ronny ein Motorengeräusch. Er drehte sich um und sah ein Motorboot durch die Riffelnlalul fahren. „Schaul und da kommt auch unsere Freundin."
Nick und Jenny drehten die Köpfe und konnten nun die Motorjacht von Dr. Yamada erkennen, die mit unverminderter Geschwindigkeit dem Strand entgegenfuhr. „Wo will sie denn anlegen? Hier gibt's weit und breit keinen Steg." „Sie wird wohl ankern und ein paar Meter schwimmen müssen", lachte Ronny. „Aber was will sie denn hier am Surferstrand?" „Das schauen wir uns genauer an." Die drei versteckten sich hinter einem Gebüsch und trauten ihren Augen kaum, als das Boot selbst im flachen Wasser schnurgerade auf den Strand zufuhr. Plötzlich wurden Reifen sichtbar, die mühelos das Amphibienfahrzeug über den Strand steuerten, wo es dann an einer Baumgruppe zum Stillstand kam. Doch wer war da am Steuer? Eine altmodisch, ja schon beinahe historisch gekleidete Frau kletterte über eine Leiter von Bord. Sie hatte an einer Seite des Fahrzeuges ein Tarnnetz, wie man es von der Armee her kannte, fest gemacht und zog es nun über das gesamte Boot. Sie trug eine naturfarbene Haube, die alle Haare verbarg, ein braunes, einfaches Kleid mit Schürze, die von einem Ledergürtel mit großer Schnalle festgehalten wurde. Über ihren Rücken war ein Stoffbündel geschnallt. Ihre Hände und Arme waren mit einer Art langem Handschuh bedeckt. Sie sah aus wie eine Magd aus vergangener Zeit.
„Warum trägt sie diese Klamotten", flüsterte Jenny.

Die Frau sah sich nach allen Seiten um, dann ging sie zielstrebig den Strand entlang, in Richtung der Stadt. Ronny schaute ihr noch lange nach bis sie immer kleiner wurde und schließlich am Horizont verschwand. Nick blickte auf seine Armbanduhr: „Sie ist nun 15 Minuten von uns entfernt, also haben wir auch mindestens 15 Minuten Zeit, um uns das Boot anzusehen."
Die drei sprangen aus ihrem Versteck und rannten auf das beinahe unsichtbare Boot zu. Die Gummiringe, die das Netz nach unten spannten, waren schnell ausgehängt und im Nu standen sie an Deck des Bootes. „So ein Mist, diesmal hat sie den Zugang zur Kajüte zugesperrt. Scheint alles recht massiv zu sein", fluchte Ronny. „Schaut mal her, der Kofferraum ist offen", rief Jenny den beiden Jungs zu, „einige Proviantüten sind noch drin." Ronny nahm Jenny eine Tüte ab und stieg nun selbst in die große Heck Luke, die zum Motorraum des Amphibienfahrzeuges führte. „Die Zeit ist abgelaufen, einer von uns sollte runter an den Strand und Wache schieben", bemerkte Nick. „Ok, ich übernehme die erste Wache", bot sich Jenny an, kletterte von Bord und lief zum Ufer vor.
„Mit WALDI könnten wir uns vielleicht zur Kajüte durchschneiden", rief Ronny aus dem dunklen Loch. Nick der an der Steuerbordwand mit seinem Leatherman gerade die Schrauben einer Abdeckplatte löste, meinte nur: „Nicht immer gleich mit dem Kopf durch die Wand" „Was meinst du?" „Ich sagte, ich habe hier ein Steuerpanel gefunden mit einer USB-Schnittstelle. Die Tür funktioniert mit einem Zugangscode!" „Und den willst du knacken?", Ronny steckte den Kopf aus der Luke, warf drei Decken und eine große Taschenlampe an Deck und kletterte wieder nach oben. „Können wir vielleicht brauchen, ist ein Teil der Seenotausrüstung." Nicks Handy, das mit einem USB-Kabel mit dem Schiff verbunden war, zeigte im Display 4-stellige Zahlencodes, die sich in rasender Geschwindigkeit veränderten. „Mit Sicherheit hat sie sich nicht viel Mühe gemacht!" Und schon blinkte Sekunden später die Zahlenreihe 1 1 8 7 auf. Hinter einer in Boots-

farbe lackierten, beinahe unsichtbaren Abdeckung, die man nach oben verschieben konnte, verbarg sich ein Zahlentableau. Nick tippte die Zahlenkombination ein und wie von Geisterhand öffnete sich die Tür zum Inneren des Schiffes. Während Nick das Handy abstöpselte und das Abdeckblech wieder anschraubte, war Ronny schon im Inneren verschwunden. Mit dem Öffnen der Eingangstür fuhr die riesige Bildschirmwand im Inneren des Bootes aus dem Standby-Modus hoch.

In großen Buchstaben blinkten in der rechten oberen Ecke die Worte „DESTINATION SANSIBAR 1187".

Wie angewurzelt standen Nick und Ronny vor dem Bildschirm, als sie von draußen Jenny, „Alarm, da kommt jemand", rufen hörten.

Aufgeschreckt liefen sie an Deck. Nick verschloss die Tür und Ronny zog schon das Netz nach unten. In Windeseile war das Schiff getarnt und die drei verkrochen sich hinter ihrem Versteck aus Büschen.

Ein Geräusch, das den Strand rhythmisch erschütterte, kam immer näher. Bald war Tier und Reiter gut zu erkennen. Doch der Reiter war etwas sonderbar. Er trug einen silber-glänzenden Helm mit roter Quaste, die wild hin und her tanzte. Er sah wie ein alter Römer oder Ritter aus, jedenfalls wie einer aus dem Kostümverleih. In der rechten Hand trug er senkrecht einen Speer, an dem eine rote Fahne wehte. Obwohl er nur mit einer Hand die Zügel hielt, ritt er im schnellen Galopp an den dreien vorbei und war schon bald am Horizont verschwunden.

„Sind auf Sansibar gerade historische Rittertourniere?", fragte Ronny in die Runde. „Nie etwas davon gehört, keine Ahnung, wo der wohl entlaufen ist", antwortete Jenny. „Was habt ihr noch auf dem Schiff herausbekommen?" Ronny erzählte, wie Nick es geschafft hatte, die Tür zu öffnen. „...und auf dem Monitor stand >Destination Sansibar< und dahinter der Zugangscode für die Tür, >eins, eins, acht, sieben<."

„Nick, hast du eine Idee, was Ankunft in Sansibar 1187 bedeuten könnte?", fragte Jenny.

Nick nahm sein Handy und tippte einige Wörter in die Suchfunktion von offline Wikipedia. „Nein, das gibt's doch gar nicht!"

„Was gibt's nicht, Nick, sag schon!", drängelte Ron.

„Ich erzähle euch jetzt etwas, was ich niemals sagen dürfte. Ich habe meinem Vater geschworen keinem etwas davon zu erzählen und ihr müsst mir schwören, das Geheimnis für euch zu behalten." „Jetzt mach's nicht so spannend, schieß los!" „Ich meins ernst, ihr müsst erst schwören." „OK, ich schwöre." „Und du, Jenny!" „Ja gut, ich werde dein Geheimnis niemandem erzählen, ich schwöre."

„Gut, ich muss ein bisschen ausholen. Das Ganze hat vor über zwei Jahren begonnen. Ihr erinnert euch an das Jahr, in dem wir uns im Ferienlager kennen gelernt hatten. Mein Dad hatte damals diesen Rechtsstreit um das Eigentumsrecht an dem Meteoriten geführt."

„Stimmt, war doch in allen Zeitungen: >Englischer Forscher berechnet die Flugbahn eines Meteoriten und findet ihn in Bayern<", erinnerte sich Ronny, „den Rechtsstreit gegen die Gemeinde, die den Stein auch haben wollte, hat doch schließlich dein Vater gewonnen!"

„Ja stimmt, der Richter meinte, dass es kein irdisches Recht auf himmlische Güter gäbe und da der Meteorit kein irdischer Schatz sei, müsse ihn sich der Finder auch nicht mit dem Grundstückseigentümer teilen."

„Was ist nun mit dem Stein?", fuhr Jenny dazwischen.

„Mein Dad und seine Assistentin Dr. Yamada haben mit dem außerirdischen Material Experimente gemacht und dabei durch Zufall festgestellt, dass das Material schon beim Anlegen einer kleinen Spannung extrem heiß wurde."

„Gut, aber was hat das Ganze mit der Maskerade hier zu tun?", entgegnete Jenny ungeduldig.

„Ich habe doch gesagt, ich muss etwas ausholen. Sonst könnt ihr nicht verstehen, was hier gerade passiert. Dad hat mir damals am Abend erzählt, dass der Meteorit unsere Heizkosten extrem senken könnte. Nun könnte er mit wenig Strom Wasser erhitzen und damit ein ganzes

Haus heizen. Er war so begeistert, dass er mich am Wochenende ins Labor mitnahm, um mir den Tauchsieder aus dem All vorzuführen. Er hatte sich einen 150 Liter Wasserkessel vom Heizungsbauer besorgt, den wir zu zweit ins Labor schleppten. Während ich das Wasser einfüllte, verdrahtete mein Vater den Stein und versenkte ihn im Kessel."

„Ja und hat die Heizung funktioniert?", drängelte Ronny.

„Sie hat mehr als funktioniert. Dad hat nur eine 10 Volt Spannung in seinem Netzgerät eingestellt, den Schalter umgelegt und..." „Und was?", unterbrach Jenny. „Und das Wasser war schlagartig verschwunden!"

„Wie, ganze 100 Liter Wasser verdampft, oder was?", stammelte Ronny ungläubig.

„Nicht nur, dass das Wasser weg war, der Stein begann für Sekunden von innen heraus gleißend hell zu leuchten, als wäre im Inneren eine kleine kugelförmige Lampe angegangen.

Da der Meteorit beim Aufprall ja in zwei Hälften zerbrochen war, konnten Dad und seine Assistentin gleichzeitig ihre Forschungen anstellen. Frau Dr. Yamada hat mit ihrem Stein herausgefunden, dass dieser unter Druck eine Gegenspannung liefert, wenn man ihn quasi mit einer kleinen Anfangsspannung aktiviert. Je stärker der Stein belastet wurde, desto mehr Strom lieferte er. Da die Steine wegen des Rechtsstreites nicht nach England gebracht werden durften, hatte Dad in der Zwischenzeit ein Haus angemietet, das zu unserer Wohnung und Dads Labor wurde. Im Keller gab es ein schönes, großes Schwimmbad. Es fasste exakt 100.000 Liter Wasser und was nun geschah war einfach der Wahnsinn."

„Du willst uns doch nicht erzählen, dass 10 Volt reichten um 100.000 Liter Wasser auf einen Schlag zu verdampfen?", fragte Jenny ungläubig.

„Nicht nur das! Der Meteorit war nun von einem durchschimmernden, flüssig-transparenten Feld, so einer Art Plasmakugel, umgeben und schwebte frei im leeren Schwimmbecken. Plötzlich verschwand das Gebilde für ca. zehn Sekunden, tauchte wieder auf und fiel dann auf den Schwimmbadboden."

„Wau, klingt abgedreht, willst du uns eigentlich veräppeln, das glaubt dir doch kein Mensch", stammelte Ronny, der aufgestanden war und mit einem Stein an der Rinde eines Baumes kratzte.

„Von wegen glauben, Frau Dr. Yamada hat alle Experimente auf Video aufgezeichnet und sie und Daddy haben alles danach genau analysiert. In weiteren Untersuchungen haben sie mit der am Stein angelegten Spannung, der Wassermenge und dem Druck, der auf den Stein wirkt, experimentiert. Ja und es sind erstaunliche Zusammenhänge herausgekommen. Abhängig von der zur Verfügung stehenden Wassermenge bildete sich eine verschieden große Plasmakugel. Durch Veränderung des Druckes verschwand der Stein unterschiedlich lang. Zu diesem Forschungsstand hatte die Veränderung der Spannung anscheinend keinen Einfluss, wichtig war nur, dass eine Spannung angelegt wurde."

„Ich verstehe nicht, was das Ganze mit uns zu tun haben soll", fragte Jenny.

„Als der Rechtsstreit zu unseren Gunsten gewonnen war, ging es wieder zurück nach England. Dad hat dort ein mit Hightech vollgestopftes Labor direkt am Meer. Seine Theorie war, dass bei Aktivierung des Steines die entstehende enorme Energie eine Tür im Raum-Zeit-Kontinuum öffnet. Dieser Türeingang unserer Zeit ist durch ein Wurmloch mit dem Ausgang einer anderen Raumzeit verbunden. Der Meteorit fällt in rasender Geschwindigkeit durch dieses Wurmloch und entschwindet somit aus unserer Welt. Der Stein hat allerdings ein Gedächtnis, so eine Art Memory Speicher, der vorher durch Spannung, Druck und Wassermenge programmiert wurde.

Das außerirdische Material liefert riesige negative Energie, die das Wurmloch stabilisiert, so dass es bis zur Rückreise nicht kollabiert. Nach einer gewissen Zeitspanne wird der Stein dann automatisch in unsere Zeit zurückgeholt."

„Sprechen wir gerade von einer Zeitreise?", Jenny schüttelte ungläubig den Kopf.
„Mit dem von Dad gefundenen Stein, kann eine, ich nenne sie mal Reisekugel mit mehreren Metern Durchmesser erzeugt werden. Allerdings sind dafür 125 Millionen Liter Wasser notwendig."
„Wie viel? Und das Wasser ist dann auch auf einen Schlag verschwunden?", fragte Jenny. „Es ist verbraucht, um die Energie zu aktivieren", verbesserte Nick. „Aber welches Becken hat denn so viel Wasser?", entgegnete Ronny. „Das sind doch, Moment mal, 1 Kubik Meter Wasser sind 1.000 Liter, also 125.000 Kubikmeter Wasser, das ist ein Würfel mit 50 Metern Kantenlänge!"
„Ja, das funktioniert nur noch im Meer", ergänzte Nick Ronnys Überlegungen. „Aber löst das nicht eine Tsunamiwelle aus, wenn im Meer auf einen Schlag ein Hochhaus voll Wasser fehlt?", wendete Jenny entrüstet ein.
„Die Gefahr Mensch und Natur durch ausgelöste Naturkatastrophen zu schädigen und irgendwie in den Lauf der Dinge mit unabsehbaren Folgen einzugreifen, hat meinen Vater veranlasst das Projekt Zeitreisen auf Eis zu legen."
„Ja und dann?" „Zwischen Dr. Yamada und meinem Vater ist es zu einem Streit gekommen. Sie hat nicht verstanden warum Dad nicht mehr weiter machen wollte. Schließlich haben sie sich getrennt. Allerdings hat sie ihren Stein mitgenommen." „Du meinst sie hat weiter gemacht?" „Wäre es nicht toll, in die Vergangenheit zu reisen, um diesen Schlüssel an Ort und Stelle auszuprobieren, herauszufinden was er sperrt?", Nick war aufgestanden und spielte nervös an seiner Brille.
„Ja und was willst du damit sagen? Etwa, dass sie eine Zeitmaschine hat! So ein Unsinn, Zeitreisen sind doch nur Science-Fiction." „Du meinst wir sind in die Vergangenheit gereist!" Ronny starrte Nick an.
„Irgendwie sind wir mit den Surfbrettern in das Wurmloch geraten, das sie geöffnet hat und sind nun im Jahre 1187 gelandet. Ich habe mal in mein offline Wikipedia die Jahreszahlen 1187 eingegeben. Lies mal selbst, was hier

steht." Nick hielt Jenny das Handy hin und sie las vor: „1187 ist das Jahr, in dem Saladin, Sultan von Syrien und Ägypten die Kreuzritter in ihrem 2. Kreuzzug vernichtend geschlagen hat. Ich glaub's einfach nicht. Wir sind in dem Jahr, in dem Saladin nach Papas Berechnung den Schatz nach Sansibar in seinen neuerbauten Palast gebracht hat."

Warten

Die Wolken verdichteten sich zunehmend und es kam ein leichter Wind auf. Mit ihrer Bikinihose und dem leichten Lycra-T-Shirt begann Jenny ein wenig zu frösteln. „Wie spät ist es eigentlich, es wird schon dunkel." Nick sah auf seine Armbanduhr. „Gleich halb acht, wo bleibt sie nur? Sie wird sicher zurück sein, bevor es ganz dunkel wird." „Wir sollten langsam unser Nachtlager aufbauen. Ich habe ein paar Decken vom Schiff mitgenommen und Licht haben wir auch." Ronny hielt die große Taschenlampe hoch und betätigte den Anschaltknopf. Ein Nachtlager war schnell aufgebaut. Zwei Decken bildeten eine große Schlafunterlage. Die inzwischen getrockneten Neoprenanzüge waren zu Kopfkissen zusammengerollt und für jeden gab es noch eine braune, etwas borstige Decke zum Zudecken. „Abendessen ist fertig!" Jenny hatte die Plastiktüte ausgepackt und den gesamten Inhalt fein säuberlich auf ihr, als Tisch dienendes Surfbrett, aufgereiht. „Was gibt es denn alles?", fragte Ronny, der gerade mit Nick die aufgeriggten Segel über das Nachtlager spannte und an den umgebenden Büschen und Bäumen festzurrte. „Alles was das Herz begehrt. Knäckebrot, ungekochte Spaghetti, eine Tomatensoße im Glas, eine Dose Thunfisch, vier Coladosen, eine Packung Chips, ein sehr knautschiges Weißbrot, noch ´ne Dose mit Wurstpaste oder so ähnlich und eine Packung Reis. Dann haben wir noch fünf Bananen und was noch in eueren Rucksäcken ist."

„Verhungern sollten wir auf´s Erste nicht", lachte Nick und setzte sich zu Jenny auf die Decke. „Lasst uns die Taschenlampe nur sparsam einsetzen sonst verraten wir unseren Standort. Wie wär´s mit früh schlafen gehen?" Wie eine Mattscheibe beleuchtete der Mond die Wolkendecke, so dass es auch ohne Lampe relativ hell war. „Ist unsere Rückfahrkarte fertig?" fragte Jenny. „Denke schon, wir haben genau vor der Bordleiter ein tiefes Loch in den Sand gebuddelt und mit Zweigen abgedeckt. Wenn sie dort reinfällt, sollten wir es hören. Allein kommt sie dort nicht mehr heraus", antwortete Ronny. „Und ohne uns fährt sie auch nicht nach Hause", ergänzte Nick. „Jetzt ist es schon nach 22:00 Uhr, ob sie überhaupt noch kommt?" Nick mummelte sich in seine Decke ein und schloss die Augen.

„Ist doch ein echt afrikanisches Naturerlebnis, das keiner missen sollte. Einmal unter freiem Himmel zu schlafen. Komm Jenny, auf ins Bett", auch Ronny legte sich hin und schloss die Augen. Jenny lag mit offenen Augen da und starrte auf das Segel über ihr. Sie hörte ein leises Knacken, sah zu den beiden Jungs, doch diese bewegten sich nicht. Auf einmal hatte sie das Gefühl, dass der ganze Wald erwachte und überall Bewegung und leise Laute waren. „Schlaft ihr schon?" Ronny öffnete die Augen und war plötzlich hellwach „Jetzt nicht mehr, Jenny was ist den los?" „Ich kann nicht schlafen." „Jetzt gib Ruhe und mach die Augen zu." Wieder vergingen Minuten, dann dröhnte es plötzlich in Jennys Ohren. Regentropfen prasselten auf das gespannte Foliensegel über ihr und Jenny fühlte sich wie im Inneren einer Trommel. Sie blickte links und rechts. Die beiden Jungs schien der Lärm nicht zu stören. „Wie können die nur schlafen? Gut, Augen zumachen und zählen." Sie war bei 123 angekommen, vielleicht sogar schon eingeschlafen, jedenfalls, saß sie plötzlich senkrecht da. Irgendetwas hatte sie gekitzelt. Sie hatte sich über das Gesicht gefahren und dann hing etwas Schwarzes an ihrer Hand. Sie tat einen lauten Schrei und versuchte die Spinne abzuschütteln. Sie stand auf, prallte mit dem Kopf gegen das Segel, stolperte erst über Nick dann rückwärts über Ronny, so dass sie stürzte und unglücklich auf seinen Arm fiel. Dieser jaulte auf. Nick schnellte hoch, griff nach der Taschenlampe, strahlte Jenny in ihr angsterfülltes Gesicht, sah die Spinne an einem klebrigen Faden an ihrer Hand hängen und schlug diese reflexartig zur Seite, so dass das Tier sich vom Faden löste und genau auf Ronny fiel. Dieser, immer noch seine schmerzende Hand haltend, war unfähig etwas zu tun und sah mit aufgerissenen, angeekelten Augen wie die Spinne über seine Decke zu den Füßen krabbelte und schließlich in die Dunkelheit verschwand.

„Mir reicht's jetzt, ihr beide verarscht mich doch, von wegen Vergangenheit, ich geh jetzt zurück in Dads Grabungslager!"

Ronny, der immer noch schmerzverzerrt versuchte seine Hand zu bewegen, sah wie Jenny die Tränen über die Wangen liefen. Er nahm sie in die Arme und Jenny sackte zusammen. "Ich brauch mein Bett, ich habe Angst, so kann ich nicht schlafen", schluchzte sie.

„Es ist 1:00 Uhr, sie kommt bestimmt nicht mehr, lasst uns im Boot schlafen!" Nick schulterte seinen Rucksack, nahm die Taschenlampe und reichte Jenny die Hand. „Vorsicht Kopf!" Gebückt verließen die drei mit den Decken unter dem Arm ihr aus Segeln gebautes Zelt und stapften im Dunkeln zum Boot. „Halt", rief Ronny, doch die Äste knackten und Nick stürzte in die Grube, die sich genau vor der Aufstiegsleiter zum Deck des Bootes befand. „Autsch!" So ein Mist, hab´ ich total vergessen!" „Alles okay?" „Bin wohl irgendwie prädestiniert in irgendwelche Löcher zu fallen. Nichts passiert!" Mit vereinten Kräften, sowie Rons Kletterseil und Klettergurt zogen sie Nick aus dem Loch und legten wieder die Zweige darüber. „Ja, Ja, wer anderen eine Grube gräbt … Jedenfalls scheint sie zu funktionieren!", stellte Nick fest. Jenny half Nick dabei, sich vom Sand zu befreien, der beinahe am ganzen Körper klebte. Inzwischen hatte Ronny an der rückwärtigen Seite des Bootes das Tarnnetz gelöst und aus seinem Bergseil eine Art Strickleiter geknotet, mit der die drei an Bord kletterten.

Das Tarnnetz war wieder in die alte Position gebracht und die Kajütentür öffnete sich mit einem mechanischen Geräusch. „Was machst du noch da draußen?", fragte Ronny, der mit Jenny die Decken in der Kajüte ausbreitete. „Ich programmiere einen neuen Zahlencode, man kann ja nie wissen."

„Jetzt Schlafen, morgen überlegen wir uns, wie es weiter geht", sagte Nick und verriegelte von innen die Tür.

Alle Anspannung fiel von Jenny ab und sie schlief sofort ein. Auch Nick murmelte fest, nur Ronny hatte einen unruhigen Traum.

Er saß am Lagerfeuer und blickte gebannt in die Flamme. Wie Scharen von Termiten nagte die Glut an den kleinen Zweigen und verwandelte diese zu Staub. Nur noch wenig neue Nahrung konnte er den Flammen bieten. Nirgends war Holz zu finden. Er fröstelte, rückte näher und versuchte die nackte Haut am kläglichen Feuer zu wärmen. Der Abend war noch jung und die Nacht würde kalt werden. Er blickte über seine Schultern und stellte fest, dass weit und breit niemand da war, nur die Weite der Wüste, Sand und Gestrüpp. Neben ihm steckte etwas im Boden. Seine Hand ergriff den langen Stock und zog ihn aus dem sandigen Untergrund. Seine Finger betasteten die scharfe, steinerne Spitze, die mit einer hanfartigen Schnur am Stock befestigt war. Am Schaft des Speeres entdeckte er Zeichen, die wohl einen Krieger und davon galoppierende Antilopen darstellten. Dann traf sein Blick auf seine Wasserflasche. Es war keine Flasche, vielmehr ein Schlauch, ein Stück Gedärm, verschlossen mit einer langen Faser, die mehrmals darum gewickelt war. Er verspürte unermesslichen Durst, öffnete schnell den Schlauch und nahm einen tiefen Schluck. Die dickliche Flüssigkeit rann langsam die Speiseröhre in Richtung Magen hinunter. Jede Stelle, die sie benetzte, versetzte sie sofort in einen tauben Zustand. Er wollte das eklige Gebräu ausspucken, doch das Gift war schon in seinen Blutkreislauf eingedrungen. Wie eine Schlange schlängelte es sich durch alle Windungen der menschlichen Organe und hinterließ eine leblose Leere. Ihm wurde schwindelig, alles drehte sich um ihn herum, doch dann geriet er selbst in diesen Wirbel. Er fiel, überschlug sich etliche Male, dann wurde alles langsam, wie in Zeitlupe. Am Ende des spiralförmigen Wirbels stand ein grünes Wesen. Es streckte die Hand aus und lief auf ihn zu. Er erkannte das Gesicht von Sandra Bergmann! Doch als sie so nahe bei ihm war, um seine Hand zu berühren, veränderten sich die vertrauten Gesichtszüge. Es war so, als ob

eine weiße Billardkugel mit voller Wucht gegen ihren Kopf gefeuert wurde, und die Sommersprossen wie getroffene Kugeln in alle Richtungen aus ihrem Gesicht davonflogen. Dann aber zerplatzte die Kugel und ergoss weiße Farbe über ihr Gesicht. Aus Sandra Bergmann wurde eine asiatische Frau, eine Geisha. Die blonden kurzen Haare verfärbten sich schwarz und waren nun streng zu einem Dutt gesteckt. Sie führte ein kleines Röhrchen zum Mund und blies. Plötzlich stand er mitten in einer undurchdringlichen, weißen Wolke aus feinem Staub, die ihm die Luft zum Atmen nahm. Vielleicht könnte er die Luft für 40 Sek. anhalten. Die Sekunden vergingen. Der innere Zwang nach Luft wurde größer und größer. Er konnte dem Atemreflex nicht mehr Stand halten. Wie ein Ertrinkender, der Wasser atmet, füllte das weiße Pulver seine Lungen. Er würde nun kläglich ersticken. Doch plötzlich verspürte er, wie das Gift, das sich durch seinen Körper nagte, an Wirkung verlor. Er atmete tief durch und wurde dabei unendlich schwer.
Schon früh am Morgen wurde es in der Kajüte unerträglich heiß und an Schlafen war nicht mehr zu denken. Nick und Ronny lösten das Tarnnetz, das über das offene Deck gespannt war und befestigten es an den Bäumen, so dass man an Deck bequem stehen konnte. Jenny entdeckte die kleine Küche im Boot, die wie in einem Wohnwagen mit einem Gaskocher, Spülbecken und Kühlschrank ausgerüstet war. Töpfe, Teller und Besteck waren in einem Schrank unter dem Gasofen verstaut. Jenny setzte Wasser auf und brachte das Frühstücksgeschirr an Deck. „Im Kühlschrank sind Eier, Toastbrot, Butter und alles was man für ein Frühstück braucht." Das ist ja super, ich fühle mich hier wie im Campingurlaub", schwärmte Ronny, der gerade einen in die Bordwand eingebauten Tisch ausklappte.
„Nach dem Frühstück untersuchen wir das Boot", schlug Ronny vor. „Jenny, du könntest eine Bestandsaufnahme über die Lebensmittel machen, Nick, du studierst die Computersysteme und ich mache mich schlau, wie die Kiste fährt."

Als erstes inspizierten Jenny und Ronny die Heckklappe. Während Jenny eine Menge Tüten herausholte und die Dinge darin sortierte, fand Ronny im Bauch des Schiffes den Dieseltank. Auf einer Füllstandsanzeige sah Ronny, dass er nahezu voll war. Neben zwei großen Dieselmotoren fand er eine komplette Taucherausrüstung, ein sich selbst aufblasendes Seenotrettungsfloß, eine Leuchtkugelpistole und eine Angel.

„Von wo aus steuert man das Ding und wie startet man es?" Ronny zermarterte sich den Kopf. Hatte er nicht zweimal gesehen, wie Dr. Yamada beim Anlegen an Deck war? Das Boot musste an Deck eine Steuereinheit haben.

Dort wo man bei einem Sportboot eigentlich ein Steuerrad vermuten würde, fand Ronny schließlich einen hauchdünnen, umlaufenden Spalt im Lack, so groß wie ein DIN-A3 Blatt mit abgerundeten Ecken. Irgendetwas verbarg sich dahinter, doch weder durch Drücken noch Schieben ließ sich diese Abdeckung öffnen. Schrauben waren keine vorhanden.

Ronny beugte sich in die Kajüte hinunter: „Ist ganz schön warm hier drinnen." Nick saß auf dem gelben Navigationssessel, tippte wie wild auf die Tastatur ein und berührte verschiedene Symbole auf dem Touchscreen. Er war wie in einer anderen Welt. Die Faszination dieser unglaublichen Maschine war so groß, dass er alles um sich ausblendete.

„Nick, hörst du mich!" Ronny stieg die Stufen hinunter und drehte den gelben Stuhl um 180°. „Was?", Ronny sah Nick direkt in die Augen. „Nick hast du so etwas gefunden wie >Maschine starten<?" „Nein, nein ich versuche gerade Kontakt zum Mutterschiff aufzunehmen. Hier scheint es ein automatisches Navigationssystem zu geben, das das Boot zum U-Boot lenkt. Funktioniert so ähnlich wie ein Leitstrahl beim Flugzeug."

„Moment mal, hier steht >Handsteuerung aktivieren<." Ronny deutete auf einen Button in der Navigationsleiste und drückte drauf. „Danke, das war's schon", freute sich Ronny und ging wieder an Deck.

Wie eine Schiebetür glitt die Abdeckung zur Seite. Ein Monitor, der einige analoge Instrumente anzeigte, erschien dahinter. Am unteren Rand schob sich über die gesamte Breite ein horizontales Board heraus. Unterschiedlich farbige Tasten und einem Joystick kamen zum Vorschein.

Ronny sah sich alle Schalter und Instrumente intensiv an, bevor er mit dem Finger auf einen Button tippte und der Dieselmotor mit schwarzer Rauchfahne und dröhnendem Geräusch ansprang.

Nur Sekunden später standen Jenny und Nick neben ihm. "Was machst du?" Mit dem Dieselmotor war auch die Klimaanlage in der Kajüte in Betrieb gegangen und so entschieden sich die drei den Motor für einige Minuten laufen zu lassen.

„Ich glaube, ich weiß wie man die Kiste fahren kann."

„Du meinst wie man sie von Hand steuern kann. Der Computer kann sie automatisch zum U-Boot lenken", ergänzte Nick. „Und ich weiß, dass wir Proviant für drei Tage haben, dann wird's eng", fügte Jenny hinzu. „Gut jetzt noch einmal der Reihe nach", fasste Nick zusammen:

„Erstens: Dr. Yamada ist nun seit 26 Stunden weg. Warum ist sie so lange weg? Wo wollte sie hin? Kommt sie in den nächsten Stunden zurück?

Zweitens: Wir können noch 3 Tage hier warten, dann geht der Proviant zu Ende.

Drittens: Wir könnten mit dem Gefährt hier in der Gegend rumfahren.

Viertens: Wir könnten auch zum U-Boot fahren."

„Und fünftens, wir könnten selbst in die Stadt schauen und feststellen, dass wir gar nicht in der Vergangenheit sind", ergänzte Jenny mit Nachdruck.

„Und wenn doch, dann bringen sie uns wahrscheinlich gleich um. Wir mit unseren leuchtenden Lycrashirts!", spottete Ronny.

„Hört auf zu streiten! Jenny hat Recht, wir haben noch keinen echten Beweis, dass wir im Jahre 1187 sind", stellte Nick fest, „lasst uns analytisch und nicht emotional vorgehen. Angenommen, wir sind im Mittelalter, dann sollten wir uns auf einen Besuch in der Stadt genau vorbereiten, ansonsten könnte das für uns gefährlich werden. Vielleicht ist Dr. Yamada trotz Mittelalteroutfit etwas zugestoßen, wäre schon möglich.

Wenn wir wieder Heim wollen, sollten wir die Zeitmaschine finden."

„Angenommen, jemand spielt uns einen Scherz, dann könnten wir uns trotzdem das U-Boot anschauen. Dann hätten wir auch unseren Spaß gehabt und haben zudem nichts verloren."

„Der Spaß geht mir inzwischen einfach zu weit!", schluchzte Jenny. „Gut, wir fahren zum Mutterschiff, das ist vielleicht doch das Vernünftigste." Ronny nickte zustimmend.

Das Mutterschiff

In Windeseile war das Tarnnetz abgebaut, zu einem Päckchen zusammengerollt und in der Heckluke verstaut.

Nick setzte sich auf den Kommandostuhl und berührte auf dem kleinen Bildschirm, der mit einem Schwanenhals an der Stuhllehne befestigt war, ein Ikon mit der Aufschrift „Panorama". Die Bildschirme, die die gesamte Kajüte umgaben, zeigten nun die gesamte Umgebung. Man hatte den Eindruck, das Schiff sei plötzlich durchsichtig geworden. Nick klickte den Befehl „Simulation Heimweg" an. Die Bildschirme vermittelten nun das Gefühl, das Fahrzeug würde sich bewegen, erst zum Strand, dann ins Meer. Jetzt schaltete das System auf Karteneinstellung um und die drei konnten beobachten, wie ein roter Punkt zu einem gelben Punkt draußen auf dem Meer zusteuerte. Als der rote und gelbe Punkt sich überlagerten meldete der Computer: „Simulation abgeschlossen" und ein neues Befehlsfeld poppte auf: „Heimreise ausführen Ja, Nein."

„Jetzt kann es losgehen, alle Mann an Bord, rief Nick, er hielt sich die Nase zu und sprach mit quiekender Stimme: „Bitte legen sie nun die Sicherheitsgurte an und stellen sie die Sitze in eine aufrechte Position, wir starten in wenigen Sekunden." Nick klickte auf „Ja". Der Diesel sprang an und das Schiff begann leicht zu vibrieren. Dann legte sich wie von Geisterhand der Gang ein und das Fahrzeug fuhr los. „Jetzt sollte alles automatisch gehen. Kommt, das sehen wir uns von oben an." Sie standen an Deck als das Gefährt wie ein Geländewagen zum Ufer fuhr, ins Wasser eintauchte, seine Reifen einklappte und zum Sportboot wurde. Je weiter sie sich vom Strand entfernten, desto mehr steigerte sich die Geschwindigkeit und das Boot sauste auf das offene Meer hinaus. Plötzlich drosselten sich die Motoren.

Jenny entdeckte ihn als erstes. „Da drüben, ein Wal, schnell schaut!" In vielleicht 100 Meter Entfernung tauchte ein Orcawal auf. Er war oben schwarz, im unteren

Bereich weiß und hatte das charakteristische weiße Auge. „So einen großen Orca habe ich noch nie gesehen", sagte Jenny erstaunt. „Er liegt wahrscheinlich genau auf der berechneten Route im Weg, drum hat der Computer die Motoren gestoppt", erklärte Nick die Situation. Sie waren nur noch 20 Meter von dem Tier entfernt. Plötzlich begann der Wal sein Maul zu öffnen und steuerte geradewegs auf das Boot zu. „Der will uns rammen, alle festhalten", Jenny presste die Augen zusammen und hielt sich mit aller Kraft an der Reling fest. Aber es war nicht der Wal, der auf das Boot zusteuerte, sondern das Sportboot selbst, das nun unaufhaltsam in das riesige Maul des Wals fuhr. Mit einem mechanischen Geräusch schloss sich die gewaltige Klappe des Mauls. Jenny öffnete die Augen. Der Wal war das Mutterschiff und der Fisch in seinem Bauch.

Während sich die Klappe schloss und das Sonnenlicht aussperrte, blinkte ein rotes Rundumlicht und ein lautes, blechern klingendes Signal dröhnte in ihren Ohren. Mit einem mechanischen Geräusch tauchten hunderte von Neonröhren den rot blinkenden Raum in ein gleißendes Licht. Die Sirene erstarb und unheimliche Stille breitete sich aus. Für Minuten standen die drei an Deck des Bootes und sahen sich in alle Richtungen um. Keiner traute sich zu bewegen oder irgendetwas zu sagen. Ihr Boot lag mit ausgefahrenen Reifen inmitten einer kleinen Halle. Nur die leichte Bewegung des dunklen Bodens verriet, dass es sich nicht um eine Werkhalle an Land handeln konnte. Am Boden markierten gelbe Leuchtstreifen die Parkposition des Beibootes. Rotblinkende Bodenleuchtstreifen führten zu einer Art Tür, die wie eine Schleuse mit einem kleinen Bullauge und einer Spindel ausgerüstet war. Die mit Stahlträgern ausgesteiften Wände, waren in einem steril wirkenden Weiß gestrichen.

„Wir sind jetzt wohl in der Garage des Fisches", unterbrach Nick endlich die Stille, „da vorne geht es weiter." Er zeigte auf die Tür und ohne viele Worte kletterten sie über die Bordleiter nach unten. Ein grün blinkender Schalter neben der Schleusentür setzte die Spindel in

Bewegung und öffnete sie. Dahinter war eine winzige Kammer, die an einer zweiten Tür endete. „Die Schleuse trennt vermutlich den Außenbereich vom Innentrakt. Sind alle drin?" Nick betätigte eine Taste an der Innenseite des kleinen Raumes. Die Tür schloss und verriegelte sich geräuschvoll.

Ronny fühlte sich wie in einer Sardinenbüchse und als ein pressluftähnliches Geräusch die Kammer erfüllte, wurde ihm beinahe schwindelig. Er sah in Jennys ängstliche Augen. Dann begann die zweite Tür zu surren und öffnete sich. Sie betraten nun einen im Halbdunkel liegenden großen Bereich. Nick drückte wieder einen grün aufblinkenden Schalter, der die Tür hinter ihnen verschloss und von Notbeleuchtung auf normales Licht umschaltete.

Es war nicht das, was sie sich im Geiste ausgemalt hatten. Keine Hightech-Optik, wie es Nick erwartet hatte. Es war auch nicht so, wie in Jennys Vorstellung, die an den Film „Roter Oktober" denken musste. Ronny war schon einmal in einem U-Boot gewesen. Er war vor Jahren durch die enge Röhre in den Bavaria Filmstudios geklettert, in der die Szenen für den Film „Das Boot" gedreht wurden. Doch was sie hier sahen, war alles andere als ein U-Boot. „Das ist die Designerwohnung einer etwas extravaganten Frau", dachte Ronny. In den rechts und links gewölbten, in hochglänzendem Schwarz gehaltenen Wänden, waren große Bilder von Salvador Dali eingelassen. Die anderen beiden Wände glänzten in einem kräftigen Gelb. Vor der gegenüberliegenden Wand stand ein ca. dreimal drei Meter großer, weißer Regalrahmen mit runden Ecken. Darin wiederum befanden sich mehrere ovale Regale unterschiedlicher Größe. In einer der Ablagen entdeckte Jenny eine ganze Reihe weißer Porzellankatzen, die mit einer Pfote unaufhörlich winkten. Der Boden war mit einem Zebrafell gemusterten Teppich belegt, der zu den Wänden hin in geschwungener Form mit weißen Fliesen eingefasst war. Auf einem niedrigen, schwarzen Tisch stand eine Buddhafigur aus Bronze.

In der Mitte des Raumes thronte ein großer, gelber, lederner Sessel ähnlich wie im „Fisch" nur etwas komfortabler und größer.

An den Wänden gab es mehrere Türen, die alle geschlossen und glänzend schwarz lackiert waren.

„Jungs, ich müsste mal dringend aufs Klo, hier wird es doch so was geben?" Jenny öffnete die Tür neben der Schleuse, trat ein und stolperte. „Was ist denn das?" Während ihr Blick auf die Toilette fixiert war, die automatisch den Toilettendeckel öffnete, trat sie auf etwas weiches, das sie aus dem Gleichgewicht brachte. Gerade noch rechtzeitig konnte sie sich mit der Hand an der gegenüberliegenden Wand des kleinen Raumes abfangen, bückte sich und sah auf was sie getreten war. „Rote Pantoffeln, da steht >toilet< drauf, was soll denn das?" Sie schob die Schuhe zur Seite und setzte sich auf die Brille. Ein Geräusch von laufendem Wasser war nun über die Lautsprecher zu hören und Jenny wäre beinahe wieder aufgesprungen, wenn sie nicht so notwendig gemusst hätte. Neben ihr erhellte sich ein in die Wand eingelassener Bildschirm und mehrere Symbole wurden sichtbar. Jenny las: „music, stop, shower, bidet, dryer, seat temperature, spray strength, boardcomputer" und tippte auf „shower", um die Toilettenspülung in Gang zu setzen. Doch weit gefehlt ein warmer Wasserstrahl kitzelte sie am Po.

„Mist, kein Toilettenpapier da." Sie tippte auf „dryer" und ein Föhn blies alles wieder trocken. Als Jenny wieder aufstand, spülte die Toilette automatisch und der Deckel schloss sich wie von Geisterhand. In der Ablage am Spiegel standen eine Dose Haarspray, Deo und ein Parfümfläschchen.

„Das müsst ihr Euch unbedingt ansehen, das hier ist eine total lustige Toilette", schwärmte Jenny den beiden Jungs vor.

Nick streckte den Hals in den kleinen Raum: „Tatsächlich, sie hat ein Dusch-WC eingebaut! Find ich cool. In Japan sind die Dinger übrigens überall verbreitet, obwohl die Erfindung eigentlich aus der Schweiz kommt.", er-

klärte Nick. „Hast du ihr Parfüm benutzt? Willst du wie sie auf Männerfang gehen?" „Ich finde es riecht ganz dezent", verteidigte sich Jenny und vergrub ihr errötetes Gesicht in einem mit dem Duft besprühten Taschentuch.
Ronny öffnete unterdessen an der Seite des Raumes eine Tür, die sich ziehharmonikaförmig in zwei Richtungen aufschob. Dahinter verbarg sich eine komplette Küchen-einrichtung. Die Arbeitsplatte war mit zwei Induktions-kochfeldern, und einem Spülbecken ausgestattet. Darun-ter fand er eine kleine Spülmaschine, eine Waschmaschi-ne und einen Kühlschrank. „Leute, der Kühlschrank ist gut bestückt, wie wär's mit Sushi?" Ron holte die Platte mit den Reishäppchen, auf die jeweils ein Stück roher Fisch drapiert war und drei Dosen japanischen Tee her-aus und stellte alles auf den niedrigen Wohnzimmertisch. „Gibt's auch Besteck?", fragte Jenny und Nick ergänzte „Schau mal wo die Sojasoße ist?" Ronny kramte nun in den Schränken über der Anrichte, fand einige Töpfe, Geschirr, ein Regal mit Gewürzen, Soßen, Reis, Mehl und den Besteckkasten. „Du wirst dich wohl an Stäbchen gewöhnen müssen, ansonsten gibt es nur Messer und diese komischen Löffel."
„Habt ihr Stühle gefunden?", fragte Ronny in die Runde, als er die Sojasoße, drei kleine Schälchen und die Chop-sticks auf den Tisch stellte. „Dr. Yamada ist Japanerin und bevorzugt es wohl auf dem Boden zu sitzen, drum ist der Tisch auch so niedrig", erwiderte Nick, gab in alle Schälchen etwas Soße und setzte sich im Schneidersitz nieder.
Während die drei umständlich mit den Essstäbchen die Sushi Stücke in die Sojasoße tauchten und dann versuch-ten diese in den Mund zu manövrieren, stieß Ronny an der unteren Kante des Tisches an eine Art Knopf. Auf einen Schlag erleuchtete die gesamte Tischplatte und viele Symbole waren zu sehen. „Das wird ja immer bes-ser", schwärmte Nick, „der gesamte Tisch ist ein Touch-screen!" Ronny entdeckte neben dem ersten, einen zwei-ten Schalter, drückte ihn und die Tischbeine wuchsen über die drei am Boden sitzenden Freunde in die Höhe,

so dass sie nun die Tischplatte von unten sahen. „Es gibt zwar keine Stühle, dafür aber einen Stehtisch", freute sich Ronny, dem der Rücken vom Sitzen ohne Lehne schon schmerzte.

Während sie nun ihre Mahlzeiten im Stehen aufaßen, begannen die Jungs wie wild die Funktionen am Touchscreen auszuprobieren. Jenny lud derweilen das Geschirr in die Spülmaschine und öffnete dann die letzte unbekannte Tür, die in das Heck des Schiffes führte. Sie trat ein und war in einer anderen Welt. Kein modernes Design, kein Hightech, nein, nur blanker Kitsch. Alles war in Rosa gehalten: Der hochflorige Teppichboden, die mit Hello-Kitty-Kätzchen gemusterte Tapete, das Himmelbett, die Nachttischlampe in Katzenform, aus deren Augen das Licht herausstrahlte, die mit Spitzen benähten Kissen und Bettdecke.

Jenny legte sich auf das Bett. Es war nicht nur groß, sondern auch ungewöhnlich weich. Bei jeder Bewegung gluckerte es.

Jenny musste wohl einen Augenblick eingeschlafen sein, denn als sie die Augen öffnete, stand Ronny am Bett und meinte: „Da bist du ja. Wir haben in den letzten drei Stunden beinahe das gesamte System des U-Bootes studiert. Auf dem Wasserbett könnte ich jetzt auch eine Runde schlafen. Von diesem übertriebenen Rosa bekommt man zwar Augenkrebs, aber es scheint gemütlich zu sein." „Was, drei Stunden geschlafen?" Jenny blickte auf ihre Armbanduhr. Nick stand an der rosa tapezierten Seitenwand, die mit einem Kätzchen Vorhang drapiert war. Er hielt eine Fernsteuerung in der Hand und drückte eine Taste. Der Vorhang glitt mit einem leisen Zischen zur Seite und gab ein großes Panoramafenster frei. „Wow hier gibt es also auch einen großen LED-Bildschirm mit einem Aquarium-Bildschirmschoner", staunte Jenny und rieb sich die verschlafenen Augen. „Nein, das ist echt. Wir befinden uns tatsächlich unter Wasser. Das Boot ist auf eine Tiefe von 25 m getaucht. Die automatische Bootsteuerung hat vorgeschlagen, in Tarntiefe zu tauchen und wir haben per Touchscreen bestätigt", erklärte Nick der ungläubig staunenden Jenny.

„Allerdings kann das Fenster mit einer Bildschirmanzeige überblendet werden." Nick drückte eine weitere Taste und die Koordinaten der momentanen Position des Schiffes und jede Menge andere Daten erschienen auf der Fensterfläche.

„Wenn ihr das Schiff jetzt steuern könnt, können wir ja nach Hause fahren. Meine Eltern vermissen uns bestimmt schon!", schlug Jenny hoffnungsvoll vor.

„Wir sind eigentlich Zuhause, nur in einer falschen Zeit. Für den Zeitsprung fordert der Computer einen Dongle."

„Nick, was ist bitte ein Dongle?"

„Der Dongle ist so eine Art Zündschlüssel, ein USB-Stick, der den Vollzugriff auf das Computer-Steuerungssystem ermöglicht.

Ohne Dongle haben wir nur beschränkten Zugriff auf das System. Ein Zeitsprung ist somit nicht möglich", erklärte Nick.

„Dr. Yamada hat den Dongle also mitgenommen. Ich frage mich, warum sie nicht zurückgekommen ist. Vielleicht ist ihr wirklich was passiert", meinte Jenny. „Oder sie steht bereits am Strand und sucht verzweifelt ihren Fisch. So oder so wir müssen sie finden!"

Ronny lehnte sich an die zum Heck gerichtete Wand und erschrak gewaltig als diese sich plötzlich zur Seite bewegte. Er machte eine balancierende Armbewegung, stieß dabei die Katzenlampe vom Nachtkästchen und landete ungeschickt auf dem Boden. „Was ist denn das?" „Du hast wohl mit der Schulter eine Funktion ausgelöst, die den Schrank öffnete." „Schaut euch diese Schuhsammlung an", Jenny konnte es nicht glauben. Wie in einem Schuhladen standen mindestens 30 Paare High Heels in allen möglichen Farben, Materialien und Formen in einem Regal. „Scheint Yamada's Kleiderschrank zu sein. Der ist sogar begehbar und bis in den letzten Winkel des Schiffes hineingebaut." Jenny war aufgesprungen und im Schrank verschwunden.

Ronny rappelte sich hoch, griff nach der Lampe und wollte sie gerade wieder auf das Kästchen stellen, als er den Schlüssel an der Kette bemerkte, die um den Hals der Katze geschlungen war. „Schaut mal was ich hier habe", Ronny stand auf und hielt baumelnd den Schlüssel vor Nicks Gesicht. „Was hast Du gefunden?" Jenny kam aus dem Schrank mit einem altmodischen Hut auf dem Kopf und einem Magdkostüm, das sie sich vor die Brust hielt. „Da hinten ist ein ganzer Ständer mit den unterschiedlichsten historischen Kostümen!" Sie sah in Rons breit grinsendes Gesicht, erspähte den Schlüssel, ließ das Kleid fallen und griff nach der Kette. „Warum hat sie ihn nicht mitgenommen?", fragte Ronny. „Keine Ahnung, wir werden ihn jedenfalls immer dabeihaben, wer weiß für was er gut ist", antwortete Jenny und hängte sich die Kette mit dem Schlüssel um den Hals.

Eine Prinzessin und zwei Prinzen

„Um nach Dr. Yamada zu suchen, tarnen wir uns als Prinzen und Prinzessin aus dem Abendland, die auf dem Weg zu Saladin sind, um eine Botschaft zu überbringen", schlug Jenny vor. „Was für eine Botschaft denn?", fragte Nick und zog seine Augenbrauen hoch. „Keine Ahnung, jedenfalls gibt es hier eine Menge an schönen Gewändern. Da finde ich es besser als Edelmann, anstatt als Bettler zu gehen." „Die Yamada hat sich bestimmt was dabei gedacht, als einfache Magd in die Stadt zu gehen!", entgegnete Ronny, der sich gerade einen Hut mit Federschmuck aufsetzte. „Ja und warum kommt sie nicht mehr zurück? Ihr ist bestimmt etwas zugestoßen. Ich bin mir sicher, dass sie nur mal kurz, ganz unauffällig, die Lage peilen und dann gleich wieder zurückwollte. Ansonsten hätte sie doch nie den Schlüssel hiergelassen!"
Die drei fühlten sich wie im Kostümverleih und hatten ihren Spaß dabei, sich mit Schärpen, Schmuck, edlen Tüchern und sogar echten historischen Waffen zu schmücken. „Na, zu auffällig sollten wir aber auch nicht aussehen. Die Maskerade nimmt uns doch kein Mensch ab", meinte Ronny zu Jenny, die sich gerade eine goldene Kette um den Hals legte. „Moment mal, als Königskinder hätten wir doch Pferde und jede Menge Gefolge", Nick runzelte die Stirn und ergänzte seinen Satz: „Vielleicht sollten wir uns doch als ganz normale Menschen kleiden. Wir fallen doch allein schon durch Haar- und Hautfarbe auf." „Wie willst du dann aber zu Saladin vorgelassen werden? Drei mittellose, jugendliche Ausländer wollen vom Sultan gehört werden, das klappt doch nie!" Jenny schüttelte den Kopf und setzte sich passend zur Kette ein Diadem auf.
„Wir könnten auf unserem Weg nach Sansibar überfallen und ausgeraubt worden sein. Unsere Mitreisenden wurden getötet, die Pferde gestohlen, wir konnten jedoch fliehen." „Klingt schon viel besser", stimmte Ronny Nick zu, „den ganzen Schmuck kannst du dann allerdings gleich mal hierlassen." Jenny sah bei dem Vorschlag nicht

glücklich aus, akzeptierte jedoch widerwillig und streifte sich den Schmuck ab.

Jenny, du suchst uns die passende Kleidung heraus, aber kein Schnick Schnack! Ronny und ich machen den Fisch klar, der uns zurück zum Strand bringt.

Zwei Stunden später warfen zwei fein gekleidete, junge Prinzen und eine äußerst hübsche Prinzessin, das Tarnnetz über das Amphibienfahrzeug und machten sich fertig zum Abmarsch.

„Nach Überfall sehen wir nun ja wirklich nicht aus, eher wie zu einer Einladung zum Hofball!" Ronny griff in den feuchten Schlick am Ufer und bewarf Nick damit. „Na warte!" Nick stellte Ron ein Bein und dieser fiel rücklings ins Wasser. Jenny stand da und lachte sich halb kaputt, als die beiden Jungs sich nun gegenseitig mit Wasser bespritzten und mit Sand bewarfen. Sie konnte gar nicht richtig reagieren, als nun blitzschnell vier Hände ihre Arme und Beine ergriffen und sie ins Wasser zerrten. Die lustige Wasserschlacht ließ für einen Moment Ronnys mulmiges Gefühl vergessen. Allein der Gedanke, in eine Stadt einer längst vergangenen Zeit zu gehen, erzeugte in ihm eine gewisse Übelkeit. Seinen Freunden gegenüber versuchte er lässig zu wirken. Gerne vergaß er für einen Moment die Angst vor den Gefahren, die in dieser Stadt auf sie warten würden und die Ungewissheit, ob sie je wieder in ihre eigene Zeit zurückfinden würden. Dieser Zustand der Unbeschwertheit hätte sicher noch lange angedauert, hätte nicht Jenny zu Ronny gerufen: „Du blutest ja!" „Wo denn? So ein Mist!", schimpfte Ron. Eine scharfe Muschelecke steckte im rechten Unterarm und Blut tropfte auf sein helles Hemd. Mit den Zähnen holte er den Fremdkörper aus seinem Arm. „Nicht so schlimm, jetzt sehen wir wenigstens authentisch aus." Nass und zerzaust machten sich die drei auf den Weg in die Stadt, den sie eigentlich gut kannten, der aber doch so anders war. Der warme Wind blies ihnen ins Gesicht und ließ Haare und Kleider schnell trocknen. Keiner sprach ein Wort, doch bei jedem der dreien kreisten die Gedanken.

Trotz der Hitze hatte Jenny eine Gänsehaut. Die Vorstellung, ohne den Schutz ihrer Eltern in eine Stadt zu gehen, in die sie nicht gehörte, ließ sie frösteln. Noch könnten sie umkehren.

Tsunami, London in der Gegenwart

„Und nun die Nachrichten des heutigen Tages. Tansania: Ohne Vorwarnung wurde heute am frühen Nachmittag die Küste von Sansibar von einer Tsunamiwelle überschwemmt. Das dafür verantwortliche Seebeben wurde von keinem der seismologischen Messeinrichtungen erfasst. Der Chefmeteorologe des Afrikanischen Wetterdienstes bestätigte, dass seit Aufzeichnung der Wetterereignisse noch nie ein Tsunami in dieser Gegend aufgetreten ist. Lediglich eine Aufzeichnung aus dem Mittelalter berichtet über solch eine Welle im Jahre 1187. Die archäologische Grabungsstätte, die vor kurzem in Kooperation mit der TU Berlin ihre Arbeiten aufgenommen hatte, um die Grundmauern der damals zerstörten Stadt auszugraben, wurde zum größten Teil vernichtet. Glücklicherweise sind keine Todesopfer zu beklagen, da sich anlässlich des alljährlichen Inselfestes, beinahe alle Einwohner auf einem Festplatz, der ca. 100 m über dem Meeresspiegel liegt, befanden. Allerdings gelten drei Jugendliche, die zum Zeitpunkt des Tsunami beim Windsurfen waren, als vermisst."

Professor Stone hantierte gerade in seinem Laboratorium in London an seiner Kaffeemaschine, als er die Meldung im Radio hörte und erschüttert auf einen Stuhl sank. „Drei Jugendliche? Doch nicht etwa Nick und seine beiden Freunde", durchfuhr es ihn wie einen Blitz. „Wo habe ich nur das Handy? Ich muss ihn sofort anrufen."

Der Professor kramte aus seinem Aktenkoffer das Mobiltelefon, klappte es auf und sah das Zeichen für eine eingegangene Meldung. Er drückte eine Taste und Nicks sms erschien auf dem Bildschirm: „Hi Pa, Yamada ist auf Sansibar. Sie hat uns beklaut! Sind ihr auf der Spur."

In der Stadt Sansibar, Sommer 1187

Eine Stadtmauer mit zahlreichen Türmchen, auf denen rote Fahnen wehten, kam immer näher. Nick, Ron und Jenny waren auf einer Zufahrtsstraße zu einem der Haupttore, das weit offenstand. Der Verkehr auf dieser unbefestigten, staubigen Straße nahm deutlich zu. Händler mit den unterschiedlichsten Gespannen zogen an den drei fremdartig aussehenden Gestalten vorbei. Einige von Ochsen gezogene Wagen waren bis oben hin mit Heu beladen. Ein anderer Karren wurde von einem Esel gezogen und war voll mit Teppichen. Eine ganze Herde Ziegen kreuzte plötzlich den Weg. Doch ein Reiter mit aus ladendem Turban staubte die Tiere auseinander und ritt mit beinahe unverminderter Geschwindigkeit durch das Tor.

Drei Männer kamen zu Fuß direkt aus dem Stadttor auf die Jugendlichen zu. Ihre Blicke kreuzten sich und die Männer sahen verstohlen den dreien nach. Jenny hatte das Gefühl, dass sich jeder hier nach ihnen umdrehen und sie skeptisch mustern würde. Sie fühlte sich sichtlich unwohl in ihrer Haut. „Lass uns umkehren, die schauen alle so komisch", flüsterte Jenny den Jungs zu. „Wir sind Königskinder, natürlich werden wir angegafft. Du würdest auch Stielaugen bekommen, wenn bei dir zuhause Prinz William vorbeikäme. Wir müssen unsere Geschichte mit dem Überfall gleich hier bei den Torwachen loswerden. Das ist die beste Gelegenheit", schlug Nick vor und steuerte zielstrebig auf einen der Männer in Uniform zu. In astreinem Swahili sprach Nick die Wache an, die ihn misstrauisch ansah und dann deutete, sie sollen einen Moment warten. „Was hast du gesagt und seit wann kannst du Swahili?", fragte Jenny voller Respekt. „Wir wurden überfallen, sind Gesandte aus dem Abendland und bitten um eine Audienz bei Saladin. Das oder so ähnlich habe ich mir aus meinem Wörterbuch zusammengestellt." „Ganz schön frech, scheint aber zu funktionieren", staunte Ronny, der sich bei dem Anblick der

zweiten Wache, die voll bewaffnet vor ihnen stand, sichtlich unwohl fühlte.

Den ganzen Weg bis zur Stadt wehte ein ziemlich heftiger Wind, doch hier an der Wachstube unter dem gewaltigen Eingangsbau fiel das Atmen schwer.

Der Gestank nach modernden Abfällen, Exkrementen
und Misthaufen wurde immer intensiver. Die Luft war
zum Schneiden und Jenny vergrub ihre Nase in einem
parfümierten Papiertaschentuch. Nick sah sie scharf an
und schüttelte den Kopf, „nicht hier", flüsterte er ihr zu,
„Tempos gibt es hier noch nicht." „Ich halt den stechenden Geruch aber nicht aus!"

Doch dann kam auch schon ein Soldat von offensichtlich
höherem Dienstgrad mit der ersten Wache zurück und
stellte sich fragend vor die drei Neuankömmlinge.

Nick wiederholte seinen Satz.

„Ich verstehe immer nur Saladin? Die sehen sehr seltsam
aus! Irgendwas stimmt mit ihnen nicht!", sagte der Offizier in Arabisch zu dem Wachhabenden.

„Die Kleine riecht wie die Hexe", flüsterte die zweite
Wache zu seinem Vorgesetzten „Du meinst die Frau, die
gestern verurteilt wurde?" „Das sind bestimmt Kompli-
zen von ihr!" „Mitkommen zum Hauptmann", befahl der
Soldat in einer unverständlichen Sprache. Die Jugendlichen, die nicht wussten, was geschah, wurden unsanft
von den beiden Soldaten in eine ungemütliche Stube
geschubst. Die Wände bestanden aus grob gehauenen
Steinen, der Fußboden aus gestampftem Lehm und das
Dach aus Holzbrettern, durch die der Wind pfiff. Die drei
verstanden kein Wort von dem, was die Soldaten mit
dem Hauptmann, der hinter einem groben Tisch saß, auf
Arabisch sprachen. Ein dritter Soldat kam in den Raum
und salutierte. Befehle wurden gegeben. Dann packte
jeder Soldat einen der dreien und zerrte die lauthals pro-
testierenden Freunde aus dem Raum in ein benachbartes
Turmgebäude. Dort ging es viele Stufen einer Wendeltreppe hinunter in die Finsternis. Immer wieder versuchten sich die drei, aus dem Griff ihrer Wache zu befreien, doch die Männer waren viel stärker als die Ju-

gendlichen. Nur einige wenige Fackeln an den schwarzen Wänden erleuchteten spärlich die Treppe. Jeder der Soldaten nahm sich eine Fackel aus der Wandhalterung. Mit der anderen Hand hielten sie ihre Gefangenen am Handgelenk wie ein Schraubstock fest und schoben sie weiter hinunter in die ewige Dunkelheit. Die Luft wurde kühl, die Stiegen immer glitschiger. Es roch feucht-modrig nach kaltem Schweiß und immer wieder nach Urin. Für einen kurzen Augenblick verlor Ron das Gleichgewicht und sah sich schon die enge Treppe hinunterstürzen, was auch geschehen wäre, hätte nicht Nick, der vor ihm ging, den Zusammenstoß auffangen können. An einem mit Gittern verschlossenen Verlies machten sie halt. Schlüssel klapperten, das Gitter schwang auf und die drei wurden mit Gewalt hineingeschoben. Jenny stürzte auf den rauen, schmutzigen Boden und schlug sich das Knie auf. Tränen kullerten ihr über die Wange. „Jenny, bist du okay?" Nick und Ronny halfen ihr auf die Beine. Alle drei standen nun am Gitter und hörten wie die Soldaten wieder hinaufstiegen und mit ihnen das Licht der Fackel verschwand.

Jenny und die Jungs rüttelten mit voller Kraft am Gitter und schrien sich die Seele aus dem Leib.

Doch sie konnten schreien wie sie wollten, kein Mensch würde ihre Rufe hören, geschweige denn überhaupt darauf reagieren. Entmutigt sanken sie Minuten später auf den Boden nieder. „Und das alles nur wegen des verdammten Taschentuchs", brummte Nick resigniert vor sich hin. „Stimmt doch gar nicht", weinte Jenny, „die sperren uns doch nicht wegen eines Taschentuchs ein." Sie warf Nick einen giftigen Blick zu und vergrub dann ihr verheultes Gesicht in ihre Hände. Ronny fühlte sich wie ein Stück Vieh, eingesperrt im Schlachthof, wenige Stunden vor der Schlachtung. Er bebte am ganzen Leib, teils aus Wut, teils aus purer Angst.

Es dauerte etliche Minuten, bis sich ihre Augen an die Dunkelheit gewöhnten. Jenny erschrak, als sie in der hinteren Ecke der Zelle eine Gestalt erkannte, die zusammengekauert am Boden lag. Nick drückte auf den

Powerknopf seines Handys und die dunkle Zelle wurde
schummrig beleuchtet. Ein großer Mann, vielleicht um
die 25 bis 30 Jahre alt, mit rötlichen Haaren und stoppligem Bart lag schwer atmend auf dem rohen, staubigen
Steinboden. „Das ist ja ein Weißer", stellte Nick erstaunt
fest, „sieht aus, wie ein typischer Engländer! Was der
wohl angestellt hat?" Jenny legte ihre Hand auf die Stirn
des Mannes. „Der glüht ja förmlich, hat wahrscheinlich
hohes Fieber." „So wird es uns hier auch bald gehen, es
ist sau kalt und extrem feucht. Wir müssen hier irgendwie raus!" Der Mann versuchte etwas zu sagen. Doch er
war zu schwach und kein Laut kam aus seinem Mund.
Jenny kramte in ihrer Tasche, die sie diagonal über den
Oberkörper geschnallt hatte. Sie klopfte zweimal gegen
das Päckchen und riss es an der Oberseite auf. „Aspirin
direkt!" Sie steckte eine Hand unter den Kopf „…das ist
Medizin, nehmen sie!" und kippte das Pulver in den
Mund des Kranken. Dieser schluckte dankbar und
schloss die Augen. „Schlafen sie jetzt!" befahl Jenny und
legte ihre Tasche als Kopfkissen unter den Nacken des
weißen Mannes.
„Vielleicht hilfst du gerade einem Schwerverbrecher",
feixte Nick. Jenny ignorierte Nicks Stichelei und drehte
sich wortlos von ihm weg.
„Was machen wir jetzt?", fragte Ronny. „Auf alle Fälle
Akku sparen!", gab Jenny an Nick gerichtet zurück, „Du
weißt doch sonst alles, also solltest du auch wissen, dass
wir Strom sparen müssen. Wer weiß, wofür wir die Handys noch brauchen werden."
Zitternd saßen Jenny und Ronny eng zusammengekauert
auf dem eiskalten Boden. Nick saß etwas abseits. Alle
waren wie erstarrt. Keiner sagte ein Wort.
Ronny stierte in die dunkle Leere des Raumes: „Sollte es
nun hier zu Ende sein? Sollte er nie wieder seinen geliebten Hund, >Rian< sehen, den er bei Sandra Berger während der Reise in Obhut gab?" Er stellte sich den lustigen
Cockerspaniel vor und kuschelte sich in Gedanken in sein
langhaariges Fell und tatsächlich, ihm wurde wärmer.

Jenny dachte an ihre Eltern und stellte sich vor, wie diese ganz verzweifelt nach ihr suchten. In Gedanken telefonierte sie mit ihrem Vater und flehte nach Hilfe. „Wir sind eingesperrt, ich will nach Hause, hol´ uns hier raus!" Nick schlotterte am ganzen Leib, ihm war bitter kalt. Er wusste, dass er es hier nicht lange aushalten konnte, ansonsten würde er elendig krepieren, wie der Mann da hinten in der Ecke. Wie kommen wir hier raus? Gebetsmühlenartig sagte er sich die fünf Worte immer wieder vor. „Wie kommen wir hier raus?" Er saß da und versuchte zu überlegen, doch die Kälte war stärker als sein Geist. Welchen Vorteil hat ein Junge aus der Zukunft in der Vergangenheit? Er spürte förmlich wie seine Gedanken einfroren.

Jeder war in seine Ängste versunken und es mussten gute zwei Stunden vergangen sein, bis Nick aufsprang sein Handy anschaltete und rief: „Das hat bei >Zurück in die Zukunft< funktioniert, warum soll es hier bei uns nicht auch funktionieren? „Was meinst du." „Kennt ihr die Szene nicht, wie Michael J. Fox in die Vergangenheit reist und seinem jugendlichen Vater Kopfhörer mit Hardrock Musik aufsetzt. Wir warten ab, bis die Wache kommt und überrumpeln sie mit etwas, das sie nicht kennen kann. Ich habe hier auf dem Handy die ganze AC/DC-Sammlung."

Großes Schweigen, weder Ronny noch Jenny waren von der Idee begeistert.

„Sorry", meldete sich eine schwache Stimme mit starkem englischem Akzent aus dem Hintergrund, „ich weiß zwar nicht von was ihr redet, weiß aber bestimmt, dass keine Wache die nächsten zwei Tage aufkreuzen wird. Kein Wasser, kein Brot, kein Licht, damit zermürbt man die Gefangenen hier und macht sie willenlos."

„Geht es ihnen besser?", fragte Jenny besorgt, beugte sich über den Mann und half ihm sich aufzurichten. „Ich habe mich gefühlt, als läge ich im Sterben, aber euer Wundermittel hat mich scheinbar geheilt." Mit der Hand griff er nach dem Anhänger, der Jenny aus dem Ausschnitt gerutscht war. Seine Augen weiteten sich. „Ihr tragt den

Schlüssel", sagte er ungläubig, jedoch voller Bewunderung. „Sie kennen ihn?" „Jeder kennt ihn. Es ist Saladins Lohn für die Vertreibung der Kreuzritter!"
„Woher habt ihr ihn? Er gilt seit Monaten als verschollen." Jenny dachte einen Moment nach, dann meinte sie: "Aus dem Brunnen in Saladins Palast!?"
„Aus dem ganzen Land waren die besten Taucher angereist, um ihn zu bergen, ohne Erfolg. Alle sind sie ertrunken. Und ihr habt es geschafft? Ich kann es einfach nicht glauben und wie habt ihr ihn gestohlen? Der Palast ist doch hermetisch abgeriegelt!" „Nein, wir haben ihn nicht gestohlen! Aber das ist eine andere, lange Geschichte. Können sie uns sagen was der Schlüssel sperrt?"
„Ihr wisst es nicht? Jedes Kind kennt doch die Geschichte der Weisen der vier Himmelsrichtungen. Sie haben den Schlüssel aller Schlüssel gemacht. Einen Schlüssel, der alle Schlösser sperrt und vor allem das Schloss aller Schlösser!" Die drei sahen den Mann mit großen Augen an. Dann setzte er mit theatralischer Stimme seinen Satz fort. „Er sperrt das Schloss des Schreins der Weisen. Darin wird der größte Schatz der Menschheit aufbewahrt."
Der Mann schien erschöpft und lehnte sich gegen die kalte Mauer der Zelle. Eine Pause entstand, doch keiner traute sich etwas zu sagen.
„Sagten sie nicht, er sperrt alle Schlösser?" „Alle Schlösser, die die Welt je gesehen hat." „Dann sperrt er also auch das Schloss dieses Gefängnisses auf!"

Flucht aus dem Kerker

„Können sie laufen?", fragte Ronny den Fremden. „Ich fühle mich viel besser, ja ich glaube schon." „Können sie uns auch hier rausbringen?" „Ihr seid die Schlüsselträger! Ihr könnt überall hin gehen und ich werde euch führen. Das ist das mindeste was ich für euch tun kann. Ihr habt mein Leben gerettet, ich bin euch zu ewigem Dank verpflichtet."

Der Schlüssel glitt in das Schloss und wie von Geisterhand öffnete sich die Kerkertür. Nick durchfuhr ein Glücksgefühl, das die tief in ihm sitzende Kälte verdrängte. Er aktivierte die Taschenlampenfunktion und beleuchtete mit seinem Handy die schiefen Stufen, die nach oben führten. Der Mann erschrak beim Anblick des Mobiltelefons und war plötzlich wie erstarrt. „Teufelszeug", entfuhr es seinem Mund. „Keine Angst, das ist nur eine neuartige Kerze, die bei uns Zuhause inzwischen an jeder Ecke zu kaufen ist", beruhigte Jenny den verängstigen Mann.

Mit gewissem Unbehagen übernahm er die Führung aus dem dunklen Verlies, traute sich jedoch nicht, auch nur einen Blick auf das lichtspendende etwas zu werfen.

„Ich weiß nicht, ob wir dem Mann trauen können, der ist ganz gierig nach dem Schlüssel. Gib ihn mir, Jenny, ich kann ihn im Ernstfall besser verteidigen als du", flüsterte Nick leise zu Jenny. „Kommt ja gar nicht in Frage", keifte Jenny zurück. „Jetzt hört endlich auf zu streiten, wir haben andere Probleme. Ich nehme den Schlüssel", beendete Ronny die Rangelei.

Als sie sich oben geschickt an den Wachleuten vorbeiduckten, die müde von der Mittagshitze in ihrer engen Wachstube lümmelten, blendete sie die gleißende Sonne und für wenige Augenblicke waren sie wie blind. Der Mann nahm Jenny am Arm und bugsierte die drei geschickt unter der Deckung von Fuhrwerken und fliegenden Händlern in eine kleine Taverne, in dessen Hinterzimmer sie nun vorerst in Sicherheit schienen.

„Das ist das Lokal meines langjährigen Freundes Boma",
erklärte der Mann den erschöpft aussehenden Jugendlichen. Als Boma seinen alten Freund erblickte, konnte er
es kaum glauben, ihn in Freiheit zu sehen. Die beiden
wechselten einige Sätze, dann zeigte der Engländer auf
die Jugendlichen. Der Wirt nickte, öffnete die Tür zu
einem Nebenraum und bugsierte die Flüchtige hinein.
Minuten später stellte Boma, ein pechschwarzer, hoch
gewachsener Mann mit freundlichem Gesicht, einen Korb
mit dampfendem Fladenbrot, einen Krug mit Wein und
vier Becher auf den Tisch. „Esst und trinkt erst mal, ihr
könnt es gut gebrauchen", meinte der Wirt mit dunkler
Stimme auf Swahili. Er blickte in Jennys fragende Augen
und fügte hinzu „und ich bringe euch auch gleich noch
Tee."
Gierig griffen die vier Flüchtlinge nach den Fladen, bra-
chen die leicht bräunliche Kruste und bissen in das warme, lockere, herrlich nach Salbei duftende Brot. Der Wein
belebte ihre Lebensgeister und Jenny merkte, wie der
Alkohol ihr in den Kopf stieg. Der Wirt kam wieder in
den Raum, der mit einer großen Holzbank und einem
klobigen Tisch einfach möbliert aber sauber war. Er stellte einen zweiten Krug auf den Tisch. Dieser war mit einem heißen Aufguss aus Apfelschalen und Tee aus frischen Melissenblättern gefüllt. „Ich hoffe, das Salbeibrot
schmeckt euch, meine Frau hat es gerade frisch geba-
cken." Alle nickten und bevor sich Jenny für den Tee
bedanken konnte, war er auch schon wieder aus dem
Raum verschwunden. Der Tee schmeckte köstlich nach
Honig Apfel und erfrischender Melisse. Der Mann räus-
perte sich und sprach nun mit merklich kräftigerer Stimme: „Mein Name ist Arthur. Es war meine Rettung, dass
ihr zu mir in die Zelle gekommen seid. Danke! Ohne
euch wäre ich jetzt wahrscheinlich tot." Er reichte den
dreien seine Hand und auch Ronny, Nick und Jenny stellten sich vor. Sie erzählten ihm, dass sie von einem König-
reich aus Germanien stammen und entsandt wurden, um
Saladin eine Botschaft zu überbringen. Sie berichteten
von ihrem Überfall, von den Kämpfen, die nur sie drei

überlebt hatten und der Ankunft in Sansibar, die schließlich im Kerker geendet hatte. „Welche Botschaft?", wollte Arthur wissen. Jenny ignorierte die Frage und meinte: „Du bist doch Engländer, wie hat es dich hierher verschlagen und warum wurdest du eingesperrt?" „Ich treibe hier schon seit beinahe 10 Jahren Handel mit den Afrikanern und den Arabern. Sansibar ist quasi das Tor zu Asien und von dort kommen die edelsten Gewürze, die ich dann weiter nach England verschiffe. Vor zwei Tagen sind zwei Wachen bei mir aufgekreuzt und haben gemeint ich müsse mitkommen, um zu übersetzen, da ich einer der Wenigen bin, der Englisch spricht. Sie hatten eine Frau festgenommen, die angeblich eine Hexe sei. Schon im ersten Augenblick als ich sie sah, wurde mir klar, dass sie keine Hexe, sondern vielmehr ein Engel ist. Sie war so ganz anders als alle Frauen, die ich kenne. Sie war wunderschön, hatte weiche Haut und einen liebevollen Mund. Ich konnte mich gut mit ihr verständigen. Obwohl sie eine Asiatin war, sprach sie gutes Englisch. Sie hatte diese Augen, die voll Unschuld sind, eine Stimme, viel süßer als der teuerste Honig."

„Er ist total in Saori Yamada verliebt. Sie hat ihm total den Kopf verdreht", flüsterte Nick in Jennys Ohr. „Eine Windböe hatte ihr das Tuch vom Kopf gerissen und mit den roten Haaren ist sie sofort der Wache aufgefallen. Dabei hatte die Arme einen Unfall mit Zinnober, der ihr Haar gegerbt hatte. Und dann hat sie mir noch erklärt, dass sie als Kind von bösen Menschen in ihrer Heimat entführt wurde, um sie zu versklaven. Das Zeichen dieser Bande war ein Teufelszeichen, das ihr in den Hals gebrannt wurde. Die Wachen hatten es als Hexenmal gewertet und sie verhaftet. Dann trug sie noch so ein kleines Ding um den Hals. Die Wachen hatten es als Werkzeug der schwarzen Magie bezeichnet."

„Das ist der Dongle für die Zeitmaschine", schoss es den dreien durch den Kopf.

„Um was es sich bei dem Ding in Wirklichkeit handle, wollte sie mir erst erklären, wenn sie wieder frei wäre. Sie würde es mir dann unter vier Augen erklären. Ja, ich habe mich für sie eingesetzt und wurde dabei selbst wegen Ketzerei und Verschwörung mit einer Hexe angeklagt und in den Kerker geworfen. Mein Prozess wurde für Ende der Woche angesetzt. Den hätte ich wahrscheinlich gar nicht mehr erlebt. Den Rest der Geschichte kennt Ihr ja"

„Und was ist mit der Frau passiert?"

„Saori", sagte er liebevoll, „so hatte sie sich mir vorgestellt, wurde gleich noch vor Ort verurteilt, kam genauso wie ich ins Gefängnis, sollte jedoch drei Tage später auf dem Scheiterhaufen verbrannt werden." Arthur hatte feuchte Augen und schluchzte, „irgendwie muss ich sie retten und mit ihr fliehen, bevor es morgen Abend zu spät ist."

„Könnte Saladin helfen?" „Welche Frage, natürlich! Saladin ist unantastbar. Er wird von den Moslems verehrt wie ein Held. Er ist Sultan von Syrien und Ägypten und hat hier auf Sansibar eine eigene Festung mit den am besten ausgebildeten Soldaten der Welt. „Erzähle uns von dieser Festung", drängelte Ronny. „Saladin errichtete seine Palastanlage sechs Fußstunden südöstlich der Stadtgrenze, die ihm zukünftig als Ruhesitz dienen soll. Der Palast mit vielen Nebengebäuden und Türmen, Gärten und Höfen ist eine autarke Stadt, umgeben von einer eigenen Stadtmauer. Die Sansibari nennen sie >die verbotene Stadt<, denn es ist streng verboten, ohne Saladins Genehmigung, die Stadt zu betreten. Jeder Soldat, jeder Bewohner dieser Festung ist Saladin persönlich bekannt und genießt sein Vertrauen. 2000 Menschen leben in der verbotenen Stadt. Keiner, dem sein Leben lieb ist, gelangt ohne die Zustimmung Saladins in die Festung. Nur seine Leibwache, seine Familie, seine engsten Ratgeber, ergebene Diener und Freunde leben dort."

„Arthur!", unterbrach Nick, „du hast erzählt, dass Saladin die besten Taucher kommen ließ, um den Schlüssel zu bergen. Was wäre denn der Lohn gewesen, wenn es einer geschafft hätte?"

„Sagt mir endlich, wer ihr wirklich seid!" Arthurs Stimme war bestimmend und duldete keinen Widerspruch,

"Dann erzähle ich euch mehr von Saladin! Ihr tragt diese eigenartigen Stoffe. So kleidet sich keiner bei Hofe. Ihr habt ein ebenso seltsames Gerät wie Saori, ihr riecht wie sie, benehmt euch wie sie, und ihr habt diesen Schlüssel!" Die drei fühlten sich wie ertappt. Sie sahen sich in die Augen und eine lange Pause entstand.

„Du hast recht Arthur", beendete Ronny das peinliche Schweigen, „wir sind Freunde von Saori und gekommen, um sie zu retten. Mehr dürfen wir dir leider nicht sagen, du musst uns einfach vertrauen. Glaub´ uns, wir wollen niemanden etwas Böses antun, sondern nur einer Freundin zur Hilfe kommen. Ich habe da auch eine Idee, wie es gelingen könnte.

Saladin ist doch überzeugt, dass der Schlüssel auf dem Grund seines Brunnens liegt. Wenn wir als Taucher diesen finden, würde er uns doch sicher jeden Wunsch erfüllen, richtig?" Arthur nickte. „Du sprichst ihre Sprache", setzte Ronny fort, „und könntest uns am Palasttor als die berühmten Taucher aus dem Abendland ankündigen."

Während sie Pläne darüber schmiedeten, wie sie vorgehen sollten, kam der Wirt erneut in den Raum, stellte eine große Schale mit einer Suppe, einen Korb mit Fladenbrot und ein kleines Töpfchen mit Feigen Mus auf den Tisch. Er deutete auf eine Tür und meinte zu Arthur gewand „Ihr könnt heute Nacht hierbleiben, dort hinten sind vier Schlafplätze, esst, damit ihr alle wieder zu Kräften kommt."

Das Brot, auf das sie die milde, fruchtige aber auch irgendwie würzige Paste strichen und dann in die kräftige Kichererbsensuppe tauchten, wirkte wie ein Energieriegel. Der Wein machte sie müde und ließ sie vergessen, was passiert war, was noch auf sie zukommen könnte und bescherte ihnen einen erholsamen Schlaf.

Das Osttor

Früh morgens wurden sie vom lauten Gegacker der Hühner geweckt. Als Ronny seine Augen aufschlug stand die Tür zum Raum, in dem sie gestern zu Abend gegessen hatten, offen. Er sah wie Arthur mit dem Wirt redete und dabei Tee, Saft und Brot auf den Tisch geräumt wurde. „Es gibt Frühstück", rief Arthur in den Nebenraum.

Nie hatten Nick, Ronny und Jenny so einen frischen und süßen Mangosaft getrunken. „Ist schon ganz was anderes als der Saft aus dem Tetrapack", flüsterte Jenny den Jungs zu. „Meinst du, du könntest deinen Freund Boma bitten, mir einen Krug mit Wasser zu bringen?", bat Jenny Arthur. „Eine Waschgelegenheit ist hinter dem Haus, wo auch die Latrine ist", antwortete Arthur. „Nein, ich meinte nicht zum Waschen, sondern zum Trinken." Arthur schüttelte den Kopf, „Wenn du nicht krank werden willst, trinke nie ungekochtes Wasser in dieser Stadt. Die Leute hier trinken meist nur Wein oder Tee."

Nach dem Frühstück hätte sich Jenny eine Zahnbürste gewünscht, die war jedoch noch nicht erfunden. Die Morgentoilette fiel eher kurz aus, Grund dafür war der stechende Geruch in der Latrine.

In der Zwischenzeit hatte die Wirtin für die drei Jugendlichen neue Kleider bereitgelegt. "In eueren Kleidern könnt ihr unmöglich durch die Stadt laufen. Imara war so nett und hat euch etwas Vernünftiges zum Anziehen besorgt.", erklärte Arthur die Situation. Jenny, Ronny und Nick schlüpften in ihre neuen Sachen und machten sich zum Aufbruch bereit. Sie bedankten sich herzlich für die Bewirtung. Imara umarmte jeden Einzelnen und murmelte einige Worte auf Swahili.

Dann wagten sich die drei in das geschäftige Treiben der Stadt und versuchten möglichst unauffällig im Strom der Menschen unterzutauchen, immer auf der Hut, Soldaten auszuweichen. „Wurde die Flucht aus dem Gefängnis überhaupt schon bemerkt?", fuhr es Ronny durch den Kopf. „Arthur, du sagtest doch, dass die Gefangenen oft

Tage allein gelassen werden. Dann suchen sie uns vielleicht noch gar nicht." „Vielleicht", war die knappe Antwort des Engländers, der die Stadt wie seine Westentasche kannte und sie in einem Labyrinth von Wegen aus der Stadt nach Osten führte. Die hohe Luftfeuchtigkeit ließ im Nu die Kleidung am Körper kleben. Genau in dem Moment, als sie das Osttor erreichten, um aus der befestigten Stadt zu entkommen, ertönte in der Ferne das Signal eines Hornes. Wie ein Lauffeuer wurde es von Posten zum nächsten Posten um die gesamte Stadtmauer herum weitergegeben. Es war das Signal, alle Tore zu schließen. „Sie haben unsere Flucht entdeckt!", fluchte Arthur. „Was sollten wir nun tun? Noch schnell durch das Tor hindurch laufen?", fragte Jenny. „Damit lenken wir alle Aufmerksamkeit auf uns, wir müssen erst einmal untertauchen!", entschied Arthur.

Der Scheiterhaufen

Saori hatte allen Mut verloren. Seit Tagen hatte sie nichts zu essen bekommen. Das Schwitzwasser, das von den modrigen Wänden lief, war ihre einzige Lebensquelle. Ihre Gesundheit war stark angegriffen. Der letzte, winzige Strohhalm, an den sie sich noch klammerte, war der Engländer. Er war der erste Mann, der sein Leben für sie aufs Spiel setzen würde und vielleicht sogar hat. Sie wusste nicht, was mit ihm passierte. Sie hatte nur mitbekommen, dass sie ihn recht grob behandelten, nachdem er ihr helfen wollte und ihn schließlich auch der Ketzerei beschuldigt hatten. Sie tastete nach dem Transponder, der an ihrem Hals hing und so ähnlich wie ein USB-Stick aussah. Noch einmal wollte sie es probieren. Dieses Mal jedoch von einer anderen Position in ihrer Zelle. Sie aktivierte per Fingerabdruck den Transponder und drückte gleichzeitig auf die kleine Taste an der Unterseite des flachen Sticks. Ein rotes Licht blinkte auf. Nichts geschah. „Nein, ich bin einfach viel zu weit weg und dann diese dicken Mauern. Ich kann von hier aus die Zeitmaschine nicht aktivieren. Wäre ich nahe genug am Schiff, würde das Wurmloch einen Nebenarm wie einen Rüssel aufbauen. Er würde mich finden und wie ein Staubsauger einsaugen. So könnten ich und das Schiff im Nu wieder nach Hause kommen. Ich habe alles so gut programmiert und jetzt diese Scheiße", fluchte sie weinerlich. „Hoffentlich hat der Transponder Kontakt, wenn ich hier rauskomme, ich muss Batterie sparen."
Arthur wusste von einer leerstehenden Unterkunft direkt am Marktplatz. „Dort können wir erst einmal untertauchen und dann sehen wir weiter!"
Auf dem Platz waren Männer damit beschäftigt, eine kleine, hohe, hölzerne Bühne mit einem Mast aufzubauen. Die Freunde beobachteten das rege Treiben aus ihrem Versteck, das im zweiten Obergeschoß eines Wohnhauses lag. „Es ist Zeit für einen Plan B!" Nick erzählte von seiner Idee und jeder war bereit, dafür die erforderlichen Aufgaben zu übernehmen. Arthur, der sich mit einem

Turban tarnte, besorgte mit Hilfe seiner zahlreichen Freunde, die er in der Stadt hatte, die Utensilien, die Nick für seinen Plan brauchte. Als Arthur mit einem Korb voller Tücher und vier Keramikflaschen mit Branntwein wieder zu Ronny, Jenny und Nick zurückkam, erreichten zwei Fuhrwerke, vollbeladen mit Holz den Marktplatz. Frauen befestigten mit Schnüren dürre Äste um die Bühne herum, während die Männer die großen Holzscheite abluden. „Sie bauen den Scheiterhaufen auf, der Zunder ist schon in Stellung gebracht. Jetzt wird es vielleicht noch eine Stunde dauern, dann wollen sie Saori brennen lassen", sagte Arthur mit wütender Stimme, während er seine Flasche gemäß Nicks Anordnung vorbereitete.
Soldaten marschierten auf und postierten sich ausgerechnet vor dem Haus, in dem ihr Versteck lag. „Sie werden unser Haus durchsuchen, nichts wie weg hier!", rief Ronny. Jeder ergriff seine präparierte Flasche, um dann so unauffällig wie möglich zum verabredeten Treffpunkt zu laufen.
Mit einem quietschenden Geräusch öffnete sich die Kerkertür. Der Hauptmann und zwei Soldaten kamen in die Zelle. Sie packten ohne Worte die geschwächte Japanerin und zerrten diese die vielen Stufen nach oben. Saori hatte den Anhänger bereits in der Hand. „Im Freien habe ich bestimmt besseren Empfang", dachte sie, „es ist meine einzige Chance!" Sie musste dazu nur den passenden Augenblick abwarten. Bevor sie hinüber zum Marktplatz gingen, sah sie der Hauptmann ein letztes Mal an „Wo ist ihr Anhänger!", brüllte er auf Arabisch. Er entdeckte die verkrampfte Hand und bevor Saori drücken konnte, traf sie ein harter Schlag auf den Handrücken, der den Transponder zu Boden fallen ließ. Der Hauptmann bückte sich und nahm heimlich das fremdartige Ding an sich. Eine große Menschenmasse war bereits um den Scheiterhaufen versammelt, um der Hinrichtung beizuwohnen. Als der Mopp die rothaarige Frau, die von den beiden Soldaten herangeführt wurde, sah, brüllte die aufgebrachte Menge: „Lasst sie brennen, die böse Zauberin soll brennen!"

Flucht aus der Stadt

Plötzlich ging alles ganz schnell. Die Lappen wurden in Brandwein getränkt und tief in die halbvollen Schnapsflaschen gesteckt. Ronny entzündete mit seinem Feuerzeug die vier Brandsätze, die wie Molotov Cocktails funktionieren sollten. Aus dem Schatten einer Häuserecke liefen sie gleichzeitig los. Ronny warf als erster. Die Flasche zerschellte am Masten der Bühne. Die auslaufende Flüssigkeit entzündete sich und die dürren Hölzer brannten wie Zunder. Im Nu stand der gesamte Scheiterhaufen in Flammen. Nick und Jennys Flaschen zerschellten hinter der Menschenmenge an zwei großen Fuhrwerken, die Heu geladen hatten. Ein Raunen ging durch die Menge, als diese sich plötzlich vom Feuer eingekreist sah und als einziger Fluchtweg nur das Osttor übrigblieb. Chaos brach aus, Menschen schrien. Arthur nutzte die Gelegenheit, um möglichst nahe an die Soldaten heranzukommen, die Saori festhielten, aber nicht wussten, wie sie in der außer Kontrolle geratenen Situation reagieren sollten. Die vierte Flasche traf einen der Soldaten am Rücken. Ehe dieser wusste, wie ihm geschah, stand er in Flammen. Sein Kamerad und der Hauptmann warfen ihn zu Boden, um die Flammen mit ihren Körpern zu ersticken. Als Saori die Knie wegsackten, weil ihr Kreislauf zusammenbrach, bemerkte sie nur noch schemenhaft, dass sie aufgefangen wurde. Arthur legte sie über seine breiten Schultern und behielt dabei die verzweifelt gegen das Feuer kämpfenden Soldaten in den Augen. Dabei kreuzte sich sein Blick mit dem des Hauptmanns. So schnell seine Beine ihn tragen konnten, rannte er durch das Durcheinander von wild umherlaufenden Menschen zum vereinbarten Versteck. Jenny band der bewusstlosen Japanerin ein Tuch um den Kopf, das die roten Haare verdeckte und drapierte weitere Tücher um ihren malträtierten Körper. „Ich kann keinen Transponder finden", flüsterte sie zu Nick, nachdem sie Saori sorgfältig abgetastet hatte. „Das gibt's doch nicht!" Der Rettungsplan ging auf. Wegen des gigantischen Ansturms von Menschen, die vor den Flammen flohen, wurde umgehend das Osttor geöffnet. Menschen, Reiter, Vieh und Fuhrwerke versuchten so schnell als möglich dem unerträglich stechenden Rauch zu entfliehen. Niemand bemerkte dabei, den von zwei Pferden gezogenen Wagen mit einer Ladung Heu, der das Stadttor verließ.

Eine Erklärung, wie ein so großes Feuer aus heiterem Himmel ohne Blitzeinschlag entstehen konnte, hatten die Bewohner von Sansibar nicht. War es die Rache Satans oder ein Zeichen des Himmels? Bis das Feuer von den Soldaten gelöscht worden konnte und das Chaos sich legte, war das Pferdegespann schon weit von der Stadt entfernt. Während Arthur, der sein Gesicht unter einem großen Strohhut verbarg, den Wagen steuerte, befreiten die drei sich und Saori von dem tarnenden Heu. Jenny versuchte der halb verdursteten Saori, Flüssigkeit aus einem Trinksack einzuflössen.

„Kennst du eigentlich diesen Hauptmann, der uns verhaftet hat und Saori zum Exekutierplatz brachte?", fragte Ronny. „Ja, den kennt hier jeder. Er nimmt sich für besonders wichtig, weil er persönlich von Saladin eingesetzt wurde. Er ist für die verbotene Stadt eine Art Vorposten, der Saladin jederzeit über die Vorkommnisse in Sansibar informiert. Jeden Tag muss er im Palast Bericht erstatten", antwortete der Engländer voller Abscheu.

Arthur steuerte die Kutsche zu Freunden, weit außerhalb der Stadt, direkt am Meer. „Bis Saori wieder auf den Beinen ist, verstecken wir uns hier."

Es dauerte eine ganze Weile bis Arthur seinen überraschten Freunden die Lage erklären konnte und diese dann großherzig die Flüchtlinge in ihre bescheidene Behausung aufnahmen.

Abay und Njeri waren ein junges, afrikanisches Paar, das mit den beiden vier und fünf Jahre alten Söhnen Haki und Isimo in einem kleinen Häuschen, das lediglich aus zwei Schlafräumen bestand, lebten. Gekocht und gegessen wurde im Freien unter einem mit Schilf bedeckten Dach. Njeri quartierte die beiden murrenden Kinder in das Elternschlafzimmer um und füllte drei weitere Säcke mit Stroh, um den fünf Gästen eine Schlafmöglichkeit zu bieten.

Arthur kümmerte sich um die immer noch bewusstlose Saori, legte ihr kühlende Umschläge auf den Kopf und versorgte ihre Wunden an den Armen und Beinen. Die schweren Eisenschellen, mit denen Saori während des Verhörs gefesselt gewesen war, hinterließen tiefe Wunden.

Abay war Fischer und ernährte seine Familie damit, dass er dreimal die Woche mit seinem frischen Fang zum Markt nach Sansibar fuhr, um dort seine Ware zu verkaufen. Dementsprechend stand auch für die Familie immer genügend Fisch zur Verfügung.

„Njeri bereitet Fish-Curry in Kokosnuss-Soße zu", schwärmte Arthur als er seiner alten Bekannten beim Kochen über die Schulter schaute. Der Fisch in der leckeren Soße mit Reis schmeckte wunderbar und verhalf den Freunden wieder zu Kräften.

Jenny war an Armen und Beinen extrem zerstochen. Die Mücken waren bei der Dämmerung unerträglich und die kleinen Biester hinterließen ein so juckendes Gefühl, dass Jenny sich unweigerlich Kratzen musste. „Ich werde wahnsinnig ohne Mückenschutz und ohne kühlendes Gel." Jennys Stiche hatten sich inzwischen schon entzündet. Njeri bedeutete Jenny mit Kratzen aufzuhören und reichte ihr in Essig getränkte Tücher, die dem Mädchen Linderung verschafften. Gegen neue Mückenstiche stellte sie aus ätherischen Ölen und Zitronensaft eine Mixtur zum Auftragen auf die Haut her.

Als Saori nach 12 Stunden das erste Mal ihre Augen öffnete, sah sie in Arthurs Gesicht und ein Lächeln kam ihr über die Lippen. „Ich habe so gehofft, dass ich dich noch einmal sehen würde."

Als sie Nick und seine zwei Freunde erkannte, war sie sichtlich verwirrt. „Wie können die drei hierher in die Vergangenheit gereist sein?" Ihre Gedanken drehten sich.

„Ich habe es geahnt. Ernest wollte mir das Projekt ausreden, um selbst der Einzige zu sein, der Zeitreisen zu seinem eigenen Vorteil ausnutzen konnte. Und mir wollte er noch klar machen, dass Zeitreisen eine Gefahr für die gesamte Weltbevölkerung darstellen würden, so ein Heuchler. Jetzt wird mir manches klar. Die drei sind hinter dem Stein der Weisen her. Nur über meine Leiche!", dachte Saori.

„Wie kommt ihr hierher?", fragte die Japanerin. „Wir sind gekommen, um dich zu retten!", log Nick. Erst als Arthur für einen Moment den Raum verlassen hatte, konnten sie offen miteinander sprechen.

„Du hast uns den Schlüssel gestohlen" bluffte Nick Saori an. „Und meinen Laptop", ergänzte Jenny sauer. „Und du hast uns die ganze Zeit nachspioniert. Doch wir sind dir auf die Schliche gekommen", ergänzte Nick mit Nachdruck. „Wo ist der Dongle?" Ronny war stinksauer. Keinen Augenblick länger wollte er in dieser bescheuerten Zeit bleiben. Kein weiches Bett, überall dieser Gestank, die vielen Fliegen, keine Cola, nur immer dieser lauwarme Tee, keine vernünftige Toilette. Er hatte einfach keine Lust mehr. „Welcher Dongle?", entgegnete Saori unschuldig. „Du weißt genau, was ich meine. Die Wachen haben sich bei dessen Anblick beinahe in die Hosen gemacht", fauchte Ronny sie an. Er war aufgesprungen und baute sich drohend vor Saori auf. „Ach so, du meinst den Zündschlüssel! Mist, den habe ich in der Tat irgendwo im Gefängnis verloren! Ich war halb bewusstlos! Keine Ahnung wo der nun ist. Aber was wollt ihr mit ihm, ihr habt doch ein eigenes Schiff!" „Sie denkt, Daddy hätte auch ein Schiff gebaut und wir wären ihr hinterher gereist", dachte Nick. „Stimmt und mein Vater kann uns jeder Zeit von hier wegbringen", log Nick.

„Ihr habt mich doch nicht aus dieser schrecklichen Situation befreit, um mich nun hier zu lassen?"

„Wo ist der Schlüssel? Der Schlüssel, den du uns gestohlen hast", fragte Nick mit Nachdruck. „Nicht ich, ihr drei habt den Schlüssel gestohlen. Ihr habt ihn unerlaubt aus der Grabungsstätte entnommen und wolltet was weiß ich was damit anfangen. Ich bin hier, um ihn wieder an Ort und Stelle zu bringen." „Wer´s glaubt wird selig", dachte Ronny. „Und damit ihr es wisst, der Schlüssel ist auf meinem Boot und dort ist er auch sicher:" „Damit hat sie jedenfalls nicht mal gelogen", dachte Jenny.

Arthur brachte einen Krug mit heißem Tee herein. „Ist bei Euch alles in Ordnung? Ich habe Euch ziemlich laut reden gehört." Saoris böse Miene verschwand blitzartig, als er ihr den Tee reichte. „Nein, alles in Ordnung, wirklich!", rettete Jenny die etwas angespannte Situation. „Was bitte ist ein Dongle", fragte Arthur, der diesen eigenartigen Begriff noch nie gehört hatte.

Bevor Saori antworten konnte, erklärte Jenny: „Ein Dongle ist eine Art Schmuckstück aus dem fernen Osten, den man um den Hals trägt. Du erinnerst dich, du hast von dieser eigenwilligen Kette erzählt, die Saori bei ihrer Verhaftung trug. Er wird von Generation zu Generation weitergegeben und ist für die Familie ein wichtiger Glücksbringer. Saori hat ihn im Gefängnis verloren."

„Wann können wir zur verbotenen Stadt aufbrechen?" Es war mehr eine Aufforderung als eine Frage. Arthur hob eine Augenbraue, „was wollt ihr bei Saladin, wir haben auch ohne ihn Saori befreien können?" „Wir müssen ihm noch seinen Schlüssel zurückgeben!" Saori richtete sich ein Stück auf, sah den Schlüssel in Ronnys Hand und wollte noch etwas sagen, doch Ronny war schneller und meinte „als Gegenleistung wollen wir Saoris Dongle, der irgendwo im Gefängnis liegt, um die Familienehre der Yamadas zu retten."

„Wenn der Dongle für dich so wichtig ist", sagte Arthur ritterlich an Saori gewandt, „dann brechen wir sofort auf. Ach ja, und ihr wolltet mir noch erzählen, woher ihr den Schlüssel überhaupt habt." „Das erklärt dir dann Saori, wenn wir wieder zurück sind", antwortete Nick flapsig. „Lasst mich nicht allein, ich muss unbedingt auch mit." „Du bist noch zu schwach, schlaf jetzt! Bis du wieder aufwachst, sind wir längst zurück." Saori wollte aufstehen, doch ihr Kreislauf streikte und sie sank erschöpft in ihren Heusack zurück. „Versprochen", Arthur blickte noch einmal in ihre wunderschönen Augen, dann verließ er den stickigen Raum und folgte den dreien. Eine halbe Stunde später waren sie zum Aufbruch bereit.

Die verbotene Stadt

Die zwei frisch getränkten Pferde zogen den Karren mit den vier Passagieren mühelos dahin und schon bald war das Haus ihrer Gastgeber nicht mehr zu sehen.

Auf der Ladefläche befanden sich nun anstatt des Heus ein großer, geflochtener Korb, den Abay für den Fischfang nutzte und ein langes Seil seines Bootes.

Nick kämpfte mit einem schweren Sonnenbrand. Sein Gesicht und die Arme waren krebsrot. Er versuchte sich nun ebenfalls wie Arthur mit einem großen Strohhut vor der starken Sonne zu schützen. „Warum haben wir nur keine Sonnenmilch mitgenommen?", fluchte Nick in sich hinein. Ronny hatte gut lachen, denn er war inzwischen tiefbraun und von einem Einheimischen kaum noch zu unterscheiden. Jenny hatte sich geschickt in Tücher eingewickelt und war somit vor der Sonne weitgehend geschützt.

Nach einer zweistündigen Fahrt erreichten sie den Naturdamm, der zur Halbinsel Uzi führte. Schon von weitem erkannten sie die prächtige Festung mit dem gewaltigen, verschlossenen Tor, vor dem sechs Soldaten, mit langen Lanzen bewaffnet, patrouillierten.

Ronnys Herzschlag verdoppelte seine Frequenz und trotz der Hitze verspürte er ein leichtes Frösteln. In Gedanken ließ er sich mit dem Korb in den Brunnen abseilen. Dann musste er aus dem Korb in das eiskalte Wasser springen. Warum waren alle ertrunken? Irgendetwas musste da unten sein. Er hatte wieder die Gebeine der Ertrunkenen vor seinen Augen und es schüttelte ihn. Bei dem Gedanken nun bald selbst in den Brunnen zu steigen, um nach dem Schlüssel zu tauchen, den er bereits in seiner Brusttasche bereithielt, überkam ihn große Angst.

Als sie das Tor erreichten, kündigte Arthur mit kräftiger Stimme auf Arabisch die berühmten Taucher aus dem Abendland an.

Tatsächlich wurde nach einer gewissen Zeit das Tor einen Spalt weit geöffnet und ein kleiner Mann stellte sich den vieren als Stadthalter vor. Während sie vom Bock stiegen

und durch den Spalt im Tor in eine kleine Wachstube geleitet wurden, begann zwischen dem Mann und Arthur eine rege Unterhaltung. Währenddessen wurde von den Soldaten der Wagen vor dem Tor durchsucht.
Für Jenny war alles wie ein Déjà-vu. In wenigen Minuten würden sie wieder verhaftet werden. Sie würden in ein Verlies gesperrt und dann mit Hilfe des Schlüssels fliehen, doch wohin? Nein, dazu hatte sie keine Lust mehr.
Die Soldaten tauschten aufgeregt Anweisungen aus, die sie nicht verstehen konnte. Ein Offizier kam hinzu. Sie mussten ihm in einen größeren Raum folgen. Arthur erzählte noch einmal die ganze Geschichte von den besten Tauchern der Welt.
Plötzlich hörten sie, wie sich mit einem lauten Knarzen das Tor der Stadtmauer öffnete. Ein Soldat führte Pferde und Fuhrwerk hinein.
Der hochrangige Offizier sagte etwas, Arthur nickte und ging aus der Stube auf das Gespann zu. Der Stadthalter setzte sich neben ihn auf den Bock. Die drei standen wie angewurzelt da und starrten Arthur an. „Wollt ihr nicht mitfahren, los hinten auf die Pritsche." Jenny, die sich schon in Handfesseln sah, hatte heiße Schweißausbrüche. Sie brauchte einen ganzen Moment bis sie begriff, dass es tatsächlich weiter ging. Die Jungs griffen an ihre Arme, um sie auf die Ladefläche zu ziehen.
Das Pferdegespann mit der eigenartigen Fracht fuhr los und erreichte nach einigen Minuten eine zweite Stadtmauer. Diese war nicht weniger bewacht, als die erste. Der Stadthalter stand auf, brüllte einige Befehle, Soldaten salutierten und das schwere mit Eisen behauene Tor krächzte und schwang langsam zur Seite. Der Anblick, der sich ihnen bot, war atemberaubend. Ein weißer Palast mit vier Minaretten und vergoldeten Kuppeln, aus 1001 Nacht stand vor ihnen.
Am liebsten wären sie noch für Minuten hier gestanden, um sich satt zu sehen. Doch der Stadthalter gab das Zeichen weiterzufahren. Gerade als die Kutsche sich wieder in Bewegung setzte, kam ihnen ein Reiter entgegen. „Der Hauptmann", wie ein Stromschlag durchfuhr es die vier.

Der Stadthalter grüßte den Reiter, der blickte auf, sah die Menschen auf dem Fuhrwerk und erkannte die Ausbrecher. Sofort wendete er sein Pferd und zog sein Schwert. Er rief einige Befehle und ehe sie es sich versahen, waren sie von Soldaten umringt und zum stehen gebracht. Den vieren rutschte das Herz in die Hose. Ronny sah sich nach allen Seiten um. Sie waren umzingelt, eine Flucht war unmöglich.

Der Stadthalter protestierte lautstark, doch der Hauptmann brüllte zurück.

Der Stadthalter, der das höchste Amt in der Verwaltung bekleidete, sah sich in seiner Autorität untergraben. Er hörte nicht auf die Anschuldigungen des ungeliebten Hauptmannes und begann mit ihm ein Streitgespräch von großer Lautstärke.

Saladin saß unter einem schattigen Pavillon in einem Garten seines Palastes. Er war dabei Bittgesuche zu bearbeiten, als er sich von der Lautstärke des Streites gestört fühlte.

Er gab seinem Diener ein Zeichen. Augenblicke später stand sein schwarzer Araberhengst neben ihm. Elegant schwang er sich in den Sattel und ritt im langsamen Schritt auf die Streithähne zu. Mit seinem weißen Turban, der sein Haupt schmückte, den dunklen, würdevollen Augen, seinem langen, schwarzen Kinnbart und den edlen weißen Gewändern sah er eindrucksvoll und erhaben aus. Jenny, die ihn als Erste erblickte, konnte die Augen nicht mehr von ihm lösen und auch er sah Jenny mitten ins Gesicht. Als die Soldaten ihn sahen, ließen sie die Schwerter sinken und blickten demütig zu Boden. Die Aura, die er ausstrahlte, erfasste nun auch die zwei wütenden Männer, die scheinbar alles um sich herum vergessen hatten. Der Hauptmann senkte den Kopf, der Stadthalter machte eine Verneigung. Plötzlich war absolute Stille. Den Streit der Männer hatte Saladin scheinbar schon vergessen. Doch diese vier Menschen aus dem Reich, aus dem seine Feinde, die Kreuzritter, kamen, interessierten ihn. Eine Handbewegung reichte. Kein einziges Wort wurde gewechselt und die vier Fremden folgten ihm.

Minuten später fanden sich die vier in einem großen Raum wieder, der wohl wegen seiner dicken Wände angenehm kühl war. Diener trugen große Fächer aus Palmwedeln und fächerten den Gästen wohltuende Luft zu. Man wies sie an, ihre Schuhe auszuziehen, dann wurden sie zu Kissen aus Samt geführt, die auf dem Marmorboden lagen. Dienerinnen reichten auf silbernen Tabletts mundgerecht zugeschnittene Früchte, während ihnen von Dienern Tee angeboten wurde. Es war ein Ort der Ruhe. Die Anspannung vor dem, was nun als nächstes passieren würde, lies langsam nach. Saladin setzte sich zu ihnen, betrachtete die Fremden und las scheinbar in ihren Augen. Noch immer wurde kein Wort gewechselt. Während Arthur allmählich nervös wurde und am liebsten seine Geschichte über die Taucher des Abendlandes losgeworden wäre, genossen die drei die Anwesenheit Saladins. Irgendetwas war in der Luft. Vielleicht eine Schwingung, ein gemeinsamer Ton, der Saladin mit Jenny, Nick und Ronny verband. Sie tranken Tee in großen Mengen. Kosteten Litschis, Mangosterne, Durian- und Passionsfrüchte, die so süß waren, dass sie beinahe auf der Zunge zergingen. Es verging eine Stunde oder vielleicht noch mehr. Hätte Jennys Blase vom vielen Tee nicht gedrückt, sie hätte sich diesen Zustand der Harmonie noch ewig ersehnt.

Plötzlich ertönte vom Eingang der Halle ein störendes Geräusch. Mit hartem Schritt und klappernder Schwertscheide schritt der Hauptmann an Saladin heran und machte eine tiefe Verbeugung. Nick sah es als erster. Der Hauptmann trug den Dongle um den Hals, der ihm bei der tiefen Verbeugung ein wenig aus dem Halsausschnitt rutschte.

Wie ein Wasserfall sprudelten die Worte aus dem Mund des Hauptmanns, als er versuchte, in kürzester Zeit über die Zauberin und ihre Verschwörer, die aus dem Gefängnis ausgebrochen waren, zu berichten. Als Beweis dafür überreichte er Saladin den Dongle. Er machte erneut eine Verbeugung, ging einige Schritte rückwärts, drehte sich um und verschwand genauso schnell, wie er gekommen war.

Wieder großes Schweigen. Saladin hielt den Dongle, ohne ihn auch nur kurz anzusehen, in seiner Hand und schien wieder in dem Geist der Jugendlichen zu lesen. Auch diese hatten das Gefühl Gedankenfetzen Saladins zu erkennen.

Gerade als Arthur erklären wollte, dass der Dongle ein Familienschmuckstück einer alten asiatischen Familie sei, trafen ihn Saladins Augen und er wusste zu schweigen.

Zu aller Überraschung übergab Saladin nun den Dongle an Ronny. Der wiederum griff instinktiv unter sein Hemd und gab Saladin den Schlüssel. Wie selbstverständlich nahm dieser ihn entgegen, nickte allen zu, stand auf und verlies den Raum.

„Ich kann es nicht begreifen. Er wusste, dass ich den Schlüssel habe", unterbrach Ronny nun das Schweigen. „Und er weiß, wer wir sind", ergänzte Jenny Ronnys Gedanken.

„Er hat mir mitten in mein Herz gesehen", Nick war immer noch wie in Trance, „ich glaube auch, dass er weiß, für was der Dongle ist." Nick schüttelte den Kopf und konnte nicht glauben, was er gerade selbst gesagt hatte.

Arthur, der nun gar nichts mehr verstand, schlug schließlich vor: „Wir haben nun das Schmuckstück, ich meine den Dongle oder was es auch immer sein möge, alle sind glücklich, also lasst uns endlich gehen, Saori wartet!" „Es ist noch nicht vorüber, noch nicht ganz", entgegnete Jenny.

Es war bereits stockdunkel geworden und eine Fahrt in der Nacht wäre zu gefährlich gewesen, dass wusste auch Arthur. So willigte er ein, die Nacht im Palast zu verbringen. Die Diener hatten schon alles vorbereitet. Jeder der vier wurde in ein eigenes Zimmer geführt, das luxuriös ausgestattet war. In einer Art Vorraum stand am Rande einer kreisrunden Holzwanne ein kleiner Brunnen. Wenn man den Auslauf mit Kork verschloss, konnte man darin ein Bad nehmen. In einem kleinen separaten Raum war die Toilette untergebracht, eine Art Plumpsklo, in dem allerdings in zwei Meter Tiefe eine offene, wasserdurch-flutete Rinne durchgeführt war. In der Mitte des Haupt-raumes stand ein großes Bett mit vielen weichen Kissen. Von allen Seiten war es mit leichten, durchsichtigen Tü-chern umhüllt, die keine Mücke durchdringen konnte.

Die drei Zeitreisenden fühlten sich wie in einem Luxus-hotel vergangener Zeit. Jeder Wunsch wurde ihnen von den Augen abgelesen und so fanden Saladins Gäste nach ausgiebigem Bad einen tiefen Schlaf.

Das Geheimnis des Schlüssels

Von vier Seiten gingen sie aufeinander zu. Nick hatte den Schlüssel, Ronny die Holzschatulle, Jenny den Krug und ja, es war Saori, sie hatte das weiße Pulver.
Sie füllte das Pulver in den Krug. Ronny stellte den Krug in die Schatulle und Nick sperrte zu. Doch dann war da noch eine fünfte Person, der sie nun Schlüssel und Schatulle überreichten. Beinahe gleichzeitig schlugen Ronny, Nick und Jenny die Augen auf und ein Name war in ihrem Sinn: "Saladin."
Als sich die drei mitten in der Nacht vor ihren Zimmern auf dem Marmorflur trafen, wussten sie, dass sie wieder den gleichen Traum gehabt hatten. Wie von einem Magneten gezogen, liefen sie durch den Palast und fanden schließlich die hell erleuchteten Gemächer von Saladin.
„Ich habe euch erwartet." Saladin saß mit einem großen Buch in der Hand auf einem Meer von wundervoll verzierten Sitzkissen. Der Einband des Buches war mit vier metallen schimmernden Ecken verziert. „Setzt euch bitte!"
„Ich möchte gar nicht wissen, wer ihr wirklich seid und von wo ihr kommt. Ich wusste aber, dass ihr eines Tages da sein werdet. Allerdings habe ich euch zu viert erwartet."
Er deutete auf Nick. „Ihr seid ein Nachkomme von Helge Nordström. Er war ein Schmied aus Skandinavien. Er hat diesen Schlüssel geschmiedet und das Schloss dazu gebaut. Nixau, der Buschmann war ein Vorfahre von euch."
Er sah Ronny an, „man kann es immer noch an euerer Hautfarbe erkennen. Er war der Erbauer des Schreins.
Brunichild, sie war eine Frau aus dem Reich der Franken", er nickte Jenny zu, „sie brannte den Becher des ewigen Lebens, den VIVAMUS-Krug! Haruka Guang, sie war den langen Weg von Asien bis in das Arabische Reich gereist." „Sie war wohl die Vorfahrin von Saori", schoss es den dreien durch den Kopf. „Sie hat schließlich den Stein der Weisen hergestellt. Warum ist sie nicht gekommen?"

„Sie wurde von eurem Hauptmann als Hexe verurteilt. Wir konnten sie nur mit Not retten. Saori ist noch sehr schwach und bei Freunden untergebracht, um sich zu erholen".

„Dieser Narr, er ist übereifrig und hat diesen Wahn, alles könnte von Satan besudelt sein!"

Eine Pause entstand, dann setzte er seine Worte fort: "Jedenfalls waren diese Vier einst die Weisen der vier Himmelsrichtungen."

„Woher wisst ihr dies alles?", fragte Nick nach. "Das steht alles in diesem Buch!" Er hob das prächtige, mit vier Metallecken geschmückte Buch hoch, das noch vor wenigen Tagen im Besitz der drei Freunde war. Saladin lächelte, schlug eine Seite auf und las vor:

„Erstens, der Schlüssel kann nur von einem rechtmäßigen Nachfahren der vier Weisen der Himmelsrichtungen oder dem Verwalter des Schlüssels getragen werden, da ein Fluch auf ihm lastet.

„Seid ihr dann ein Verwalter des Schlüssels?", fragte Jenny zu Saladin gewandt.

„Als die vier Weisen nach vollbrachter Tat wieder nach Hause kehren wollten, konnten sie ihr Werk nicht schutzlos zurücklassen. Sie haben einen Verwalter, einen Beschützer des Schreins, eingesetzt und mit allen Vollmachten ausgestattet. Seit damals wird somit der Schlüssel und der Schrein von direkten Nachfahren des Rayham bin Abdul bin Hamad Al-Saud verwaltet."

„Zweitens", fuhr Saladin fort, „das Buch kann nur der lesen, der den Glanz des Schlüssels an seinen Händen trägt. Die Schriftzeichen im Buch geben ansonsten keinen Sinn. Nur wenn der Schlüssel mit seinem rechtmäßigen Träger zugegen ist, formen sich die Wörter zu einem lesbaren Satz. Eine Person, die dem Schlüsselträger vorliest, fällt nach der Lektüre in einen tiefen Schlaf, aus der sie nie wiedererwacht. So bleibt das Geheimnis bewahrt."

„Oh nein, der Geschichtenerzähler ist wegen dem Buch gestorben", stellte Jenny bestürzt fest.

„Jetzt wird mir einiges klar", erklärte Nick nach einer denkwürdigen Minute, „das Buch war doch im Museum und Wissenschaftler haben versucht, es zu entschlüsseln aber ohne Erfolg. Denn ohne den Schlüssel bleibt das Buch ein Buch mit sieben Siegeln."

„Ja und der Ausdruck Schlüsselwort bekommt in diesem Zusammenhang eine ganz neue Bedeutung. Erst der Schlüssel sperrt die Schlüsselwörter auf, so dass diese ihre Bedeutung preisgeben", verstand nun auch Ronny.

„Drittens, der Schlüssel sperrt alle Schlösser. Er passt sich jedem Schloss an und kann es entriegeln."

„Das haben wir selbst schon erlebt", ergänzte Jenny, „er funktioniert wie ein Dietrich für Bartschlösser."

„Viertens, gerät der Verwalter oder der Schlüssel selbst in Gefahr, so werden die vier Weisen oder deren Nachfahren benachrichtigt, um selbst für die Sicherheit des Schlüssels zu sorgen."

„Darum die ganzen Träume!", staunte Ronny.

„Saladin, ihr habt das Buch und den Schlüssel, habt ihr auch den Schrein und den Stein?" Jenny brannte schon die ganze Zeit diese Frage auf der Zunge.

„Ich habe nun wieder den Schlüssel, der den Schrein sperrt, darin befindet sich der Krug, aber dieser ist schon seit Gedenken leer.

Der Stein der Weisen hat vielleicht sogar nie existiert.

Die Legende, dass er geschaffen wurde, der Glaube daran, dass er von den Verwaltern verwahrt wurde, und der Mythos dadurch unsterblich zu sein, sicherte jedem Schlüsselträger bis zum Lebensende seine Macht."

Jenny erblickte im Nebenraum den Brunnen. „Darf ich ihn anschauen?", fragte sie schüchtern. Saladin nickte und Jenny und die Jungs gingen hinüber zu dem Brunnen in Saladins Schlafgemach. „Hier hätte ich also tauchen sollen. Bin ich froh, dass mir das erspart blieb", seufzte Ronny. Jenny beugte sich über die Öffnung, um zu sehen wie tief er war. Ein schier unendlich schwarzes Loch tat sich vor ihr auf. „Ich kann den Wasserspiegel gar nicht erkennen." Sie merkte noch wie es zu rutschen begann, doch bevor sie reagieren konnte, flutschte ihr Handy aus ihrer Brusttasche und fiel. Sie streckte ihre Hand aus, konnte es jedoch nicht mehr erreichen. Drei Köpfe starrten in das dunkle Loch, als sie Wasser aufblitzen sahen und das Mobiltelefon in den Tiefen versank.

„Ich tauche nicht", sagte Ronny mit ernster Miene. Sie sahen sich an und begannen zu lachen.

Die Unmöglichkeit der Rückreise

Am nächsten Morgen ließ Saladin offiziell verkünden, dass die Taucher des Abendlandes den Schlüssel des Schreins der Weisen aus dem Brunnen geborgen hatten.
Nehmt diese Papyrusrolle, sie weist euch aus, unter dem Schutz von Saladin zu stehen.
Die vier Fremden wurden in feine Gewänder gekleidet, die ihnen den Status von Edelleuten bescherten und bekamen eine wertvolle Waffe überreicht. Der Wagen wurde mit Wein, erlesenen Speisen und wertvollen Stoffen beladen und jeder erhielt ein kleines Säckchen, gefüllt mit Gold.
Als die Vier mit ihrem Gefährt durch die verbotene Stadt zur äußeren Stadtmauer fuhren, wurden sie gefeiert wie Helden. Fahnen wurden geschwenkt, eine Fanfare erklang. Mit geschwellter Brust fuhren sie stolz und zufrieden durch ein Spalier aus Soldaten, die zum Gruß ihre Schwerter in die Luft streckten. Ronny kam sich vor wie ein Filmstar, dem in Hollywood der rote Teppich ausgerollt wurde. Es war geschafft, sie hatten den Dongle, jetzt konnte es endlich nach Hause gehen.
Sie waren schon ein gutes Stück gefahren, da zog Arthur kräftig an den Zügeln und brachte die beiden Rösser zum Stehen. „Was ist denn jetzt?" Ronny schaute sich um, konnte jedoch nicht erkennen, weswegen der Wagen halten musste.
„Ich habe mein Leben für Euch riskiert. Für Menschen, die ich überhaupt nicht kenne. Gut, ich bin letztendlich reichlich dafür belohnt worden, aber mein Geist tappt völlig im Dunkeln. Ich brauche Antworten auf Fragen, viele Fragen und dieses Mal akzeptiere ich keine Ausflüchte. Ich fahre erst weiter, wenn ich zufrieden bin."
Nick sah Ronny fragend an und der wiederum Jenny. Die Blicke kreisten und keinem fiel eine passende Geschichte ein. „Was für ein Ding ist diese komische Kerze? Warum hattet ihr den Schlüssel, wo er doch angeblich auf dem Grund des Brunnens lag und dieser Anhänger ist doch kein Schmuck", jetzt war es heraußen, Arthur war sicht-

lich erleichtert und blickte in die verlegenen Augen seiner neuen Freunde. „Wir sind doch Freunde! Wir haben
zusammen unglaubliches erlebt. Zu Freunden ist man
ehrlich und Freunden sollte man vertrauen."
„Er hat Recht! Ohne ihn wären wir sicher schon tot",
dachte Ronny. Er blickte zu den Anderen, erhaschte ein
Nicken und rang nach Worten. „Arthur wir sind dir zu
ewigem Dank verpflichtet und du hast Recht, wir sind
deine Freunde." „Ich weis nicht, ob es dir aufgefallen ist,
aber sogar Saladin wollte nicht wissen wer wir sind und
woher wir kommen", versuchte Jenny zu erklären und
Nick ergänzte: „Das hat auch seinen Grund!"
„Welchen Grund hat es denn?", Arthur war hartnäckig
und die Freunde spürten, dass sie ihn nicht mit Irgendetwas abspeisen konnten. „Gut", begann Ronny, „du
willst es wirklich wissen und ich finde, du hast es verdient, dass wir ehrlich zu dir sind. Ich weiß nur nicht, wie
wir es dir erklären sollen, denn es klingt absolut unmöglich, selbst für uns." Arthurs Augen weiteten sich, er
wollte die ganze Wahrheit wissen und würde solange
hier stehen bleiben, selbst wenn die Welt um ihn herum
zu Grunde ging. Nick zog sein Mobiltelefon aus seinem
Umhang. „Das was ich hier in der Hand halte entstammt
einer Zeit, die fast 1.000 Jahre in der Zukunft liegt. Wir
sind Zeitreisende." Arthur hatte mit den absonderlichs-
ten Erklärungen gerechnet, aber was waren bitte Zeitreisende? Seine Stirn lag in vielen Falten. Mit dieser Erklärung konnte er nichts anfangen. „In unserer Zeit gibt es
eine Methode um Bilder in diesen kleinen Kasten hinein
zu setzten und wenn du willst zeige ich dir Bilder aus
unserem Leben. Für Arthur war es wie Zauberei, als er
die vielen kleinen Bilder sah und immer wieder versuchte, sie mit seinen Fingern zu ertasten. Alle drei erzählten
ihm kleine Geschichten zu den einzelnen Fotos. Auf einmal tauchten Bilder von Sansibar auf. Jenny im Gewürz-
markt. Die drei vor der Stadtmauer. Er kannte die Kulis-
se, doch alles war so verändert. Die Straßen waren wie
mit etwas abgedeckt, die Menschen so eigenartig gekleidet, keine Pferde, Gefährte mit zwei voreinander liegen-

den Rädern und nicht nebeneinander, wie er es kannte. Er wusste nicht, ob er alles nur träumte, denn konnte dies die Wirklichkeit sein. Er saugte förmlich die Geschichte über die Grabung, den Brunnen, den Schlüssel und schließlich die Zeitreise in sich hinein. Er hätte noch Tage diesen Zeitreisenden zuhören wollen. Doch als sie erklärten, dass der Dongle Saoris Schlüssel für die Reise zurück in ihre Welt sei, viel ihm blitzartig sein Versprechen ein, so schnell wie möglich wieder zurückzukommen.

Er griff nach den Zügeln und trieb mit Gedanken, die seinen Kopf schier zum platzen brachten, die Pferde an.

Nach einer Stunde erreichten sie das Haus von Abay und Njeri. Doch kein Mensch war im Freien zu sehen. Der Rauch, der aufstieg zeigte an, dass in der Feuerstelle ein loderndes Feuer brannte. „Es gibt bestimmt wieder was Leckeres aus Njeris Küche", freute sich Ronny, dem bereits der Magen knurrte. Sie riefen ihre Namen, doch keine Reaktion erfolgte.

Als die drei von der Kutsche sprangen, um ins Haus zu eilen, registrierten sie zwar einige Pferde, die hier fremd schienen, dachten sich jedoch nichts dabei.

Sie öffneten die Tür und ehe Njeri einen warnenden Schrei ausstoßen konnte, packten vier Soldaten die Ankömmlinge und warfen sie unsanft zu Boden.

Als Ronny nach oben blickte, merkte er, wie ihm warmes Blut aus dem aufgeplatzten Lid über das Gesicht lief und sein rechtes Auge langsam zu schwoll. Angestrengt versuchte er zu sehen, was passiert war. Ein relativ kleiner, aber drahtig wirkender Soldat stand über ihm und drückte sein Schwert mit beiden Händen auf die Brust. „Wo sind die anderen?", fragte sich Ronny. Er blickte um sich, da lag Jenny, bewegungslos. „Nein, was habt ihr mit ihr gemacht!" Er versuchte sich aufzubäumen, doch das Schwert bewegte sich keinen Millimeter und stach bedrohlich in seinen Brustkorb. Arthur hatte einen Dolch an der Kehle und wurde von einem Soldaten mit langem Bart im Würgegriff gehalten. Nick lag mit dem Gesicht zu Boden und der schwere Stiefel eines dritten, sehr korpulenten Soldaten drückte Nicks Nacken nach unten, so dass er sich nicht bewegen konnte.

„Die Hexenverschwörer! Man muss nur lange genug warten, dann findet das elende Pack wieder zusammen." Mit Genugtuung in seiner Stimme ergänzte der Hauptmann: „Mir ist noch nie jemand aus meinem Kerker und seiner gerechten Strafe entwischt und das wird auch so bleiben. Bringt sie alle nach draußen."

Des Hauptmanns Befehle

Ronny verstand zwar kein Wort, von dem was gesprochen wurde, merkte aber wohl, dass es nichts Gutes heißen konnte. Ehe er verschwommen sehen konnte, was nun passieren würde, wurde er auf den Bauch gerollt, seine Arme unbequem auf den Rücken gepresst und ein hartes, kratziges Seil um seine Armgelenke gebunden.

Es fühlte sich an, als würde sich das Blut in seinen Händen stauen und die Adern jeden Moment platzen. Ronny japste in dieser stickigen Hütte nach Luft. Er konnte kei nen klaren Gedanken fassen, seine Angst machte ihn unfähig, sich irgendwie zu wehren. Der übelriechende Soldat packte ihn an den gebundenen Händen, zerrte ihn auf die Beine und schubste ihn aus dem Raum hinaus ins Freie. An einer Holzstütze, die das Vordach trug, band er seine Arme fest und ging wieder in den Raum. Nun stand Ronny mit schmerzverzerrtem Gesicht da. Gerne hätte er sich auf den Boden sinken lassen, doch die Arme waren so hoch festgebunden, dass er sich dabei die Schulter ausgerenkt hätte. Mit seinem unverletzten Auge konnte er nun das erste Mal die gesamte Situation überblicken.

Njeri hatte sich ängstlich an Abay geklammert. Beide standen mit dem Rücken zur Hauswand und wurden von dem größten der vier Soldaten mit einem Schwert bedroht.

Nick saß halb weggetreten, zusammengekauert direkt daneben. Der dicke Soldat zog gerade Jenny, wie eine leblose Puppe hinter sich her und ließ sie vor Nicks Schoß fallen.

Der Hauptmann und der Drahtige kamen nun aus der Hütte. Während der Vorgesetzte Saori an ihren langen, rot gefärbten Haaren gepackt hatte, zerrte der kleinste der Soldaten den wehrlosen Körper durch den Hauseingang. Ihre Augen waren geschlossen, doch sie zitterte am ganzen Leib.

Der Bärtige versuchte Arthur, der sich heftig wehrte, gegenüber an der anderen Holzstütze festzubinden. Als

Arthur Saori erblickte, war er wie gelähmt. Sein Peiniger glaubte nun über sein Opfer gesiegt zu haben und war nur einen kleinen Augenblick unaufmerksam. Arthur konnte unter seinem Umhang nun die Waffe ergreifen. Er rammte den kurzen, verzierten Dolch, den er von Saladin erhalten hatte, durch den Bart des Soldaten in die Holzstütze. Der Soldat röhrte vor Schmerz auf, als plötzlich seine Barthaare wie mit einem Tacker am Holz festgenagelt waren. Bevor Arthur sich von den Fesseln befreien konnte, wirbelte der breitschultrige Mann, der Abay in Schach hielt, herum und schlug mit seinem Schwertgriff gegen Arthurs Schläfe. Stöhnend ging Arthur zu Boden. Selbstherrlich blickte der Soldat zu dem auf der Erde liegenden Mann und spuckte ihm ins Gesicht. Abay, der schon die ganze Zeit den Dolch, der Nick aus dem Gewand blitzte, im Visier hatte, griff geistesgegenwärtig danach. Er machte einen großen Satz und stand plötzlich hinter dem Hauptmann, dem er nun die Klinge fest an die Kehle drückte. „Ich bringe ihn um!", schrie er laut und alle blickten auf ihn. Erschrocken ließ der Hauptmann Saoris Haare los. Als der dicke und der große Soldat mit erhobenen Waffen auf Abay zugingen, drückte er stärker zu und die scharfe Klinge drang in die Haut. Blut quoll aus des Hauptmanns Hals. In Todesangst befahl dieser etwas, das Ronny nicht verstehen konnte und die Soldaten blieben stehen. „Das Leben des Hauptmannes gegen unser Leben" war die Forderung Abays, der er mit einem weiteren Schnitt in seine Kehle Nachdruck verschaffte. Der Hauptmann, dem nun das Blut über die Brust lief, sank auf die Knie. Sein eigenes Blut zu sehen, war für ihn ein Schock und er begann wie ein kleiner Junge, um sein Leben zu betteln.

„Wir ziehen uns zurück", war der schwache Befehl eines einst so gefürchteten Vorgesetzten. Seine vier Soldaten, die das Häufchen Elend kaum wiedererkannten, zögerten. Doch dann schlug der Größte von ihnen mit seinem Schwert in Richtung seines Kammeraden und schnitt dabei dessen Bart ab, der immer noch am Holz festgenagelt war. Auch der Dicke und der Drahtige folgten dem

Befehl und entfernten sich einige Meter in Richtung der Pferde.

Ronny fasste wieder Mut: „Wenn diese verdammten Fesseln nicht wären, könnte ich zu meiner Waffe greifen." Auch wenn er noch nie in seinem Leben hatte kämpfen müssen, war er fest entschlossen, sein und das Leben seiner Freunde zu verteidigen.

Plötzlich hörte er Stimmen. Sein Kopf wirbelte herum. Es waren die Stimmen von tobenden Kindern.

Njeri und Abays Kinder Haki und Isimo kamen vom Spielen am Strand zurück.

Noch bevor die Mutter ihre Kinder warnen konnte, hatten der Dicke und der Lange sich je einen der beiden Söhne gegriffen. Mit Leichtigkeit konnten sie die schreienden Kinder kopfüber an den Füßen an ihrer ausgestreckten Hand halten. „Die Kinder gegen den Hauptmann", war nun die Forderung des Langen, der hämisch grinste. Nichts geschah. Erst als die Soldaten sich der Feuerstelle näherten, unter der sich inzwischen eine heiße Glut gebildet hatte, um die weinenden und sich windenden Kinder darüber zu halten, brach Njeri in Tränen aus.

„Lass ihn gehen", flehte sie ihren Mann an.

Als er die Klinge löste, liefen die heulenden Kinder ihrer Mutter entgegen und wurden von ihr in die Arme geschlossen.

Der Hauptmann lief zu seinen Männern, schwang sich auf sein Pferd und brüllte: „Tötet sie alle, niemand darf überleben!"

Ronny war gefesselt, die anderen Freunde bewusstlos oder schwer verletzt. Njeri hatte die Kinder und Abay nur einen Dolch. Was sollte er gegen diese Übermacht ausrichten? Abay stand mit seinem Dolch da und war bereit für den Kampf.

Ronny sah wie der kleine Soldat und der mit dem abgeschnittenen Bart nun ihre Pferde bestiegen, ihre Schwerter zogen und mit dem Hauptmann Abay umkreisten. Die zwei Anderen holten aus dem Haus die Schlafsäcke, zerrissen sie und umwickelten ihre Speere mit Stroh und Leinenstoff. Als sie ihre Fackeln nur kurz in die Glut des

Ofens hielten brannten diese lichterloh. Sekunden später stand das Sonnendach in Flammen. Ronny befand sich direkt darunter, festgebunden an einer Stütze, die das Dach trug. Die Hitze war schlagartig unerträglich und er wusste, dass bald das ganze brennende Dach auf ihn stürzen würde. „Tötet zuerst die Hexe", war der Befehl des Hauptmannes, "ich will sie brennen sehen!"

Schnell wurde Abay mit einem Hieb auf die Schulter kampfunfähig gemacht. Schlagartig war sein Arm taub und der Dolch fiel zu Boden. Eine Fleischwunde klaffte am rechten Oberarm. Seine Frau schrie. Mit den Kindern lief sie zu ihm und drückte ihre Hand auf die Verletzung. Mittlerweile brannte auch das Dach des Hauses und schwarzer Rauch stand in der Luft. Während die Reiter alle Opfer im Auge behielten, türmten die anderen Soldaten die mit Stroh gefüllten Säcke aufeinander, warfen das fein säuberlich gestapelte Anzündholz dazu und legten schließlich die regungslose Saori auf den Scheiterhaufen. Mit einem Auge, das nur noch verschwommen sah, bemerkte Ronny, dass sich erste brennende Teile des Daches lösten und zu Boden fielen. Schweißperlen liefen ihm über das Gesicht „Lange halt ich es nicht mehr aus!"

Njeri sah zu Ron, ergriff den Dolch, der auf dem Boden lag und rannte los. Noch ehe die Reiter ihr den Weg abschneiden konnten, war sie unter dem brennenden Dach. Die Klinge blitzte und sie durchschnitt die Fesseln. Ron sank erschöpft zu Boden, bekam kaum noch Luft und musste schwer husten. Njeri hielt ihm ihren Schleier vor Mund und Nase und Sekunden bevor das Dach in sich zusammenstürzte, rollten sie sich aus der Gefahrenzone.

Der Hauptmann griff sich nun die Fackel, ritt um den Scheiterhaufen herum, sprach einige theatralische Worte und beugte sich nach unten, um an einer ersten Stelle das Feuer zu entzünden.

Auf einmal hörte Ronny einen Ton, der wie eine Axt klang, die ein Stück Holz spaltete, dann ein gurgelndes Geräusch. Der Hauptmann saß nach vorne übergebeugt auf seinem Sattel, ein langes Stück Holz ragte aus seinem Rücken heraus. Plötzlich erklang wildes Pferdegetrampel, Hände griffen nach Ronny und zogen ihn auf ein Pferd. Schwerter klirrten. Männer schrien. Ronny sah, wie ein weiß gekleideter Mann Saori vorsichtig auf die Arme nahm und sich mit ihr in den Sattel schwang. Es war Saladin. Nick, Jenny, Arthur, Abay, Njeri und die Kinder, sie alle fanden sich auf den Rücken von Pferden wieder, gehalten von stattlichen Reitern, der Leibgarde Saladins. Der heiße Wind pfiff Ronny in den Ohren und als er zurückblickte, sah er die Hütte in hellen Flammen stehen. Die Reiter verlangsamten ihre Geschwindigkeit und blieben schließlich stehen. Ein weiterer Soldat der Leibgarde erreichte sie nun mit dem Pferdegespann und dem Fuhrwerk im Schlepptau. Saladin ließ absitzen. Es dauerte eine ganze Weile, bis ein Soldat, wie ein Sanitäter, die verletzten Menschen versorgt hatte. Kühlende Umschläge und stark riechende Kräuter erweckten in Jenny, Nick und Arthur die Lebensgeister. Ein Druckverband aus Leinenstreifen stillte die Blutung von Abay und ein Trinkschlauch mit Wasser verdünntem Wein half Ronny wieder auf die Beine. Nur Saori war zu schwach, um aufzustehen. Saladin ließ sie auf das Fuhrwerk betten und Arthur kümmerte sich liebevoll um sie.

„Für´s erste werdet ihr alle im Palast untergebracht, bis ihr genesen seid", sagte Saladin gebieterisch und gab den Befehl, zur verbotenen Stadt zurück zu kehren.

Abschied

Saladins Leibarzt kümmerte sich persönlich um die Gesundheit aller Neuankömmlinge. Saori ging es körperlich bereits viel besser. Sie war jedoch stark traumatisiert und litt an Angstzuständen, die sie am ganzen Körper zittern ließen. Arthur kümmerte sich Tag und Nacht um Saori, seine Zuneigung und Pflege verbesserten den Gesundheitszustand der Japanerin deutlich.

Abay, Njeri und die Kinder genossen sichtlich die Pracht und Annehmlichkeiten, die der Palast zu bieten hatte. Dennoch wollten sie schon bald nach Hause, um zu sehen, was von ihrem Heim übriggeblieben war.

Nachdem die Wunden allmählich verheilt waren, fühlten sich Jenny, Nick und Ronny wie im Wellnessurlaub. Doch alle wollten so schnell wie möglich zurück in ihre eigene Zeit. „Ich habe überhaupt kein Gefühl mehr, wie lange wir eigentlich schon von Zuhause weg sind?", fragte Jenny in die Runde. Nick griff nach seinem Handy. „So ein Mist der Akku ist leer." „Meiner schon seit Tagen", ergänzte Ron, „ich schätze mal ´ne gute Woche."

„Wir haben den Dongle, wir sollten jetzt Heim reisen", entschied Jenny voller Heimweh. „Wir müssen mit Saori reden!"

Saoris Augen waren müde, doch sie freute sich, die drei zu sehen. Sie hatte oft mit Saladin gesprochen und alles über ihre Rolle in diesem seltsamen Spiel, das sie nach Sansibar getrieben hatte, erfahren. Schon seit Tagen dachte sie darüber nach, wie sie sich gegenüber ihren Mitstreitern verhalten sollte. „Ich weiß, ihr habt keine gute Meinung von mir", begann sie mit sanfter Stimme, „ich habe mich völlig falsch verhalten." Jenny tat so, als hätte sie Saoris Worte überhört und fiel gleich mit der Tür ins Haus. „Wir haben jetzt den Dongle, wie kommen wir endlich zurück nach Hause?" Jennys Stimme klang weinerlich und eine Träne lief ihr über die Wange. Saori saß mit einem weiten Mantel, der wie ein Kimono um ihre Taille gebunden war, im Kniesitz auf einem Kissen. Ihre Haare, die am Haaransatz nun bereits schwarz herauswuchsen, waren zu einem strengen Dutt nach hinten zusammengebunden. Sie sah aus wie eine Geisha, majestätisch und wunderschön. Nur die Bandagen an ihren Händen und Füßen waren noch Zeugen ihrer Verletzungen. Längst war ihr klar geworden, dass die Freunde nicht mit einem eigenen Schiff, sondern eher aus Zufall mit in das Wurmloch gefallen waren, das sie hierher nach 1187 gebracht hatten. Ansonsten hätte sie Nicks Vater schon längst abgeholt. „Am Strand unten müsste der Stick direkte Verbindung zum Schiff haben." Sie erzählte von der Möglichkeit auch ohne das Schiff die Zeitmaschine zu aktivieren. „Wenn wir jetzt zum Fisch zurückkehren, um damit zum U-Boot zu fahren, dann weiß das die halbe Insel. Wir müssen hier ganz unauffällig verschwinden."

„Können wir alle gemeinsam reisen?" „Der Zeittunnel erkennt nur den Dongle und nimmt alles was an ihm hängt mit. Allerdings wirken enorme Kräfte, wir sollten uns sicherheitshalber aneinander festbinden."

„Nick, du hast doch von einer Tsunamiwelle gesprochen, die der Zeitsprung auslöst. Steht dann etwa ganz Sansibar unter Wasser, wenn wir diese Zeit verlassen?"

„In Gefahr ist meiner Meinung nach nur der Bereich um den Palast und Teile der Südküste. Da stehen allerdings kaum Gebäude, da sich alles im Westen angesiedelt hat. Der Palast ist mit zwei Stadtmauern gesichert, dem dürfte die Welle nichts anhaben.

Wir sollten jedoch sicher gehen, dass sich keine Menschen in der Gefahrenzone aufhalten.

Wie wäre es, wenn Saladin ein Fest im Landesinneren veranstaltet und die ganze Insel eingeladen ist?"

Saladin war nicht sonderlich überrascht, als seine Gäste ihm von einer großen Flutwelle berichteten, die entstünde, wenn sie abreisten.

Noch am selben Nachmittag waren Saladins Boten losgeritten, um die Einladung allen Bewohnern Sansibars zu verkünden. In zwei Tagen sollte ein rauschendes Fest zu Ehren der großen Verdienste Saladins stattfinden.

Zurück in die Gegenwart

Es war ein herzlicher Abschied als Njeri die Kinder auf den Bock des voll beladenen Wagens setzte und nacheinander Nick, Ronny, Jenny, Saori und Arthur fest umarmte. Abay war zu Tränen gerührt, als Ronny ihm das Säckchen mit purem Gold überreichte. „Das sollte reichen, um ein neues Haus zu bauen, aber bitte baut es an der Westküste. Wie versprochen, fahrt ihr zum Inselfest und dürft erst am Abend an die Küste zurückkehren. Das ist reine Sicherheit, denn es wird ein Unwetter aufziehen", übersetzte Arthur Ronnys Worte.
Abay schwang die Zügel und die beiden Pferde zogen den Wagen hinaus aus der verbotenen Stadt. Die Freunde sahen dem Gespann noch lange nach. Sie winkten, doch dann war der Wagen nicht mehr zu sehen.
„Es wird Zeit, wir sollten auch los!" Sie gingen zu Saladin und besprachen noch einmal den Ablauf, wie Arthur der Flut entrinnen würde. „Arthur, wenn wir verschwunden sind, dann wird es nur Minuten dauern und eine große Welle entsteht auf dem Meer. Wenn wir weg sind, musst du also sofort zum Palast hoch galoppieren. Du reitest durch den ersten Mauerring. Saladin lässt dann das Tor verschließen. Galoppiere dann ohne Zögern hinter den zweiten Mauerring. Dort läufst du hinauf auf den Mauerturm. Dann erst bist du sicher und kannst das Naturschauspiel verfolgen."
Saladin legte jedem seine Hand auf die Schulter: „Allah sei mit euch, ihr seid weit gereist, er hat euch bis hier herbegleitet, er wird euch auch wieder nach Hause bringen!"
Das Inselfest war in vollem Gange. Alle Bewohner von Sansibar hatten sich versammelt, um richtig zu feiern. Nur Saladin selbst und seine persönliche Leibgarde waren im Palast. Er blickte zum Strand und sah in der Ferne, wie sich nun die Nachfahren der vier Weisen und Arthur mit einem Pferd zum Strand begaben.
Jenny griff in ihr Säckchen holte vier Goldmünzen heraus, übergab je eine an Saori, Nick, Ronny und behielt

einen Goldtaler selbst in der Hand. „Dies sollen unsere Glücksbringer sein, die uns wieder gesund nach Hause bringen." Den Sack mit den übrigen Münzen überreichte sie Arthur, der mit feuchten Augen dastand. "Das kannst du bestimmt gut brauchen!" Sie umarmte ihn zum Abschied und drückte ihn fest. Nick kramte in seinem Umhang und auch er übergab sein Säckchen an Arthur. „Tue Gutes damit!" Er klopfte ihm auf die Schulter und verdrückte dabei eine Träne. Es war kein Abschied der großen Worte. Es war zum einen die Trauer, einen echten Freund zu verlieren. Ihn nie wieder sehen zu können, nicht einmal die Möglichkeit zu haben anzurufen, oder eine E-Mail zu schreiben. Zum anderen war es die Angst vor der Reise selbst. „Würde der Zeitsprung klappen und sie auch wirklich in die richtige Zeit führen. Würden sie irgendwelche körperlichen Schäden davontragen oder vielleicht sogar sterben. Soviel könnte schief gehen. Es war aber auch die Sehnsucht, endlich wieder in der Zeit leben zu dürfen, in die man gehörte. Ronny schüttelte Arthur die Hand, umarmte ihn und boxte ihm freundschaftlich auf die Schulter: „Ich werde dich nie vergessen!"

Saori half Arthur mit mehreren Seilstücken Nick, Jenny und Ronny so fest wie möglich aneinander zu knoten. „Ihr müsst euch beim Zeitsprung fest an den Händen greifen, damit die Verbindung zum Dongle erhalten bleibt." Für Saori war ein letztes Seil übrig und nachdem sich Arthur und Saori zärtlich geküsst hatten, band er das japanische Mädchen so gut wie möglich an Nick. „Nicht so fest", stöhnte Saori, „das halt ich nicht aus!" Sie griffen sich alle an den Händen. Ronny hielt mit der rechten Hand den Dongle, der mit einem Band um seinen Hals hing. Die zweite Hand ergriff Jenny. Jennys linke Hand hielt Nick und dessen linke ergriff wiederum Saoris rechte Hand.

Ihren linken Zeigefinger legte sie nun auf den Dongle, den Ronny ihr entgegenhielt. „Seid ihr bereit?" Der Transponder erkannte den Fingerabdruck und aktivierte sich. Sie drückte mit dem Daumen auf den unteren

Knopf, eine Diode leuchtete rot auf, dann wechselte die Farbe zu grün.

Ronny erinnerte sich an den Kinofilm >Twister<, indem Kühe, ja sogar ganze Lastwagen von den Rüsseln der Wirbelstürme aufgesaugt wurden. Genau so ein Rüssel, tief schwarz mit atemberaubender Geschwindigkeit kam nun auf die vier aneinander gefesselten zu. Noch ehe sie sich versahen, wurden sie emporgehoben und wie in einer Zentrifuge mit unerträglicher Geschwindigkeit gedreht.

Saoris freie Hand griff zu dem Seil, das ihr um den Bauch geschlungen war. Nick bemerkte einen Ruck. Verzweifelt sah er, wie das Seil um Saori an Spannung verlor. Er versuchte mit seiner Hand fester zuzudrücken, dabei hörte ihre Hand jedoch auf, sich an ihn festzuklammern. Hatte er zu festgedrückt? Der Knoten löste sich, Saori hing nur noch mit ihrem Handgelenk an Nicks Fingern. Ronny griff mit seiner freien Hand nach ihr, verfehlte sie aber um Millimeter. Alle schrien als Saori fiel. Der riesige Staubsauger schien sie, wie einen zu großen Brösel, der zu schwer ist, um aufgesaugt zu werden, fallen zu lassen. Dann war da wieder dieser metallene Geschmack. Aus der nicht auszuhaltenden Beschleunigung wurde abrupt Schwerelosigkeit. Wie in einem Traum bewegte sich alles in Zeitlupe. Die Haare, die Kleidung, alles was lose war, schien zu schweben. Sogar die Knoten der Fesseln hatten keinen Halt mehr und lösten sich. „So ein schönes Gefühl, alles ist so leicht", dachte Ronny und seine Gedanken entglitten. Er lief auf einer saftig grünen Wiese, der Himmel war bilderbuchblau. Er konnte alles viel intensiver als sonst wahrnehmen. Die kleinen, gelben Butterblumen, die das Grün so freundlich machten. Bienen und Schmetterlinge, die geschäftig von Blüte zu Blüte flogen. Der Geruch nach Frische. Dann verzerrten sich die Bilder, die Beschleunigung wurde so groß, dass es ihm dabei speiübel wurde.

Wieder Zuhause

Plötzlich standen sie wieder am Strand, als wäre nichts passiert.
Da war das Meer und dort wo gerade noch Arthur stand, vielleicht zehn Meter von ihnen entfernt, sahen sie ein Mädchen mit langen, schwarzen Haaren. Es schien auf die drei zu warten.
Der Wind fuhr ihr durch die Haare und als sie näher kamen sahen sie Saori. Sie war nur viel jünger, vielleicht 16 Jahre alt.
Sie stand schon eine ganze Weile da. Gerade war der Strand noch menschenleer, doch dann tauchten wie aus dem Nichts drei Menschen in komischen Gewändern auf. Sie hatte es nicht geglaubt, dass es passieren würde, war aber darauf vorbereitet. Sie hielt etwas in ihrer Hand. Schüchtern gab sie Ronny die Papyrusrolle.
Er wusste nicht so recht, was er damit anfangen sollte, löste dann jedoch das Siegelwachs und entrollte den brüchigen Papyrus. Er begann eine ausgeblichene, aber gut lesbare Handschrift zu lesen:

Sansibar, 10.8.1197

Liebe Jenny, lieber Ronny, lieber Nick,

auf den Tag genau sind seit eurer Rückreise nun zehn Jahre vergangen. Zuallererst möchte ich euch sagen, dass es uns gut geht. Ich bin zurückgeblieben und habe in Arthur meine große Liebe gefunden. Mit dem Gold und dem Gewürzhandel haben wir uns eine beachtliche Existenz aufgebaut. Schon bald nach eurer Abreise bin ich schwanger geworden. Uns wurde eine Tochter geschenkt. Wir haben sie auf den Namen Saori getauft. Sie ist unser größter Schatz. Wir sind eine richtig glückliche Familie. Vor meinem Tod werde ich ihr dieses Papyrus mit der Aufgabe übergeben, ihrer Tochter, die ebenfalls meinen Namen tragen soll, wiederum das Papierstück weiter zu vererben. Die Rolle soll dann von Generation zu Generation weitergereicht werden, bis am 10.8.2009, exakt um 16:00 Uhr, eine meiner

Ururenkelinnen euch dieses Dokument überreichen wird. Ich hoffe, dass dieses, mein letztes Experiment gelingen wird. Irgendwie ist es komisch zu wissen, dass ich es nicht erleben werde, obwohl es in meiner eigenen Zeit spielt.

Saladin hat schon bald den Palast auf Sansibar aufgegeben, weil 1189 die Truppen von Richard Löwenherz vor den Toren Israels standen und er wieder in die Schlacht zog. Ich habe diesen großartigen Mann leider nie wiedergesehen. Ich habe gehört, dass er 1193 in Damaskus gestorben ist.

Wegen des Tsunami, der bei unserer Reise in die Vergangenheit entstanden ist, habe ich übrigens Vorkehrungen getroffen.

Seitdem Saladin das Land verlassen hatte, haben Arthur und ich die Organisation des jährlichen Inselfestes übernommen. Wir haben es >Fest der Liebe< genannt. Arthur ist ein totaler Romantiker. In euerer Zeit würde man sagen, wir haben eine Stiftung gegründet, damit das Fest über Jahrhunderte fortbestehen kann. Jedenfalls wird das Fest die Menschen in euerer Zeit genauso wie damals vor den Fluten schützen.

Abay und Njeri haben mit euerem Gold ein tolles Haus gebaut. Den zweien und den Kindern geht es sehr gut. Abay hat neben der Fischerei ein neues Hobby entdeckt. Ich bin mir sicher, dass Ihr es früher oder später herausfinden werdet.

Ich hatte die Zeitmaschine so programmiert, dass ihr nur wenige Stunden nach der Abreise wieder in euerer Zeit ankommt. Nach meinen Berechnungen genau dann, wenn sich die Tsunamiwelle wieder beruhigt hat und das Wasser sich auf das Meer zurückgezogen hat. Ihr steht exakt an der gleichen Stelle, an der wir zur Heimreise gestartet sind. Das Beiboot, der Fisch und das U-Boot stehen ebenfalls an der gleichen Stelle wie bei der Ankunft in Sansibar.

Dieser Brief ist auch ein Testament und ich setze euch drei hiermit als meine Testamentvollstrecker ein:

Der Meteorid soll von Ernest Stone vom U-Boot geborgen und in Sicherheit gebracht werden. Saori, die euch diesen Brief übergibt, ist die Erbin meiner Boote.

Ich danke euch für alles!
Bitte verzeiht mir und haltet mich in guter Erinnerung!

Eure Saori

Ronny blickte auf und sah in die Gesichter von Jenny, Nick und Saori. Alle waren von den Worten in dem Brief tief berührt.

Saori hatte einen Rucksack umgeschnallt. Sie setzte ihn ab, öffnete den Reißverschluss und holte drei Surfanzüge heraus: „Zieht das hier an."

Kaum hatten sie die alten Gewänder, die Waffen und den Krimskrams, der in ihren Taschen steckte, in dem Rucksack verstaut, kreiste auch schon ein Hubschrauber in der Luft.

„Da unten sind sie, Gott sei Dank!" Roland und Marianne Braun waren an Bord des Rettungshubschraubers. Marianne hatte ihre Tochter, die mit den Freunden winkend am Strand stand, als erstes gesehen und deutete auf sie. Der Hubschrauber flog eine Schleife und setzte zur Landung an.

Saori zwinkerte den dreien zu, „wir sehen uns", drehte sich um und verließ mit dem schweren Rucksack auf dem Rücken den Strand.

Die Tür des Helikopters sprang auf. Jennys Mutter und ihr Vater rannten auf sie zu. Sie umarmten einander, viele Tränen flossen.

Der Lärm der Rotorblätter verschluckte das Bangen und Hoffen, die vielen Fragen und Antworten. Sie lagen sich gegenseitig in den Armen und genossen den Moment, wieder vereint zu sein.

Dr. Braun sprach einige Worte mit dem Piloten, dann hob der Hubschrauber ab und war bald am Himmel verschwunden.

„So ein Glück, dass ihr weit draußen auf dem Meer gewesen seid, da macht einem der Tsunami nichts aus. Erst am Strand, wenn die Welle gegen Hindernisse schiebt, wird es richtig gefährlich. Und wegen der verschollenen Surfbretter, das ist das kleinste Problem", lachte Herr Braun erleichtert, „Hauptsache euch ist nichts passiert!"

„Nick, dein Vater hat in den Nachrichten vom Tsunami erfahren und uns gleich angerufen", berichtete Marianne Braun. „Er ist sofort zum Flughafen gefahren und konnte dort noch die Frühmaschine, die direkt hier her fliegt erreichen. In vier Stunden werden wir ihn vom Flughafen abholen."

„Was ist mit unserem Lager passiert?", fragte Jenny. „Die Ausgrabungsstätte wurde von der Tsunamiwelle vollständig überflutet. Nicht nur, dass unsere Zelte komplett weggespült wurden und das gesamte Grabungsgerät zum Teufel ist, alles was noch Tage zuvor freigelegt wurde, ist komplett zerstört." Jennys Vater war völlig deprimiert. Ein Projekt, für das er jahrelang gearbeitet hatte, in dem seine ganze Energie steckte, war mit einem Schlag vernichtet. Marianne legte tröstend ihren Arm um ihren Mann. „Jedenfalls hatten wir solch ein Glück, dass wir während des Tsunami alle auf dem Inselfest in Sicherheit waren. Die Sansibari nennen es >das Fest der Liebe<. Es hat hier große Tradition und wird jährlich schon seit dem Mittelalter gefeiert. Die Organisatoren der Veranstaltung, ein sehr nettes Ehepaar mit ihrer Tochter, haben uns übrigens Asyl angeboten, bis wir hier alles geregelt haben und zurück nach Hause fliegen können.

Die fünf Tage, die bis zum Rückflug nach Deutschland blieben, waren voll ausgefüllt. Jennys Eltern versuchten zu retten, was noch zu retten war. Prof. Stone kümmerte sich um die Zeitmaschine und baute das Boot zu einem ganz normalen U-Boot um. Nick programmierte viele Stunden, Ronny und Jenny erklärten Saori und deren Eltern die Funktionen der beiden Schiffe.

Mit ihrer neuen Freundin verbrachten sie Tag und Nacht. Sie teilten ihre Abenteuer und fühlten, dass sie eine von ihnen war.

Am Abreisetag stand Saori mit ihren Eltern noch lange am Rollfeld und winkte der Maschine zu, die sich für den Abflug nach Deutschland bereit machte. „Es war mehr als nur Freundschaft", das fühlte Saori tief in ihrem Herzen und wusste, dass sie bald von ihren neuen Freunden hören würde.

Wieder besser gelaunt kam Jennys Vater als letzter in das Flugzeug und setzte sich in die Reihe seiner Mitreisenden: „Ich habe gerade noch mit Prof. Seidel von der TU Berlin telefoniert. Ich habe ihm berichtet, was wir noch von unserem Equipment retten konnten. Wegen neuer Gelder, um hier noch einmal anzufangen, konnte er mir vorerst keine Hoffnungen machen. Allerdings deutete er an, dass er ein neues Projekt hätte, für das er dringend unsere Hilfe benötigt.

Bei einer archäologischen Untersuchung eines großen Baugebietes im Süden von München sei ein Becher aus Trierer Porzellan gefunden worden. Darauf steht >VIVAMUS<."

„Der Becher des ewigen Lebens", die drei hatten denselben Gedanken.

Gedankensplitter

„Lasst uns heute an unserem letzten Tag vor der Abreise noch ins House of Wonder nach Stone Town gehen!" „Museum, Jenny du weißt doch, ich hasse Museen und bei dem Wetter ist es am Strand doch viel besser." „Hier steht, die haben diese Woche eine Ausstellung über das Surfen auf Sansibar", ergänzte Saori. „Was will man da schon groß ausstellen? Das Surfbrett wurde in den 60er Jahren von Jim Drake erfunden. Robby Naish war der jüngste Weltmeister. Da muss ich nicht zu einer Ausstellung, lasst uns das Feeling von Welle und Geschwindigkeit lieber live erleben." „Hier steht aber, dass ein gewisser Abay das Windsurfen auf Sansibar erfunden und den Sport in die ganze Welt exportiert hat." „Abay, der Name kommt mir irgendwie bekannt vor."

„Mama, sag mal, hast du auch immer so komische Träume, in denen du dich wie magisch angezogen zu etwas hinbewegst?" „Ja das hatte ich! Nach deiner Geburt wurden sie allerdings immer schwächer. Wenn ich heute träume, habe ich schon wieder alles vergessen, wenn ich aufwache." „Bist du einmal deinem Traum gefolgt?" „Bin ich, das war damals als ich als Praktikantin bei meiner Mutter Nachtdienst im Krankenhaus hatte. Ich musste für einen Moment eingenickt sein. Da sah ich diese Tür, dann eine weitere einer ganz anderen Station. Eine Türe nach der anderen öffnete sich." „Und, bist du dann losgegangen?" „Ja, als ich aufwachte, wusste ich noch ganz genau den Weg. Es war ein ganz komisches Gefühl, mitten in der Nacht durch einsame Gänge zu gehen, Türen zu öffnen, Räume zu betreten, in denen ich nichts verloren hatte. Ich öffnete die letzte Türe meines Traumes und da lag er dann, friedlich schlafend, dein Vater." „Und was ist dann passiert?" „Nichts, ich habe ihn vielleicht eine Stunde angestarrt, dann bin ich wieder auf Zehenspitzen zurück zur Station. Aber ich hatte ihn gesehen, wusste wo er war und war total verliebt."

Weitere Untersuchungen an der einstigen Grabungsstätte wurden wegen der erheblichen Zerstörungen durch den Tsunami eingestellt. Die verbotene Stadt, die es im Jahre 1187 auf Sansibar gegeben haben soll, fand nie Eingang in die Geschichtsbücher.

Epilog

Prof. Stone wusste, dass Menschen eine Technologie nicht nur zum Wohle der Menschen, sondern auch zu deren Zerstörung nutzen würden. Eine zivile Nutzung der Steine zur Stromgewinnung hätte die Lösung vieler Energieprobleme bedeutet. Die Gefahr jedoch, dass die Steine in falsche Hände gerieten und damit zu einer Waffe werden könnten, konnte er nicht ausschließen.

Getarnt als international tätiger Seismologe, reiste Professor Stone nach Island. Die beiden Steine in seinem Reisegepäck waren so unauffällig wie zwei Dosen Weißwürste, die so mancher bayerische Tourist als Souvenir mitbringt. Seine technischen Forschungsgeräte hatte er schon eine Woche zuvor per Schiffsfracht anliefern lassen. Am Fuße des Vulkans „Eyjafjallajökull" hatte er eine kleine Hütte und einen Pickup-Truck gemietet.

Es dauerte geschlagene zwei Wochen, um die kleinteilig zerlegte Mini-Trägerrakete zusammenzubauen.

Nach vier Wochen intensiver Vorbereitung bestückte der Professor am 20.3.2010 die Rakete mit den beiden Steinen. Eine absolut menschenleere Region, in 10 km Entfernung zum Vulkan, erlaubte ihm das Fluggerät unbemerkt abzufeuern. Er verfolgte mit seinem hochauflösenden Fernglas den Feuerschweif und sah wie dieser in der vorausberechneten Vulkanspalte verschwand. Die Rakete traf genau in das Magma. Es dauerte nur Sekunden, dann kam es zu einer gewaltigen Eruption. Der isländische Vulkan war zum Leben erwacht. Stone lächelte zufrieden, die Mission war beendet.

Plötzlich war der nicht auszusprechende Name des Vulkans: „Eyjafjallajökull" in allen Nachrichten. Der Vulkan spuckte so viel Asche und Rauch, sodass für zwei Wochen der gesamte europäische Luftraum stark beeinträchtigt war.

Der Professor nahm das Übel des kleinen Vulkanausbruchs in Kauf. „Schließlich heiligt der Zweck die Mittel und somit bleibt die Menschheit vor größerem Schaden bewahrt. Die beiden außerirdischen Gesteinsbrocken sind nun in der 1.300 Grad heißen Glut versunken und somit für immer vernichtet", dachte Stone.

Professor Stone wusste dabei allerdings nicht, dass die Explosion einen der beiden Steine entzweite und der Vulkan einen Teil des Meteoriden mit einer großen Aschewolke wieder ausspuckte.

Unter Millionen anderer Gesteinsbrocken lag dieser nun ganz unauffällig am Fuße des Vulkans.

Weitere Bücher des Autors